KB011481

쓰엉

쓰엉

초판 1쇄 발행 2016년 11월 3일

지은이 서성란
펴낸이 강수걸
편집장 권경옥
편집 윤은미 정선재
디자인 권문경 구혜림
펴낸곳 산지니
등록 2005년 2월 7일 제14-49호
주소 부산광역시 연제구 법원남로15번길 26 위너스빌딩 203호
전화 051-504-7070 | 팩스 051-507-7543
홈페이지 www.sanzinibook.com
전자우편 sanzini@sanzinibook.com
블로그 http://sanzinibook.tistory.com

ISBN 978-89-6545-377-2 03810

*책값은 뒤표지에 있습니다.
*이 도서의 국립중앙도서관 출판예정도서목록(CIP)은 서지정보유통지원시스템 홈페이지(http://seoji.nl.go.kr)와 국가자료공동목록시스템(http://www.nl.go.kr/kolisnet)에서 이용하실 수 있습니다.(CIP 제어번호: CIP2016023786)
*이 책은 2016년 경기문화재단 문예진흥금을 받고 출간되었습니다.

쓰엉

서성란 장편소설

산지니

차례

1. 이령의 나무

1

문장과 문장 사이에 그 여자 쓰엉이 있다. 여자가 걸어온 문장 너머로 작은 배 한 척이 바람을 따라 출렁거린다. 장은 서둘러 문장 하나를 지우고 금방이라도 넘어질 것처럼 비틀거리는 여자를 붙잡아 세운다. 낡은 외투를 걸치고 보풀이 잔뜩 일어난 목도리를 두른 여자가 추위로 빨개진 홍옥 같은 제 뺨에 손바닥을 대고 가쁘게 숨을 몰아쉰다. 강바람이 여자의 검고 긴 머리카락을 흐트러뜨린다. 장은 깜짝 놀랄 만큼 차가운 여자의 손등에 손을 얹었다가 진저리치며 떨어진다. 여자는 머뭇거리거나 수줍어하지 않고 호기심 많은 아이처럼 두 눈을 크게 뜨고 흑갈색 눈동자를 반짝거리면서 웃는다. 장은 여자의 목에 두 팔을 두르고 입술에 입술을 포갠다. 여자는 눈을 감지 않는다. 파프리카 속살 같은 여자의 입속으로 혀가 빨려

들어가면서 장의 머리와 목, 가슴이 차례로 뜨거워졌다.

방문을 노크하는 소리가 들렸다. 장은 책상에 팔을 괴고 앉아 창밖에 서 있는 생강나무를 바라본다. 절반쯤 열려 있는 방문 너머에 쓰엉이 서 있다. 고개를 돌리지 않아도 그는 볼 수 있다. 쓰엉은 잠자코 그대로 서 있다가, 식사 준비를 해놓았다거나 이제 돌아가겠다는 말 따위를 생략하고 조용히 현관문을 여닫고 사라질 거였다. 그녀는 언제나 눈치를 보듯 조심스럽게 문을 두드리는 것으로 해야 할 일을 끝냈음을 알렸다.

거실 통유리창 너머로 낡은 외투를 입고 털모자를 쓴 쓰엉이 나타났다. 그녀는 앞마당에 세워져 있는 장의 흰색 산타페를 지나서 낡은 125cc 중국산 오토바이에 올라탔다. 오토바이를 타고 눈 쌓인 길을 지나 개울까지 천천히 달려가는 동안 쓰엉은 한 번도 돌아보지 않았다. 눈 덮인 개울을 건너고 포장이 안 된 외길을 달려서 막사와 다름없는 제 집에 도착할 때까지 돌아보지 않을 거였다.

그녀는 지폐를 헤아리지도 않고 주머니에 넣었을 것이다. 언제부터인가 장은 봉투에 똑같은 액수의 돈을 넣지 않았지만 그녀는 일주일치 급료가 왜 매번 달라지는지 묻지 않았다. 쓰엉은 그가 생각했던 것보다 훨씬 더 눈치가 빠르고 영리했다. 음식솜씨가 좋은데다가 정갈했고 무엇보다 있는 듯 없는 듯 조용하고 차분하게 집안일을 하는 것이 마음에 들었다.

쓰엉의 모습이 시야에서 완전히 사라지자 장은 주방을 지나 이 층으로 난 계단을 올라갔다. 쓰엉이 집안일을 하는 동안 그의 신경은 다락방을 향해 있었다. 일주일에 세 번 하얀집으로 와서 식사준비와 청소와 세탁을 하고 돌아가는 쓰엉에게 장은 이 층 다락방 문을 열지 말라고 주의를 주었다. 나무계단의 먼지를 닦는 일조차 하지 못하게 했을 때 미심쩍은 표정을 지었지만 이유를 묻지 않았다.

다락방 문을 활짝 열어젖히자 고여 있던 악취가 열기처럼 장의 얼굴로 쏟아졌다. 등을 구부리고 고개를 숙여야 드나들 수 있는 높이가 낮은 출입문 안쪽으로 이령이 보였다. 천장 높이가 낮아 똑바로 서 있을 수 없지만 다락방은 좁지 않았다. 이령이 깔고 누운 의료매트 옆으로 몇 권의 책과 노트북컴퓨터, 약봉지와 컵 따위가 어지럽게 널려 있었다. 앞마당 쪽으로 난 쪽창은 닫혀 있었다.

장은 이령의 노트북컴퓨터를 열고 전원을 켰다. 그림과 사진이 지워져버린 바탕화면이 이령의 민낯처럼 황량하게 떠올랐다. 장은 이령이 바탕화면에 빼놓은 한글문서파일을 클릭했다. 제목이 없는 파일은 텅 비어 있었다.

이령은 아직 한 문장도 쓰지 않았다.

리뷰를 쓰기 위해 신간 소설을 읽거나 해설을 써달라는 청탁과 함께 출판사에서 보내준 원고나 투고 작품 혹은 문학상 심사를 하기 위해 읽는 소설과 달리, 완성되지 않은 소설—이른 봄 나뭇가지에서 희거나 노랗거나 붉은 꽃이 피어나듯 첫 문장이 솟고 뒤이어 문장과 문장이 문단을 이루고 마침내 한 편의 소설이 되어 강물처럼 흘러가는 과정을 읽는 것은 애타고 황홀한 독서였다. 이령을 만나지 않았다면 그는 소설이 어떻게 시작되어 끝을 맺는지 결코 알 수 없었을 것이다. 한 편의 소설이 창작되는 과정을 볼 수 있었던 것은 행운이자 동시에 불행이었다.

소설을 쓰는 작가는 많지만 소설에 미친 작가는 드물다. 의도하지 않았던, 작가 자신이 예측하지 못한, 그것이 얼마나 빼어난 작품인지 창작자 본인조차 알지 못하는 소설을 읽었을 때의 기쁨이란—그것이 동시대를 살고 있는 작가의 작품이라면 장은 놀라움과 탄성에 앞서 숨길 수 없는 질투의 감정을 느꼈다. 비평가들은 대개 창작자를 질투한다. 명석한 두뇌와 부단한 노력만으로 가닿을 수 없는 것이 창작의 세계이기 때문이다.

한국문학은 불황이고 위기에 처해 있었다. 계간지 편집회의에서, 비평가와 작가들이 모인 술자리에서 누구랄 것 없이 한국문학에 대한 우려와 불만을 늘어놓았지만 아무리 독한 술을 마셔도 이튿날이면 술이 깨고 여독처럼 숙취에 시달리다가 일상의 시간으로 돌아가는 것처럼 그런 이야기란 시작도 끝도 없는 잡담이 돼버리기 마련이었다.

습작을 하는 작가지망생들은 수동적인 독자와 달리 문단의 경향과 유행에 민감하게 반응했다. 장이 강의를 하는 대학의 문창과 학생들은 기성 작가들의 작품 경향을 적극적으로 받아들였다. 학생들이 과제로 제출한 소설은 둘로 나뉘었다. 좋게 말해서 에세이라고 할 수 있는 소설과 영상화될 것을 염두에 두고 쓴 대중소설 외의 작품이 드물었다. 학생들 대부분은 90년대 이전에 활발하게 작품 활동을 했던 작가들 소설에 무관심했다. 최첨단 디지털 기기들에 둘러싸여 생활하는 학생들에게 컴퓨터가 존재하지 않았던 시절 만년필이나 볼펜으로 원고지에 글을 썼던 작가들이란 한국사 교과서 첫 장에 나오는, 돌도끼나 돌칼을 들고 있는 구석기 시대의 원시인처럼 현실과 동떨어져 있는 낯선 존재들이었다. 장은 영상과 게임에 익숙한 학생들이 낡은 유물과 같은 소설을 쓰려고 하는 것이 신기하게 느껴질 때가 많았다.

2

이령은 죽은 듯 잠들어 있다. 장이 소리쳐 불러내지 않으면 영원히 깨어나지 않을 것 같았다. 소설을 쓰지 못할 때 그녀가 발작과도 같은 고통을 겪는다는 것을 그는 알고 있었다. 이령은 풀 한 포기 없는 황량한 모래사막에 버려진 사람처럼 나날이 수척해졌다. 흐트러진 머리카락을 쓸어 올리면서 모래폭풍 속을 걸어 나올 때까지 잠자코 기다리는 것 말고 그가 할 수 있는 일은 없었다. 글쓰기의 고충을 장은 누구보다 잘 알고 있었다. 종종 그는 마감이 닥친 비평이나 해설 따위 원고를 시작조차 하지 못한 채 막막한 심정으로 첫 문장이 떠오르기를 기다렸다. 글을 쓴다는 행위는 같았지만 주어진 텍스트 없이 처음부터 끝까지 홀로 가야 한다는 점에서 창작은 비평과 달랐다. 논리적인 비평의 세계에서 본다면 창작은 추론할 수 없고 무질서하며 예측할 수 없는데다 결정적으로 아름다웠다.

이령은 창작집 한 권과 장편소설 한 권을 출간한 소설가였다. 필명으로 두 권의 책을 세상에 내놓은 그녀는 잡문을 써서 밥을 벌었다. 장은 그녀의 첫 번째 창작집 해설을 썼다. 등단하고 5년 뒤 첫 창작집을 출간하기 전까지 소설가 이령은 그가 알지 못하는 존재였다. 그럴 수 있다면 장은 밥을 벌기 위해 잡지사에 다니면서 밤마다 소설을 썼을 그 시절 이령을 만나고 싶었다.

그는 아직 아무것도 쓰지 않았던, 쓰려고 하지 않았을 때의 이령을 상상하기 어려웠다. 지방 소도시에서 상고를 졸업하고 서울로 올라온 이령은 언니 집에 얹혀살면서 형부의 소개로 의류회사 경리로 취직했다. 이령은 아침이 되면 화장기 없는 얼굴로 출근해서 온종일 책상 앞에 앉아 주판알을 튕기면서 장부를 정리했을 거였다. 그 시절 이령이 무엇을 먹었고 어떤 책을 읽었으며 누구를 만나서 저녁시간을 보냈는지 장은 알지 못했다. 상고를 졸업한 이령이 스무 살에 의류회사에 취직했고 3년 뒤 전문대학에 입학했다는 이야기를 장은 결혼식을 앞두고 만났던 그녀의 언니에게 들었다. 이령보다 세 살 많은 그녀의 언니를 장은 그날 이후로 만난 적이 없었다. 결혼식

날 이령의 어머니는 식장에 오지 않았다. 관절염으로 다리가 불편하다고 했지만 그것 때문만이 아닐 거라고 짐작했다. 노모는 이령이 나고 자랐던 지방 소도시의 집에서 홀로 살고 있었다. 명절이 돌아와도 이령은 어머니를 만나러 가지 않았다. 서울에 살고 있는 언니를 만나는 것 같지 않았다. 이령은 육친에 대한 애틋한 마음이나 그리움이 없는 사람 같았다. 언니의 두 아이에게 선물을 보내거나 용돈을 부치는 듯했지만 기분이 내킬 때뿐이었다.

이령이 그런 것처럼 장 역시 혈육들에게 무심하려고 했다. 명절과 어머니 제삿날에 그의 부친이 살고 있는 일산 집으로 찾아가는 사람은 이령이 아니라 정하였다. 이혼한 지 6년이 지났지만 정하는 시댁에 발길을 끊지 않았다. 그녀는 여전히 홀시아버지의 외며느리로 남아 있었다. 그것이 어떻게 가능한 것인지 그는 납득할 수 없었다. 그의 아버지는 아들 내외가 이혼했다는 사실을 받아들이지 않았다. 이혼 서류에 도장을 찍고 갈라섰다고 해도 지호가 여전히 장 씨 집안의 종손인 것처럼 정하를 며느리라고 생각하고 있었다.

체념하듯 담담하게 이혼을 받아들였던 정하가 여전히 시댁에 드나든다는 사실을 알았을 때 그는 뒤통수를 얻어맞은 듯 어이없고 혼란스러웠다. 난감해하는 그에게 이령은 두 사람이 매달 생활비와 양육비를 주고받는 관계라는 사실을 상기시켰다. 설령 지호가 없었다고 해도 함께 살았던 십수 년의 시간을 말끔히 지울 수 없을 거라고 했다. 때마다 시댁을 들락거리는 정하의 행동은 몸에 밴 의무거나 습관이거나 익숙한 것에 의지하고 싶은 유약한 마음일지도 몰랐다.

시아버지가 며느리로 받아들이려고 하지 않는다는 것을 이령이 모를 리 없었다. 결혼식이라는 형식적인 절차를 밟고 법적으로 부부가 되었지만 장과 이령을 불편한 시선으로 바라보는 사람은 그의 아버지 한 사람만이 아니었다.

명절이나 집안 행사 때 그는 이령과 함께 일산으로 가지 않았다. 불편하다는 표현만으로 설명할 수 없는 납득할 수 없는 상황에 놓이는 것이 싫어서 그 역시 언제부터인가 점점 발길이 뜸해져버렸다. 의무이건 습관이건 상관없이 납득하기 어려운 정하의 행동을 그는 묵인할 수밖에 없었고 돈으로 채워줄 수 없는 위자료 대신이라고 생각해버렸다. 정하의 손에 붙들려 따라오는 지호가 어떤 돌발 행동을 하든 받아들이고 대처할 수 있을 만큼 아버지는 모자에게 익숙해져 있었다. 팔순을 넘긴 늙은 아버지가 낯익은 사람의 채취와 손길에서 느끼는 편안함을 포기하지 않는 한 정하의 행동을 제어할 수 없을 거였다.

지호는 돌이킬 수 없는 실수였다. 아버지는 형편없는 시험지를 들고 온 자식을 꾸짖고 비난하듯 장을 바라보았다. 회초리를 내려치지 않았고 욕설을 퍼붓지도 않았다. 언제나 백 점짜리 시험지를 들고 왔던 아들이 저지른 어이없는 실수에 선불리 화조차 내지 않았다. 그는 어떤 경우라도 실수를 하지 않는 완벽한 존재라야 했다.

일산 아버지 집에서 마지막으로 보았던 날 지호는 최신형 스마트폰에 눈을 박고 열심히 손가락을 놀려대고 있었다. 지호는 시선을 주지 않았다. 함께 살 때도 그는 지호와 눈을 맞춰본 기억이 없었다.

지호는 키가 더 자랐거나 살이 쪘을지 몰랐다. 해마다 나이 한 살을 더했을 아이는 올해 열여덟 살이 되었다. 다행히 지호 곁에는 엄마가 있었다. 정하는 지호를 언제까지라도 헌신적으로 보살펴주고 희생을 감내할 준비가 되어 있었다. 그녀는 먼 길을 돌아서 마침내 아이에게 정착했다. 지호가 여느 아이들처럼 평범한 아이였다면 그는 추하고 혐오스러운 그녀의 맨 얼굴을 보지 못했을 것이다. 평화롭고 안락한 일상이 모래로 지어 올린 집과 다를 바 없다는 사실을, 그것이 허물어진 자리에 두려움과 공포와 결핍이 도사리고 있다는 것을 알지 못했을 것이다.

3

장은 노트북컴퓨터를 닫고 쪽창을 열었다. 자동차가 세워져 있는 마당이 조용했다. 쌓인 눈을 밟고 하얀집으로 찾아올 사람이 없었다. 종강한 뒤로 그는 서울에 가지 않았다. 우편물은 여전히 서울에 있는 아파트로 배달되었다. 그는 아파트 경비에게 우편물을 보관해달라고 부탁하면서 부족하게 느껴지지 않을 액수의 돈을 지불했다.

일주일에 두 번 그는 차를 끌고 마을 구판장과 시내에 있는 하나로 마트로 가서 식료품을 사 왔다. 눈에 띄는 대로 채소며 과일을 카트에 담고 쇠고기며 돼지고기며 닭고기며 오리고기를 샀다. 요리를 하는 것은 쓰엉의 몫이었다. 하얀집에서 그녀는 고기를 재우고 찌개와 국을 끓이고 반찬을 만들었다. 김치는 물론이고 된장과 고추장까지 담가 먹는다는 쓰엉은 한국의 여느 주부들처럼 능숙하게 음식을 만들어냈다.

쓰엉은 지난해 가을부터 하얀집으로 와서 일했다. 그녀가 한국음식을 능숙하게 만들 수 있었던 것은 혹독한 시집살이 덕분이었다. 쓰엉이 시집오기 이태 전 그녀의 남편은 농협 빚을 얻어서 버섯사 두 동을 짓고 느타리버섯 재배를 시작했는데, 3년 전 한밤중에 일어난 화재로 버섯사와 집이 불타버리고 노모가 죽었다. 하루아침에 모든 것을 잃고 빚까지 떠안게 된 그녀의 남편은 아침부터 저녁까지 술에 취해 살았다. 쓰엉과 그녀의 남편이 마을회관에서 지내는 동안 이웃들이 먹을거리며 이불이며 헌 옷가지를 가져다주었다. 이웃들이 십시일반으로 내놓은 돈으로 사들인 컨테이너가 집이 불탄 자리에 놓였다. 쓰엉은 아침부터 저녁까지 닥치는 대로 남의 집 일을 했다. 돈이 되는 일이라면 어떤 것이든 가리지 않을 만큼 그녀는 생활력이 강하고 헌신적인 아내였다. 집안일을 해줄 사람을 구한다는 장의 말을 듣고 이장은 손끝이 야물고 음식솜씨가 좋다며 쓰엉을 추천했다. 장은 먼 곳에서 일할 사람을 부르지 않아도 된다는 사실에 안심했다. 음식솜씨가 좋다고 했지만 쓰엉이 식탁에 차려낸 된장찌개를 먹기 전까지 이장의 말을 믿지 않았다.

한국음식을 능숙하게 요리한다고 해도 쓰엉은 외국인일 뿐이었다. 수십 년을 눌러살아도 토박이와 외지인으로 나뉘는 가일리에서 그녀가 설령 한국 국적을 취득할 수 있게 된다 해도 달라질 것이 없었다. 가구 수가 많지 않은 산골마을은 고립된 섬이었다. 산골에서 나고 그곳에서 죽을 날을 기다리는 늙고 선량한 노인들은 낯선 나라에서 며느리를 들일 수밖에 없는 자신들의 처지를 안타까워하면서 감시를 게을리하지 않았다. 노인들은 여자를 믿지 않았다. 가일리에서 평생을 살다 죽는다고 해도 쓰엉은 결코 한국인이 될 수 없었다. 그녀가 아이를 낳고 그 아이가 다시 아이를 낳더라도 이방인이라는 사실은 달라지지 않았다.

가일리에서 장과 이령은 익명으로 살고 있었다. 토지를 사들이고 집을 지을 때 그는 이웃들을 찾아다니면서 인사를 나누지 않았다. 가일리가 어떤 마을인지 알려고 애쓰지 않았다. 그는 한적하고 평화로운 마을에 집을 짓고 이령과 함께 그곳에서 조용히 머물고 싶었을 뿐 이웃들과 크고 작은 것을 나누는 삶을 생각하지 않았다. 집을 짓기 위해선 백여 평 남짓 되는 땅만으로 충분하지만 그는 묶여 있는 농지를 함께 사들여야 했다. 이따금 이령과 함께 주말에 와서 하루나 이틀을 보내고 돌아갈 때마다 이십여 가구가 모여 사는 마을의 사람들이 밥상에 둘러앉아 저마다 하얀집과 외지인에 대해 수군댄다는 걸 알아채지 못했다. 땅을 매입해서 집을 지은 도시 사람들이 귀농해서 농사를 짓거나 버섯 따위 작물을 재배하면서 살 거라는 예상이 빗나가자 마을 사람들은 당황스러워했다. 그는 마을 사람들에게 무관심했고 그들 역시 그러길 바랐다. 가일리 이장 문 씨가 하얀집으로 찾아오기 전까지 그는 이웃들에게 주의를 기울이지 않았다.

가구 수가 많지 않은 산골마을은 숨어 지내기 좋은 곳이 아니었다. 외부와 단절된 생활을 바란다면 차라리 서울에 있는 아파트가 나았다. 가일리에 머물러 살기 시작한 것은 이령 때문이었다. 어느 날 이령은 하얀집에 머물면서 소설을 쓰고 싶다고 했다. 아직 첫 문장을 쓰지 못한 소설을 그곳에 가면 시작할 수 있을 것 같다고 말했다. 이령을 위해 지은 집이었다. 머뭇거릴 까닭이 없었다. 가일리에 땅을 사고 집을 지었을 때 그는 언젠가 이령이 그곳에 머물면서 글을 쓰게 될 거라고 생각했다. 그는 서둘러서 짐을 꾸렸고 가일리를 향해 차를 달렸다.

사고가 나지 않았다면 이령은 벌써 소설을 끝냈을 것이다.

이령은 아직 소설을 시작하지 않았다.

첫 문장조차 쓰지 못한 것을 확인하고 그는 새삼 절망에 빠졌다.

4

이령의 나무는 쪽창 너머로 보이지 않는다. 앞마당 쪽으로 창이 난 다락방에서 볼 수 없었다.

관목 숲으로 이어진 비탈길 아래쪽에 서 있는 나무였다. 서재에 앉아 글을 쓰다가 책을 읽다가 문득 고개를 들면 숲을 향해 이정표처럼 서 있는 나무가 보였다. 노란 꽃이 피었다가 지고 푸른 잎과 검은 열매가 시나브로 떨어져버린 앙상한 가지마다 눈꽃이 매달려 있었다.

샛노란 꽃이 활짝 피어 있는 나무를 처음 보았을 때 장은 제주도의 산수유가 떠올랐다. 이령은 그것이 생강나무라는 것을 단박에 알아차렸다. 장은 김유정의 단편소설 「동백꽃」에 나오는 '산기슭에 수북이 깔린 노란 동백꽃'이 산동백으로 불리는 생강나무 꽃이라는 것을 알고 있었지만 실제로 본 적이 없었다. 샛노란 작은 꽃들이 여러 개 뭉쳐서 매달려 있는 나뭇가지를 손으로 붙잡고 이령은 꽃냄새를 맡았다. 장은 「동백꽃」의 화자 소년이 점순이를 안고 흐드러진 동백꽃 속으로 파묻히듯 넘어져서 맡았던, 땅이 꺼질 듯 정신이 아찔하고 향긋한 냄새가 어떤 것인지 알고 싶어서 이령이 하는 대로 따라서 했다.

생강나무는 장과 이령의 소유가 아니었다. 그들이 매입한 토지 밖에 있었지만 집을 지으면 창문 너머로 볼 수 있을 거라면서 이령이 무척 좋아했다. 집은 완공까지 오래 걸리지 않았다. 지인들을 초대해서 바비큐 파티를 열거나 자연과 더불어 노년을 보내기 위해서 지은 집이 아니었다. 장은 지상에서 가장 안전하고 아늑한 집을 짓고 싶었다. 타인의 시선에서 자유로운 집을 지어서 이령에게 선물하고 싶었다.

과연 뒷마당 쪽으로 창이 난 서재에 앉으면 나무가 한눈에 들어왔다. 노란 꽃이 지고 나뭇가지마다 산짐승 발바닥 모양을 닮은 잎사귀들이 매달려 있었다. 가구와 가전제품을 사들이고 두 사람이 비밀스럽게 집들이를 했던 날 이령이 생강나무를 선물해달라고 농담처럼 말했다. 산주인이 누구인지 알지 못했고 행여 수소문을 해서 알아낸다고 해도 그것을 팔 거라고 보장할 수 없었다. 마을 이장을 찾아가서 산주인이 누구인지 물어봐야겠다고 장이 말하자 포도주를 여러 잔 마셔서 발개진 얼굴로 이령이 돈을 주고 사달라는 게 아니라고 대답했다. 설령 나무를 살 수 있다고 해도 옮겨 심을 까닭이 없었다. 주인이 누구인지 알 수 없었지만 누구라도 주인이 될 수 있었다. 이령은 해마다 봄이 오면 샛노란 꽃을 피울 생강나무의 주인으로 손색이 없었다. 장은 뒷마당 쪽으로 서 있는 생강나무를 이령의 나무라고 명명했다. 생강나무는 씨를 뿌리거나 돌보지 않아도 철따라 피고 지는 들꽃과 함께 가일리에서 덤으로 얻은 것 중 하나였다.

뒷마당 생강나무는 암꽃이 피는 암나무였다. 9월이 되자 열매가 검은빛으로 익었다. 약용으로 쓰인다는 열매를 따 가는 사람은 없었다. 어린잎이 참새 혓바닥만큼 자랐을 때 따서 말렸다가 차로 마실 수 있다고 했지만 이파리를 욕심내는 사람도 없었다. 산자락으로 이어진 비탈길 쪽으로 발걸음을 하는 사람은 머리가 하얗게 센 키 작은 노파와 노파의 벙어리 아들뿐이었다. 산으로 가기 위해 굳이 그곳까지 들어올 필요가 없어서인지도 몰랐다. 마을 깊숙한 자리의 땅은 집을 짓고 살기에 썩 좋은 위치는 아니었다.

이령은 마당 한켠에 텃밭을 만들어서 고추 모종을 내고 상추씨를 뿌렸다. 수확은 형편없었다. 날마다 알뜰히 돌보지 않은 작물들은 벌레가 먹고 말라서 비틀어졌다. 운이 좋으면 주먹 만한 호박이며 개똥참외를 줍기도 했지만 이령은 마트에서 사가지고 온 채소로 음식을 만들었다. 파트타임으로 일 해줄 아주머니를 쓸 수 없는 외진 마을에서 이령은 주부 시늉을 내며 즐거워했다.

앞치마를 두르고 밥을 짓고 채소를 씻고 다듬어서 요리를 만드는 이령의 모습은 글을 쓰거나 책을 읽거나 술을 마실 때처럼 자연스러웠다. 이령은 서른 살에 전업 작가가 되었다. 오로지 원고료에 의지해서 산다는 것이 어떤 것인지 알았다면 용감하게 직장을 나오지 않았을 거라고 그녀는 말했다. 이령이 수중에 가지고 있었던 적은 액수의 돈이 바닥난 것은 반년이 채 지나지 않았을 때였다. 첫 장편소설을 탈고할 때까지 이령은 먹는 날보다 굶는 날이 더 많았다고 했다. 평생 경제적 어려움을 모르고 살았던 장은 가난을 막연히 짐작할 수 있었을 뿐이었다. 박사학위 과정을 마치고 모교에서 시간강사를 할 때 장은 선배의 소개로 정하를 만났고 이 년 남짓 연애를 하다가 결혼했다. 아버지가 사준 스물네 평 아파트에서 신혼살림을 차렸고 넉넉한 액수의 생활비를 받아서 썼다. 강의를 하고 글을 써서 받은 강사료와 원고료는 용돈으로 쓰기에도 빠듯했다. 노란 동백꽃 향기가 문학적 수사(修辭)에 불과했던 것처럼 그에게 가난이란 작가들이 감내해야 할 낭만적인 결핍에 지나지 않았다.

이령의 월곡동 반지하 셋방은 숨어 있기 좋은 곳이었다. 작은 옷장 하나와 앉은뱅이책상과 벽을 따라 책들이 높이 쌓여 있는 방은 한 사람이 지내기도 비좁아 보였다. 처음 그 방에서 잠을 깼을 때 장은 자신이 왜 거기에 있는지 몰라서 어리둥절했었다.

책상 앞에 앉아서 글을 쓰고 있던 이령이 방문 바깥쪽에 있는 주방으로 가서 물을 가져왔을 때 장은 비로소 지난밤 술에 취해 그곳으로 온 것을 기억해낼 수 있었다. 연말 출판사 송년 모임은 자정을 넘기고 새벽까지 이어졌다. 3차로 간 맥줏집에서 장은 술에 취한 채 꾸벅꾸벅 졸았다. 그는 자리에서 일어나는 것이 귀찮을 만큼 피곤했다. 서둘러 집으로 돌아가야 할 까닭이 없었다. 졸다 깨다 하다가 어느 순간 눈을 떴을 때 밤새도록 이어질 것처럼 떠들썩했던 술자리는 이미 파장한 뒤였다. 술잔과 안주접시 들로 어질러져 있는 테이블 구석 쪽에 조용히 앉아 있던 여자가 비틀거리며 술집을 걸어 나가는 장을 따라 나와서 택시를 잡았다. 택시 뒷문을 열어놓고 서 있던 여자가 장을 따라 뒷자리에 올라타더니 기사에게 행선지를 말했다. 여자가 왜 함께 택시에 탔는지 어디로 가는 것인지 알지 못했지만 장은 잠자코 눈을 감았다. 택시가 목적지에 닿았을 때 여자가 장을 깨웠다. 택시비를 내라고 했다.

간밤에 함께 택시를 탔던 여자가 이령이라는 것을 알고 장은 놀랐다. 전기장판을 깔아놓은 바닥이 따뜻했지만 방 안 공기는 코가 시릴 만큼 추웠다. 이령은 빈 컵을 받아 들면서 장의 얼굴을 물끄러미 바라보았다. 속이 쓰렸지만 이령은 아침밥을 차려줄 생각이 없는 것 같았다. 자리에서 일어나면서 장은 앉은뱅이책상 쪽을 흘깃 바라보았다. 이령의 첫 소설집 몇 권이 책상 위에 쌓여 있었다. 장은 소설가 이령을 그녀의 방에서 대면하게 될 거라고 상상조차 하지 못했다. 그는 이령이 마지막까지 술자리에 남아 있었던 것을 기억하지 못했다. 출판사를 통해 이령의 소설을 읽고 해설을 썼고 책이 나왔지만 그녀를 만나지 못했다. 책이 출간되고 두어 달이 지났을 때까지 장은 이령의 전화를 기다렸다. 작품 해설을 써준 평론가에 대한 형식적인 인사치레라 할지라도 그녀의 목소리를 듣고 이야기를 나누고 싶었다.

이령의 방을 나와 택시를 타고 자유로를 달려 오피스텔로 돌아가는 길에 그는 문득 전날 밤 술자리가 송년회 모임 겸 출판기념회 자리였다는 사실을 기억해냈다. 매번 책을 낼 때마다 출판기념회 자리를 마련하기 어려운 까닭에 출판사 사장은 연말에 한 해 동안 출간된 책의 저자와 해설을 쓴 평론가

들을 불러 밥과 술을 샀던 것이다.

이령의 첫 인상은, 흐릿하게 찍힌 프로필 사진과 달리 이목구비가 뚜렷했다. 숱 많은 머리카락이 길었고 화장을 전혀 하지 않은 것 같았다. 밤색 스커트 위에 크림 색깔 터틀넥 스웨터를 입은 이령의 얼굴은 술집 조명 때문에 창백해 보였다. 밥을 먹고 술을 마시는 긴 시간 동안 그녀는 누가 말을 시키지 않으면 좀처럼 입을 열려고 하지 않았다. 이령은 작가들이 모인 술자리가 불편해 보였다. 그날 모임의 주인공 중 한 사람이었지만 어쩐지 이령은 초대 받지 않은 손님처럼 느껴졌다. 물 위에 떠 있는 기름처럼 사람들과 섞여들지 못하는 이령의 모습을 슬쩍슬쩍 훔쳐보면서 장은 그녀의 소설을 떠올렸다. 그날 출판기념회 겸 송년회 모임에서 외따로 떨어져 있는 듯했던 이령의 모습은 소설집에 실린 여덟 편의 단편소설에서 받았던 인상과 유사했다. 그녀의 소설은 극적인 사건이나 치밀하게 계산된 반전 따위로 독자를 유혹하지 않았다. 선배 작가들의 사실주의적인 기법을 따르지 않았고 80년대 한국소설이 지향했던 사회변혁에 대한 고민이나 갈등의 기미조차 느낄 수 없었다. 유행처럼 쏟아져 나왔던 후일담이나 시대에 대한 냉소, 전통 소설 기법에서 벗어난 메타픽션과도 거리가 멀었다.

이령 소설의 특징은 장인적 성실함이 느껴지는 언어에 있었다. 그녀는 움베르토 에코가 플로베르의 소설에 대해 말했던, 객관적이고 정확하고 엄밀하여 문체의 힘만으로 모든 대상을 아름답게 만들 수 있는 언어에 대한 이상을 가지고 있었다. 완벽한 미적 필연성을 부여할 수 있는 정확한 언어에 대한 믿음은 동시대 소설에서 쉽게 발견할 수 없는 부분이었다. 출판사에서 보내준 교정지로 단편소설을 읽고 난 뒤 장은 해설을 쓰기 전에 이령을 한 번 만나고 싶었지만 책이 출간된 뒤로 미루어놓았다.

그가 이령을 만난 것은 3월 중순에 책이 출간되고 9개월이 지나서였다.

5

혼자 먹는 식사가 외롭다거나 어색하지 않았다. 장은 여느 때처럼 2인분의 식사가 차려진 식탁에서 밥을 먹었다. 끼니때마다 꺼내 먹을 수 있도록 쓰영은 국과 찌개와 반찬을 넉넉하게 만들어놓았다. 그는 젓가락으로 호박나물을 집다가 문득 요리를 잘하고 즐기는 사람이 그렇지 않은 이들보다 훨씬 더 수월하게 살아갈 수 있을 거라고 생각했다.

오랜 세월 동안 그는 먹는 것은 아무래도 좋다고 생각했다. 어머니가 해주었던 정갈한 음식은 특별한 맛으로 기억에 남아 있지 않았다. 정하는 서툴렀고 음식 만드는 것을 즐거워하지 않았다. 굳이 집이 아니더라도 그는 언제든 원하는 음식을 먹을 수 있었다. 혼자 살았던 수년 동안 그는 밥 먹는 일로 곤혹을 느끼지 않았다.

좁고 불편한 이령의 부엌에서 끓여 먹었던 눌은밥이며 라면 같은 음식은 그곳이 아니라면 같은 맛을 느낄 수 없었을 것이다. 피자며 치킨, 초밥이며 누구라도 사 먹을 수 있는 음식이 특별했던 것은 이령과 함께였기 때문이었다.

음식을 만들기는커녕 함께 먹는 것조차 주저하고 불편해하는 이령을 볼 때마다 장은 먹어야 하는 일이 곤혹스럽고 난감해졌다. 쓰엉은 망설이거나 힘들어하지 않고, 숨을 들이마시듯 자연스럽게 국과 찌개를 끓이고 반찬을 만들고 고기를 재웠다. 규칙적으로 드나들면서 요리를 해주는 쓰엉이 없었다면 그는 끼니때마다 매번 불편한 마음에서 벗어날 수 없었을 것이다.

책상 위에 쌓여 있는, 아직 뜯지 않은 우편물 속에 크리스마스 카드 한 장이 끼워져 있었다. 크리스마스가 지나고 해가 바뀌었지만 장은 아직 카드를 열어보지 않았다. 지호가 카드를 썼다고 해도 그것을 쓰게 하고 우표를 붙여 보낸 사람은 정하일 것이 틀림없었다. 아이는 장을 기억하지 못할 거였다. 장이 그런 것처럼 아이는 아버지를 추억할 일이 없을 터였다.

지호가 보낸 카드는 종강을 하고 그가 서울에 있는 아파트로 가서 받아 온 우편물 속에 섞여 있었다. 이제 막 글자를 배운 유치원생이 쓴 것 같은 삐뚤빼뚤 적혀 있는 이름이 낯설어서 그는 재빨리 그것을 우편물 사이에 감췄다. 가일리로 돌아가기 전에 아버지를 만나러 일산으로 가려고 했지만 자동차는 이미 서울을 벗어나서 경춘가도를 달리고 있었다. 정하가 지속적으로 방문하고 있는 한 점점 더 소원해질 것이고 종내 전 부인을 통해 아버지의 부음을 전해 듣게 될지도 모른다고 그는 생각했다.

빨간색 봉투에 담긴 크리스마스 카드가 납덩어리처럼 무겁게 책상 위에 놓여 있었다. 만약 그것을 지호가 아니라 정하가 써서 보냈다면 장은 망설이지 않고 뜯어서 읽었을 것이다. 더 이상 부부로 살지 않는다고 해도 서로 안부를 묻고 필요한 것을 요구할 수 있었다. 이혼한 뒤에도 천연덕스럽게 전 남편의 아버지 집을 찾아가고 집안 행사에 참석할 정도라면 그쯤은 어렵지 않은 일이었다.

정하는 두 사람이 이혼한 것과 상관없이 지호가 장의 아들이라는 사실을 말하고 싶었는지도 몰랐다. 자식을 부정하고 외면하는 아버지란 자연의 순리를 거스르는 존재라고 말하고 싶었을 것이다.

아이를 낳고 오랫동안 주정뱅이로 살았던 그녀는 어느 순간 돌변해서 회개하는 막달레나가 되었다. 주정뱅이나 막달레나나 추하게 보이기는 마찬가지였다. 여섯 손가락을 가지고 태어난 아이처럼 기괴하고 혐오스럽고 불편하고 역겨웠다.

아이는 평화롭고 단조로웠던 일상에 균열을 만들었다. 아이는 사랑스럽지 않았다. 낯설고 기이한 존재는 일상의 질서를 흐트러뜨렸고 어긋나게 만들었다. 자신이 누구인지조차 알지 못하는 아이가 휘두르는 힘은 감당하기 어려울 만큼 셌다. 그는 밥을 먹고 배설을 하는 것과 다를 바 없는 본능에 따른 지극히 자연스러운 행위의 결과물로 인해서 혼란과 두려움을 느끼고 고통에 빠지게 될 거라고 짐작하지 못했다.

오래전 어머니는 장에게 형과 형을 낳아준 여자에 대해 이야기해주었다. 얼굴을 본 적 없는 형과 형을 낳아준 여자 이야기는 잔혹 동화의 무서운 장면처럼 그의 기억에 각인되었다. 잔혹 동화의 희생자는 아이들이었다. 아이들을 괴롭히고 고통에 빠뜨리고 끔찍한 방법으로 희생시키는 존재는 사악한 여자와 짐승들이었다. 가장이며 아버지인 성인 남자들이란 가련하게 희생당하는 아이들에게 무심했고 바보스러울 만큼 눈치가 없는 허수아비였다. 가정이란 아이들과 여자들의 세계였다. 가장이며 아버지였던 그들은 전쟁과 모험과 권력의 세계에 속해 있었다. 소심하고 비겁한 사내일수록 가정에서 벌어지는 일에 무관심한 법이었다.

아버지는 반듯하고 완벽하고 아름다운 것에 집착했다. 틈이 보이는 것을 견디지 못하는 사람이었다. 집 안에서도 편하게 옷을 입지 않았다. 작은 얼룩이 보이거나 사소한 물건들이 제자리를 벗어나는 것을 용납하지 않았다. 정리정돈이 완벽하게 되어 있는, 숨이 막힐 만큼 깨끗한 공간은 아버지가 거기 있음으로써 완성되었다. 아버지가 부재하는 동안 집안 공기가 달라졌고 사물들이 저절로 흐트러졌고 어머니는 맥을 놓고 아무 곳에나 쓰러져 누웠다.

아버지가 귀가할 시간이 다가오면 어머니는 자동인형처럼 재빨리 자리에서 일어나서 분주하게 움직였다. 단 한 순간도 흐트러진 적이 없었던 사람처럼 말끔하게 옷을 차려입었고 화장을 고치고 머리를 매만졌다. 식탁에 놓인 화병의 물을 갈아주는 어머니 얼굴이 꽃망울을 터뜨리는 장미처럼 싱그러워 보였다. 지호의 분열된 행동에 어머니는 당혹스러워했다. 시든 꽃처럼 쓰레기통에 버릴 수 없다는 사실에 절망했다. 자신의 노력이나 인내로 어찌 할 수 없다는 사실에 무너져버렸다. 그는 어머니가 얼마만큼 끔찍한 상상을 하면서 불안에 떨었을지 짐작하기 어렵지 않았다.

아버지의 집은 정형화된 규칙에 따라 움직이는 조화로운 질서의 세계였다. 장은 예측할 수 없는 무수한 돌발적인 상황이 일어나는, 적합한 것이 빠져 있는 기이하고 기형적이며 혐오스러운 가정의 가장이 되었다.

그는 버리거나 돌려보낼 수 없는 크리스마스 카드를 서랍 깊숙이 넣고 자물쇠로 채웠다. 창밖의 생강나무처럼 이령은 겨울잠에 빠져 있었다. 저주에 걸린 동화 속 공주처럼 제대로 먹지도 쓰지도 않았다. 그가 생강나무를 이령의 나무로 명명했던 그날, 외부를 하얀색 비닐 사이딩 패널로 마감한 집을 그녀가 '하얀집'이라고 말했던 사실조차 까맣게 잊어버렸다.

이령을 자동차에 태우고 경춘국도를 달렸던 여름이었다. 의암댐을 지나서 구불구불한 길을 한참 달리고 있을 때 갑자기기 장대비가 쏟아졌다. 사방이 어둠에 싸여서 지척을 분간하기 어려웠다. 모텔이나 여관은 보이지 않았다. 매운탕을 파는 음식점이 눈에 띄자 차를 세웠지만 영업을 하지 않았다. 가평과 청평, 화천과 춘천으로 여러 번 차를 몰았기 때문에 길 잃을 걱정을 하지 않았던 그는 춘천 시내로 진입하는 이정표를 놓친 것을 뒤늦게 알고 당황했다. 차를 달릴수록 길은 좁아졌고 굵은 빗방울이 쉬지 않고 떨어져 내렸다. 참을 수 없을 만큼 허기가 졌을 때 그는 지명을 알 수 없는 인가 주위를 헤매고 있었다. 민박을 치는 집이 아니었지만 그는 이령과 함께 대문이 열려 있는 집 마당으로 들어갔고 칠십 대 노부부가 손자 둘과 함께 살고 있는 농가에서 하룻밤을 보내고 이튿날 염치없이 아침을 얻어먹었다. 그는 방값을 받지 않겠다는 노인에게 억지로 지폐 몇 장을 쥐여주었다. 초등학교에 다닌다는 아이 둘이 슬리퍼를 끌고 대문 밖까지 따라 나와서 두 사람을 배웅해주었다. 위협적으로 퍼붓던 빗줄기는 말끔하게 개었고 논과 밭이 펼쳐져 있는 평화로운 마을 풍경이 그의 눈에 들어왔다. 이곳에 들어와서 몇 달만 살았으면 좋겠어요. 이령이 혼잣말처럼 중얼거렸다.

낯선 마을을 벗어나 국도를 달리면서 그는 이령에게 청혼하기 전에 집을 지어야겠다고 생각했다. 꽃과 보석 같은 흔하고 진부한 선물은 이령과 어울리지 않았다. 그는 지상에서 가장 안전하고 아름다운 집에서 이령을 신부로 맞고 싶었다. 설령 이령이 밀리언셀러 작가라 할지라도 그녀를 알아보는 사람이 있을 리 없는 산골 마을이라면 집을 짓기 더할 나위 없이 좋은 곳이라고 생각했다.

2. 거꾸로

1

거대한 나무가 기우뚱 넘어가면서 몸을 덮치려는 순간 이령은 꿈을 깨려고 버르적거렸다. 꿈이라고 해도 살이 찢기고 뼈가 부러지는 끔찍한 고통을 피할 수 없었다. 장을 따라 외딴 집으로 왔던 날부터 이령은 쓰러진 나무 밑에 깔리는 꿈을 꾸었다. 그녀는 똑같은 꿈을 반복해서 꾸었고 꿈이라는 사실을 지각하는 순간 버둥거리면서 잠을 깼다.

사방이 어두웠다. 낮인지 밤인지 새벽인지 알 수 없었다. 이령은 통증이 얼얼하게 남아 있는 가슴을 손바닥으로 천천히 쓸어내렸다. 양팔을 벌려도 혼자서는 전부 끌어안을 수 없을 만큼 둘레가 넓고 키가 큰 은행나무였다. 놀란 마음이 진정되자 귓가에서 울려대는 쇳소리가 차츰 크고 또렷하게 들렸다. 날카로운 쇠붙이가 서로 부딪치며 내는 것 같은 소리가 왼쪽 귓속에서 들렸다가 어느 순간 두개골에서 울렸다. 깨어 있는 동안 좀처럼 사라지지 않는 소리가 참을 수 없을 만큼 크고 날카롭게 귓가를 긁어댔다.

병원을 나와서 자동차를 타고 산길을 따라 구불구불하게 이어져 있는 이차선 도로를 달렸던 그날 이령은 귓전을 갉아대는 기분 나쁘고 섬뜩한 소리를 들었다. 구역질이 치밀었고 식은땀이 흘렀다. 차창 밖으로 강과 호수가 보였다. 장이 조수석 창문을 내렸고 자동차 속도를 줄였다. 멀미는 외진 마을 깊숙한 자리에 숲을 등지고 우뚝 서 있는 외딴집 마당에 차가 설 때까지 멈추지 않았다. 이령은 선뜻 차에서 내리지 못했다. 하얀색 비닐 사이딩 패널이 둘러진 집을 '하얀집'이라고 명명한 사람이 자신이라는 것을 기억하지 못했다.

장이 자동차 트렁크를 열고 병원에서 사용했던 잡다한 물건과 옷가지가 담긴 커다란 가방을 꺼내고 있을 때 이령은 마당을 기웃거리다가 관목 숲으로 이어진 비탈길 쪽으로 걸어갔다. 음습한 숲을 등지고 서 있는, 검은색 열매가 매달린 나무를 이령이 눈으로 더듬고 있을 때 장이 다가와서 손을 내밀었다. 이령은 순순히 장을 따라 집으로 들어갔다. 두 개의 방과 뒷마당 쪽으로 창이 난 널찍한 서재와 크림색 소파가 놓인 거실은 말끔하게 정돈되어 있었다. 모던하면서 튀지 않는 가구들이 필요한 위치에 놓인 집 안은 군더더기 없이 깔끔했다. 이제 막 설거지를 끝내고 행주로 물기를 닦아 놓은 듯 정갈하게 치워져 있는 주방 싱크대 왼편에 뒤뜰로 통하는 덧문이 보였다. 이령은 이 층으로 통하는 나무 계단에 앉아서 잡초가 우거져 있는 뒤뜰과 그 너머의 덤불숲을 바라보았다. 널따란 통유리창이 달린 거실은 시야가 넓게 트여 있어서 왠지 모르게 불안했지만 덧문 너머로 보이는 그늘진 뜰과 수풀은 어쩐지 아늑하게 느껴졌다.

부지런하고 안목 있는 안주인의 손길이 느껴지는 집 안은 나무랄 데 없이 깨끗했다. 블록 위에 슬레이트 지붕을 얹은 허술한 농가들과 어우러지지 않는 집이었다. 장이 불렀지만 이령은 대답하지 않고 이 층으로 난 계단을 천천히 걸어 올라갔다. 이령은 낮고 폭이 좁은 문을 손으로 당겨서 열었다. 몇 권의 책이 구석에 가지런히 쌓여 있는 방은 천장이 낮아서 몸을 낮추고 고개를 숙여야 들어갈 수 있었다. 침실로 사용하려고 만든 방은 아닌 듯했다. 쓸모없는 물건이나 잡다한 것들을 넣어두기 위한 곳도 아닌 것 같았다. 8절지 크기의 불투명한 유리가 끼워진 쪽창이 달린 방은 이령의 고향집 다락방처럼 아늑해서 숨어 있기 적당한 장소였다.

이령은 구석진 자리로 가서 웅크리고 앉았다. 누군가 그녀를 위해 만들어놓은 방 같았다. 아직 해가 저물지 않았지만 다락방은 어두웠다. 낯선 공간에 대한 두려움이 차차 사라지고 마음이 차분해지면서 졸음이 몰려왔다. 멀리서 이령을 부르는 장의 목소리가 들렸다. 그녀가 병원에 입원해 있었던 몇 달 동안 장은 사흘 걸러 하루씩 비좁은 보조 침상에서 밤을 보냈다. 규칙적인 방문과 따뜻하고 신중한 손길을 거부하거나 밀어낼 수 없었지만 이령은 모르는 사람으로부터 간병을 받는 것 같아서 불편했다. 그가 누구인지 알고 있었지만 이령은 자신의 기억을 확신할 수 없었다. 장의 목소리가 가까이 들렸다가 점점 멀어졌다.

엄마는 한밤중에 우물가로 뛰쳐나갔다. 갓난아기 울음소리가 들리자 엄마는 진저리치듯 어깨를 떨었다. 동트기 전에 일어나서 밥을 짓고 빨래를 하고 땡볕에서 밭일을 하느라 땀에 전, 밑단에 고무줄을 넣은 품이 헐렁한 일 바지와 목 주위가 늘어진 티셔츠를 벗지 않은 채였다. 밤늦게 빨래를 하려거나 몸을 씻으려고 거기 서 있는 것이 아니었다. 엄마는 종종 한밤중에 느닷없이 마당으로 뛰쳐나가곤 했다. 두레박을 길어 올려서 벌컥벌컥 들이마신 차가운 우물물이 진정제라도 되는 듯 엄마는 방으로 들어오면 몸을 잠깐 뒤척이다가 잠들었다.

넋 놓고 우두커니 서 있던 엄마가 손을 뻗어서 우물 입구를 막아놓은 판자뚜껑을 열었다. 어둠 속에서 몸을 움츠리고 엿보고 있던 아이는 엄마가 그랬던 것처럼 어깨를 부르르 떨었다. 엄마는 깊은 굴속 같은, 밑이 보이지 않는 어두운 우물 속으로 얼굴을 처넣었다. 물을 길어 빨래를 하고 쌀을 씻고 열무를 다듬어서 김치를 담그던 투박하고 거친 두 손으로 우물턱을 짚은 채 그 속으로 뛰어들 것처럼 불안하게 몸을 흔들어댔다.

이튿날 엄마는 간밤에 아무 일도 없었던 사람처럼 집 안팎을 오가며 부지런히 몸을 움직였다. 부엌 아궁이에는 갓난아기를 안고 잠든 여자가 먹을 미역국이 솥단지 가득 끓고 있었다. 여자가 갓난아기를 안고 집으로 온 뒤로 식구들은 끼니마다 미역국을 먹었다. 엄마는 밥때가 되면 쇠고기 한 점 들어가지 않은 미역국과 질기디질긴 나물 몇 가지로 상을 차려서 안방으로 가져다주고 여물을 쑤고 똥 기저귀를 빨고 집 안팎을 한바탕 치운 뒤에 머릿수건과 낫이며 호미 따위를 챙겨 밭으로 갔다. 아이와 아이의 언니가 책가방을 둘러메고 집에서 오리 남짓 떨어져 있는 학교로 가면 집에는 여자와 갓난아기와 왼발을 절뚝거리는 아이의 동생이 남았다. 한나절 동안 하릴없이 혼자 있어야 하는 동생 때문에 아이는 학교가 파하면 곧장 집으로 돌아와야 했다.

여름방학을 며칠 앞둔 무더운 여름이었다. 학교가 파하면 아이는 해찰을 부리지 않고 곧장 집으로 달려갔다. 엄마의 당부나 눈이 빠지게 아이를 기다리고 있을 동생 때문이 아니었다. 여자가 갓난아기를 안고 집으로 온 뒤로 아이는 전과 달리 집으로 가는 길이 어쩐지 들뜨고 설레었다. 바지랑대에 걸린 기저귀가 바람을 따라 흔들거리는 마당으로 들어서자 토방에 쭈그리고 앉아 있던 동생이 손에 쥐고 있던 나뭇가지를 내던지면서 환한 얼굴로 자리에서 일어섰다. 아이는 반가운 얼굴로 달려드는 동생을 뿌리치듯 밀쳐내고 마루로 올라섰다. 가만히 앉아 있어도 숨이 차고 땀이 흐르는 더운 날씨였지만 안방 문은 빈틈없이 닫혀 있었다.

책가방을 마루에 던져놓고 아이는 우물로 가서 손을 씻었다. 햇볕에 빳빳하게 말라 있는 기저귀를 걷어서 뭉쳐 들고 마루로 올라가는 아이를 동생이 발맘발맘 따라왔다. 아이는 한정 없이 길어 보이는 면 기저귀를 여러 번 접어서 대바구니에 차곡차곡 쌓아놓았다. 행여 동생이 흙 묻은 손으로 기저귀를 만질까 겁이 나서 아이는 엄마가 그랬던 것처럼 무섭게 눈을 흘기면서 야무지게 손을 놀렸다.

기저귀를 담은 대바구니를 들고 아이는 안방 문 앞으로 가서 섰다. 아기 울음소리와 아기를 달래는 여자의 다정한 목소리는 들리지 않았다. 여자와 여자의 아기가 보고 싶었지만 문을 벌컥 열 수 없었다. 아이는 방문 앞에 대바구니를 내려놓고 돌아섰다. 아기 울음소리가 들릴 때까지 기다릴 생각이었다.

여자가 강보에 싸인 아기를 안고 대문 안으로 들어왔던 날 엄마는 아무것도 묻지 않고 안방을 내주었다. 목소리가 크고 걱실걱실해서 어떤 남자와 상대를 해도 꿀리지 않았던 엄마는 한 손으로 슬쩍 건드리기만 해도 맥없이 쓰러질 것 같아 보이는 작고 여윈 여자 앞에서 기가 죽었다. 엄마는 묵묵히 부엌으로 가서 찬물에 마른미역을 담그고 쌀을 씻어 밥을 안쳤고 아이와 언니와 동생을 불러 안방에 얼씬거리지 말라고 퉁명스럽게 말했다.

여자는 좀처럼 방에서 나오지 않았다. 하루 세 끼 미역국을 먹고 온종일 아기를 안고 잠을 자는 것 같았다. 해가 뉘엿뉘엿 지기 시작하면 엄마는 밭에서 돌아와서 서둘러 밥을 짓고 물을 데웠다. 여자가 밥상을 물리면 엄마는 따뜻한 물을 함지에 담아 안방으로 가져갔다. 엄마와 여자가 마주 앉아 갓난아기를 씻길 때 아이는 문틈으로 엿보았다. 닮은 데라곤 하나도 없는 두 사람이 모두 여자라는 사실이 도무지 믿어지지 않았다. 통이 크고 겁이 없는데다가 아무리 힘든 일이 있어도 엄살을 피우지 않는 억척스러운 엄마는 묵묵히 일만 하는 가축 같은 여자였다.

엄마가 함지를 내가자 아기를 품에 안은 여자가 자리에서 일어섰다. 무더운 날씨였지만 여자는 품이 헐렁한 긴 팔 셔츠와 긴 치마를 입고 양말까지 신고 있었다. 아이는 긴 머리카락을 고무줄로 느슨하게 묶은 여자의 주름 하나 없이 희고 가느다란 목과 일직선으로 뻗은 빗장뼈를 훔쳐보았다. 각진 곳 없이 갸름한 얼굴은 며칠 사이 부기가 빠져서 반듯한 이마와 높은 콧날이 도드라져 보였다. 좁은 어깨를 따라 흘러내린 셔츠 소매 아래로 우아하게 뻗은 길쭉하고 매끄러운 손으로 여자는 아기를 안고 가만가만 몸을 흔들면서 낮은 목소리로 자장가를 불렀다. 아이는 여자의 품에 안겨 있는 아기가 된 듯 몸이 나른해지면서 졸음이 쏟아졌다.

아기를 품에 안고 다독거리던 여자가 고개를 돌렸다.

"들어와서 아기 볼래?"

여자가 미소 띤 얼굴로 속삭이듯 말했다.

"괜찮아, 네 동생이잖아. 어서 들어와."

상냥하고 부드러운 목소리에 이끌려서 아이는 방으로 들어갔다. 여자가 아기를 품에서 떼어 요에 눕혔다. 잠든 아기의 새근거리는 숨소리가 들렸다. 방안을 떠다니는 공기 속에서 비릿하면서 달콤한 젖 냄새가 났다. 그것은 여자의 냄새였다.

한 번도 햇볕에 나가 본 적이 없을 것 같은 희고 매끄러운 얼굴의 여자가 누구인지 아이는 알지 못했다. 처음 보았던 순간 낯선 아름다움에 홀리듯 빠져버렸던 아이는 여자가 아기와 함께 집에 머물러 있다는 사실에 야릇한 흥분을 느꼈다.

네 동생이라고 말로 여자는 모든 것을 이야기해준 셈이었다. 아이는 당혹스러웠고 혼란을 느꼈지만 여자를 거부할 수 없었다. 엄마는 철없는 아이를 비난하고 나무랄지도 몰랐다. 언니는 직수굿하게 해산바라지를 해주는 엄마를 감정이 없는 동물 같다고 말했지만 아이는 여자를 차갑게 외면할 수 없었다.

여자가 누구인지 알게 되었다고 해서 여자를 향한 선망이 사라진 건 아니었다. 아기와 함께 집에 머물러 있었던 이십 여 일 동안 여자는 아이에게 불안과 관심의 대상이었다. 아이는 그 여자의 강렬하면서 매혹적인 아름다움에 사로잡혔다.

여자와 함께 있을 때 아이는 거칠고 투박한 외모와 퉁명스러운 말투가 한층 도드라졌던 엄마에게 미안했고 죄책감을 느꼈다. 불쑥 찾아와서 아기와 함께 머물렀던 여자는 예고 없이 떠났다. 여자가 어디로 갔는지 엄마는 말해주지 않았다. 희미하게 젖 냄새가 남아 있는 텅 빈 안방 문을 열었을 때 아이는 여자가 떠난 것을 알고 슬픔과 함께 안도감을 느꼈다.

2

파란색 타일이 깔린 욕실 바닥은 물기 없이 깨끗했다. 잘 마른 크림 색깔 타월이 수건걸이에 걸려 있고 유리 덮개가 달린 수납장에 같은 색깔 타월이 차곡차곡 접혀 있었다. 이령은 입구가 넓어서 커다란 도자기 그릇처럼 보이는 세면대 앞으로 가서 얼룩 한 점 없이 말끔하게 닦인 거울을 바라보고 섰다. 욕실뿐 아니라 주방이며 거실이며 집안 구석구석은 깔끔하고 바지런한 주부가 꼼꼼하게 쓸고 닦은 손길이 느껴졌다. 어지럽히는 아이들이 없다고 해도 사람이 살고 있는 집이란 끊임없이 치우고 돌보지 않으면 잡초가 무성한 들판처럼 금세 흐트러지고 더럽혀지기 마련이었다. 사람이 살지 않는, 비어 있는 집이라고 해서 다를 게 없었다. 인적 없는 빈 집은 무수한 먼지가 떠다니고, 고여 있는 물이 썩어서 냄새를 풍기듯 정지한 사물들은 시간을 따라 시나브로 빛이 바래서 윤기를 잃고 부식되어버린다.

이령은 타인처럼 낯설어 보이는 거울 속 얼굴에서 시선을 거두고 세면대 수도꼭지를 위쪽으로 올려서 수돗물을 틀었다. 콸콸 쏟아지는 물이 세면대에 차오를 틈 없이 쿨렁거리며 배

수구로 빠져나갔다. 이령은 거칠게 손을 움직여서 얼굴과 목을 씻고 손바닥으로 물을 받아서 욕실 바닥과 벽, 거울에 함부로 흩뿌렸다. 물방울이 부딪혀 흘러내리는 거울과 물기로 축축해진 욕실 바닥은 더 이상 강박적으로 청결하게 보이지 않았다. 진공 상태인 것처럼 갑갑하던 공기가 한결 누그러지자 비로소 편안하게 숨을 쉴 수 있었다. 이령은 손과 얼굴을 닦은 타월을 뭉쳐서 세탁 바구니 밖으로 아무렇게나 던지고 욕실을 나왔다.

주방 체리목 식탁에 찌개와 반찬 몇 가지가 뚜껑이 덮인 채 차려져 있었다. 된장찌개 뚝배기는 방금 가스 불에서 내린 것처럼 뜨거웠다. 이령은 배가 고팠지만 식탁에 앉지 않았다. 냉장고를 열자 나물이며 샐러드며 재워놓은 고기며 차곡차곡 쌓여 있는 크고 작은 플라스틱 그릇이 보였다. 이령은 사과 한 알을 꺼내고 천 밀리미터 우유 한 통과 치즈 두 장을 집어 들면서 문이 닫혀 있는 서재 쪽을 바라보았다. 장은 기척이 없었다. 이령은 사과와 우유와 치즈를 쟁반에 담아 들고 다락방으로 올라갔다.

통나무를 잇댄 천장이 낮은 다락방은 형광등이 없었다. 노트북컴퓨터와 몇 권의 책이 흐트러져 있는 구석에 둥근 스탠드가 처박혀 있었다. 이령은 불을 켜지 않았다. 온종일 빛이 들지 않는 다락방에서 이령은 대부분 잠을 잤고 필요 이상으로 긴 잠을 자고 깨면 냉장고를 뒤져서 요기를 하고 어둠 속에서 가만히 앉아 있었다. 어둠이 노트북컴퓨터와 책 위로 내려

쌓인 먼지를 지웠다. 이령의 다락방은 요일마다 각기 다르게 찌개와 국을 끓이고 넉넉하게 밑반찬을 만들고 욕조와 세면대에 물때가 끼지 않도록 세심하게 주의를 기울여서 청소하는 손끝이 야문 젊은 외국인 여자의 손길이 미치지 않았다. 누구도 함부로 어둠과 정적을 휘저어놓지 못하는 그곳에서 이령은 한 여자를 생각했다. 안개처럼 뿌연 기억 너머에 서 있는 환영처럼 보이는 여자의 모습을 기억해내려고 애썼다.

여자는 고즈넉한 풍광 속에 피어 있는 풀꽃 같았다.

나비.

노랑나비 한 마리가 마당에 날아올랐다.

나비가 날아간 마당에 여자가 서 있었다. 이령이 여자 쪽으로 한 걸음 다가서자 마당은 이내 텅 비어버렸다.

지난해 가을, 다락방 쪽창 너머로 이령은 앞마당에 세워져 있는 낯선 오토바이를 보았다. 외딴집으로 불쑥 찾아온 사람은 뜻밖에도 젊은 외국인 여자였다. 베트남이나 필리핀 혹은 태국 사람으로 보이는 외국인 여자는 낡은 중국산 오토바이를 타고 왔다. 여자가 돌아갈 때까지 이령은 다락방에서 꼼짝하지 않았다. 여자가 오토바이 엔진 소리와 함께 떠난 뒤 장이 다락방으로 올라왔다. 밥을 먹자고 재촉하는 그의 목소리가 여느 날과 사뭇 다르게 들렸다.

식탁에는 외국인 여자가 만들었다고 믿어지지 않을 만큼 토속적인, 한국 사람들이 일상적으로 먹는 음식이 정갈하게 차려져 있었다. 장은 음식을 만들어놓은 여자가 한국으로 시집온 베트남 신부이며 한국음식을 잘 만든다는 이웃의 말을 듣고 집안일을 부탁했다고 짤막하게 설명했다. 이령은 베트남에서 시집온 여자가 마을에 살고 있다는 사실을 알지 못했다. 이웃과 전혀 왕래하지 않고 지내는 장이 어떻게 마을 사람을 통해 여자를 소개 받았는지 궁금했지만 물을 수 없었다. 어쩌면 장은 이령의 기억과 달리 이웃들과 친밀하게 지내왔을지도 모를 일이었다. 장과 허물없이 터놓고 지내는 사람들이라면 이령과도 각별하게 지냈을 게 분명했다. 여자에 대해 세세하게 덧붙여 말해주지 않는 까닭은 부연 설명이 필요 없어서일 것이다. 기억을 확신할 수 없었기 때문에 이령은 혼란스러웠고 마주 앉아서 밥을 먹고 있는 장이 점점 더 낯설고 불편했다. 장과 함께 보냈던 시간을 반추할수록 이령은 미궁에 빠진 것처럼 당황했고 허둥거렸다. 평생 함께 살아왔던 것처럼 익숙하고 편안했다가 어느 순간 아무것도 공유한 것이 없는 낯선 사람처럼 느껴질 때마다 더럭 겁이 났다. 장에 대한 기억은 지워지고 조각났고 뭉개지고 달아나버렸다. 기억을 신뢰할 수 없었기 때문에 이령은 공포와 두려움에 떨었다.

이령은 감각기관을 신뢰할 수 없었다. 왼쪽 귀와 머릿속을 옮겨 다니면서 울려대는, 깊은 잠에 빠지기 전까지 결코 사라지지 않을 쇳소리는 실재하지 않는 환청일 뿐이었다. 이령이 어눌한 말로 참아내기 힘든 이명의 괴로움을 호소했을 때 그녀의 두개골을 열고 수술을 집도했던 신경외과 전문의는 아무 문제가 없는 자신의 커다란 머리를 절레절레 흔들면서 뇌 수술 후유증일 거라고 대답했다. 평생 그 소리를 듣고 살아야 할지도 모르지만 운이 좋으면 소리가 작아지거나 사라질 수도 있다고 말했다. 의사는 불안을 떨쳐버리지 못하는 이령을 이비인후과로 보내서 몇 가지 검사를 받을 수 있게 해주었다. 이령의 청력은 정상이었고 검사 결과 청각기관의 문제는 발견되지 않았다. 안간힘을 다해도 매끄럽고 자연스럽게 발화되지 않는 언어처럼, 미끄러지고 어긋나고 백지처럼 하얘지는 기억처럼, 의지와 상관없이 규칙적으로 울려대는 소음은 이령이 짐처럼 떠안고 살아야 할 낯설게 변화된 환경이었다.

깨어 있을 때보다 잠든 시간이 더 많았지만 장은 불평하거나 다그치지 않았다. 좁고 어두운 다락방에 고집스럽게 틀어박혀 있으려고 하는 이령을 환한 곳으로 끌어내려고 애쓰지 않았다. 장은 언제라도 그녀를 위해서 무엇이든 할 준비가 되어 있는 사람처럼 보였다. 그녀보다 그녀에 대해서 더 잘 알고 있다고 해도 장은 이령의 불안을 전부 눈치채지는 못했다. 잃어버린 공백을 채워줄 수 없었다. 다정하고 세심하게 배려했지만 그는 납득할 수 없는 것을 요구했고 집요하고 끈질기게 기다리고 있었다.

노트북컴퓨터와 몇 권의 책을 다락방에 가져다 놓으면서 장은 원한다면 언제라도 서재로 내려와서 글을 쓰라고 말했다. 이령이 생강나무와 관목 숲이 보이는 서재에서 글을 썼을 때 그는 소파에서 책을 읽었다고 했다. 윈도우는 새롭게 포맷을 한 듯 깨끗했다. 컴퓨터 바탕화면에 몇 개의 아이콘이 가지런히 떠 있었다. 인터넷은 열리지 않았다. 한글문서를 더블클릭해서 열어놓고 C드라이버와 D드라이버를 샅샅이 뒤졌지만 저장된 글은 찾을 수 없었다.

자신의 것이 분명한 노트북컴퓨터로 어떤 소설을 썼는지 이령은 기억해내지 못했다. 그녀는 배터리의 수명이 다해서 충전을 할 수 없는 경우가 아니라면 휴대전화를 새로 구입하지 않았고 치명적인 문제가 없는 한 컴퓨터를 바꾸지 않았다. 십수 년 전부터 원고지를 버리고 컴퓨터로 글을 썼지만 이령은 전자기기를 좋아하지 않았고 능숙하게 다루지도 못했다. 기능이 업그레이드된 신형 휴대전화와 컴퓨터에 익숙해지기까지 시간이 오래 걸렸고 마치 낯선 환경에 놓인 것처럼 작업에 몰두할 수 없었다. 이령이 십여 년 동안 사용했던, 몇 차례 수리를 받은 컴퓨터는 한글 자판 두 개가 고장 나서 제 기능을 하지 못했다. 외장 하드를 사용해서 원고를 하드 디스크에 저장할 때마다 마우스가 제대로 작동하지 않아서 애를 먹었다. 글을 쓸 때마다 짜증을 내고 투덜거렸지만 컴퓨터를 바꾸려고 하지 않았다. 어느 날 장이 전자상가에서 노트북컴퓨터를 사가지고 와서 낡은 컴퓨터에 저장되어 있는 이령의 원고를 복사해서 집어넣어 주었다. 매끄럽게 입력되는 글자와 무선으로 움직이는 마우스와 외장 하드 따위 없이 공CD를 넣고 원고를 복사할 수 있는 컴퓨터의 편리함에 새삼 놀랐지만 이령은 한동안 글을 쓸 수 없었다.

컴퓨터로 글 쓰는 일만 하는 게 아니라고 알려준 사람은 장이었다. 멀쩡해 보이는 것을 두고 컴퓨터를 새로 구입할 때마다 장은 업그레이드된 기능과 드라이버의 저장용량에 대해서 자랑처럼 이야기했다. 한글문서 작업과 이메일, 인터넷 검색이 전부였던 이령과 달리 그는 컴퓨터로 음악을 듣고 영화를 다운받아 보고 수백 장이 넘는 사진을 편집해서 저장해놓았다.

뒤죽박죽 엉켜 있는 기억의 조각을 필사적으로 잡으려고 애쓰다가 문득 이령은 장이 다락방으로 가져다 놓은 것이 자신의 노트북컴퓨터가 아닐지도 모른다고 생각했다. 확인하려면 장에게 물어보는 수밖에 없었다. 장은 간명하게 답해줄 것이다. 아무것도 저장되어 있지 않는 컴퓨터에 대해서, 그녀가 머물고 있는 외딴집과 어디엔가 처박혀 있을 한글 자판이 고장나버린 낡은 컴퓨터와 그것을 두드리면서 썼던 소설과 뭉텅이로 달아나버린 몇 개월 동안의 시간에 대해서 말해줄 수 있는 사람은 오직 장 한 사람뿐이었다.

3

소파에 앉아 앞마당과 그 너머로 펼쳐져 있는 너른 논 쪽을 향해 시선을 두고 있거나 주방 식탁에서 느릿느릿 밥과 반찬을 씹는 장을 볼 때마다 이령은 그에게 다가가서 의문과 혼란과 두려움으로 소용돌이치며 목구멍을 타고 치밀어 오르는 말을 쏟아내고 싶은 충동을 느꼈다. 집 안에서도 언제나 말쑥하게 옷을 차려입고 침실이 아닌 곳에서는 함부로 눕거나 자세를 흐트러뜨리지 않는 장은 여학교 기숙사 사감처럼 고지식하고 엄격해 보였다. 종강을 한 뒤로 그는 식료품을 사기 위해 마을 구판장에 다녀왔을 뿐 외출은 거의 하지 않았다. 규칙적으로 방문하는 외국인 여자 말고 아무도 찾아오지 않는 외딴집에서 장은 이령을 지키는 간수가 되어 단조롭고 따분한 일상을 소비하고 있었다.

노, 노.......................................

입을 열기만 하면 무너진 둑을 타고 쏟아지는 물처럼 걷잡을 수 없이 흘러나올 것 같았던 말은 덫에 걸릴 것처럼 목구멍에서 빠져나오지 않았다.

기대와 걱정이 엇갈린 눈빛으로 참을성 있게 기다리던 장이 모든 의혹과 두려움으로부터 구원해줄 것 같은 단호한 표정을 지으면서 다가오더니 새파랗게 질린 채 몸을 떠는 이령의 어깨를 끌어안았다. 이령은 장의 넓고 단단한 가슴에 안긴 채 힘차게 뛰는 심장 박동 소리를 들었다. 귓속을 날카롭게 긁어대는 쇳소리를 들었다. 장의 품은 따뜻하지도 아늑하지도 않았다. 그가 자신의 연인이며 남편이라는 사실을 믿을 수 없었다. 설령 어렵게 물을 수 있다고 해도 그가 진실을 이야기해줄 것 같지 않았다.

이령은 장의 가족을 알지 못했다. 한 번도 본적이 없다고, 생각했다. 기억이 왜곡되었을지도 모른다는 의심은 그에게 전 부인과 아들이 있다는 사실이 희미하게 떠올랐을 때 확신으로 바뀌었다. 지인 몇을 초대해서 결혼식을 올렸던 날 이령의 언니가 하객으로 초대받아 식장에 왔었다. 하객 수가 많지 않았지만 결혼식을 올리는 두 사람에게 쏠린 시선은 헤아릴 수 없을 만큼 많았다. 장이 이혼을 했고 한 아이의 아버지라는 사실을 알았다면 이령의 언니는 식장에 오지 않았을지도 몰랐다.

어머니는 이령이 결혼해서 가정을 이루고 사는 것을 누구보다 바라고 기다렸지만 아이를 낳고 한 여자와 십수 년을 함께 살았던 남자를 사위로 맞을 마음이 없었다. 이령은 어머니가 견뎌야 했을 모멸과 고통을 헤아리지 못했다. 그녀가 아버지의 여자를 동경하고 매혹당했다는 사실을 눈치챘다고 해도 어머니는 철없는 어린아이의 미욱한 행동으로 치부해버렸을 것이다. 이제 더 이상 아이가 아닌 그녀는 새삼 어머니의 상처를 덧나게 했다. 어머니는 그리움과 외로움, 수치와 굴욕을 견디면서 평생 기다렸다. 아버지의 부고를 받고 어머니는 눈물을 흘리지 않았다. 어머니는 건장한 체격의 젊은 남자가 상주 자리를 지키고 있는 빈소로 들어가서 예를 갖추고 고인의 명복을 빌었다. 어머니보다 훨씬 더 늙어 보이는, 염색을 하지 않아 하얗게 센 머리카락을 손 빗질해서 대충 틀어 올린 아버지의 여자에게 망자의 마지막 길에 향을 사를 수 있게 해줘서 고맙다고 말을 건넸다. 검은색 상복을 입은 늙은 여자가 빈소 밖으로 따라 나와서 어머니를 배웅했다. 이령은 이마며 뺨이며 고랑처럼 깊게 주름이 패고 늘어진 목살이 출렁거리는 여자가 우아하게 뻗은 손으로 갓난아기를 안고 어르던 그 여자라는 사실을 믿을 수 없었다. 아버지의 여자라는 사실을 알았을 때도 여자의 아름다움을 퇴색하지 않았다. 미움이나 분노가 아니라 이령은 여자의 품에 안겨 있던 갓난아기를 질투하고 특별할 것 없는 아버지에게 화가 났을 뿐이었다. 이령은 아버지가 아름다운 여자를 소유할 만한 자격이 없다고 생각했다.

국화꽃에 둘러싸인 영정사진을 보았지만 이령은 아버지의 얼굴을 떠올릴 수 없었다. 스냅사진을 확대해서 액자에 끼워놓은 듯한 영정 속 아버지는 길거리를 걸으면 무수히 마주칠 수 있는 지극히 평범한 노인의 얼굴이었다. 이십여 일 동안 집에 머물며 산후조리를 했던 여자의 얼굴이 기억 속에 강렬하게 각인되었던 것과 달리 아버지의 모습은 존재감 없이 흐릿했다.

이령이 어머니와 동행해서 장례식장으로 갔던 까닭은 어떤 기억과 감정도 남지 않은 아버지의 죽음을 추모하기 위해서가 아니었다. 이령은 아이를 낳고 살면서 세월을 따라 시나브로 늙어가면서도 법적으로 아버지의 아내가 될 수 없었던 여자가 겪었을 갈등과 상처를 생각하지 않았다. 어머니와 여자는 더 이상 주고받을 고통이나 상처가 남지 않았다. 기다림이라는 질긴 끈을 놓아버린 어머니는 후련해진 마음으로 원망과 슬픔을 더듬을 수 있었다. 어쩌면 여자는 진작 욕심과 집착을 놓아버렸을지도 몰랐다. 팽팽했던 피부가 주름져 늘어지고 흑단처럼 까만 머리카락이 세어졌을 때 여자는 자신의 얼굴에서 문득, 묵묵히 산바라지를 해주었던 어머니의 추한 모습을 보았을 지도 모른다.

늙고 추하게 변해버린 얼굴이 여자의 아름다움을 일그러트리거나 퇴색시키지 못했다. 아름다움은 변하거나 사라지는 것이 아니었다. 여자는 아름다움의 최초의 기억으로 남아 있었다. 유년을 지나서 성인이 될 때까지 이령은 어느 날 벼락을 맞듯 온몸을 강타했던 여자의 강렬한 인상에 사로잡혀 있었다. 여자는 미의 표상이었다. 여자의 아름다움은 심지어 여자 자신과도 직접적으로 관련이 없는 추상적인 미였을 뿐이었다.

온전한 아름다움은 시궁창의 더러움으로 돋보일 수 있었다. 추가 존재하지 않는다면 미는 미로서 지각될 수 없었다. 아름다움은 선량함과 같지 않았다. 아름다움은 이기적이며 고집스럽고 독기를 품고 있었다. 아름다움은 도덕과 규범이라는 틀 안에 가둘 수 없었다. 그것은 스스로 발화하는 불꽃과 같았다.

누군가에게 유용하게 쓰이는 것들은 아름답지 않았다. 이령은 미에 대한 갈망으로 글을 쓰기 시작했다. 언어를 통해 아름다움에 가닿고자 했을 뿐 이령은 한 땀 한 땀 바느질을 하듯 공들여 쓴 소설을 돈으로 환산하지 않았다. 돈을 벌기 위해서라면 누구라도 재미있게 읽을 수 있는 쉽고 말랑말랑한 소설을 써야 했다. 단숨에 읽고 책을 덮으면 더 이상 아무것도 생각나지 않는, 남녀노소 누구라도 어려움 없이 읽어낼 수 있고 보편적인 감동과 웃음과 전율을 느끼게 만드는 소설은 베스트셀러가 될 수 있을지언정 아름다운 문학 작품은 아니었다. 돈과 명성과 더불어서 소설가로서 긍지와 자부심까지 얻으려고 한다면 그 사람은 사기꾼과 다를 바 없었다.

한 편의 소설을 쓰기 위해서 돈을 벌어주는 쓸모 있는 글을 써야 했다. 이령은 소설을 쓰는 시간보다 목적이 분명하고 유용하게 소비될 글을 쓰는 시간이 더 많았다. 객원기자로 사보에 실릴 취재기사를 쓰고 주 독자층이 주부인 여성지에 여행기와 탐방 기사를 썼다. 자수성가한 기업인들의 자서전은 적잖은 시간이 소비되는 힘든 작업이었지만 목돈을 벌 수 있었다. 쓰임이 유용한 글을 만드는 일은 고되고 지루한 노동이었다. 그것은 어떤 성취나 기쁨, 쾌감도 느낄 수 없는 단조롭고 무의미한 작업이었다.

이령은 정신과 육체를 혹사당한 대가로 한 편의 소설을 쓸 수 있는 시간을 얻었다. 돈으로 환산할 수 없는, 쓸모라곤 전혀 없는 소설에 매달려 있을 때 이령은 밥을 먹거나 자는 것마저 잊었다. 그녀는 언어로 창조되는 아름다운 세계에 도취되었고 짜릿한 전율을 느꼈다. 그녀는 유령과 같은 독자가 아니라 오직 아름다움을 위해서 쓸 뿐이었다. 소설은 아름다움 외에 어떤 것도 아니었다. 이령은 한 편의 소설을 통해 독자에게 메시지를 전달하려 한다거나 부조리한 현실을 드러내고자 하지 않았다. 언어를 통해 미학적 세계에 도달하고자 하는 바람은 언제나 억제하기 힘든 육체적 욕망을 동반했다. 심한 정욕에 사로잡힌 채 이령은 애타게 쾌락을 갈망했고 더 이상 버티고 견뎌내지 못할 때까지 글쓰기에 매달렸다.

첫 창작집을 내고 1년 동안 이령은 오로지 자신의 글을 썼다. 반지하 셋방에 틀어박혀서 장편소설에 매달렸다. 저축해 놓은 돈이 충분하지 않았지만 그녀는 장편소설을 탈고할 때까지 버틸 작정이었다. 수입이 전혀 없었기 때문에 소비를 줄여야 했다. 끊임없이 소비되는 것들로 채워졌던 냉장고는 시간이 지나자 내용물이 줄고 방 안 가득 냉기가 차올랐다. 하루에 두 번 라면을 끓여 식사를 하고 더 이상 컴퓨터 자판을 두드릴 수 없을 만큼 기진맥진해질 때까지 이령은 책상 앞에 앉아 있었다.

종이책으로 찍혀서 서점 진열대에 깔리면 소설은 더 이상 그녀의 것이 아니었다. 이메일로 원고 파일을 전송 받아서 교정을 보고 편집하는 출판사 편집자나 인쇄기로 책을 찍어내는 인쇄소 직원이나 단행본으로 출간된 소설 초판을 구입하는 독자들은 복사본 원고이거나 똑같은 부피와 모양으로 쏟아져 나오는 책 한 권을 소유할 수 있을 뿐이었다. 언어를 고르고 문장을 써내려갔던 그녀는 작품이 완성되어 책으로 나오면 미련 없이 소설 밖으로 걸어나가야 했다.

이령은 인기작가의 반열에 오르기를 바라거나 평론가들의 호평을 기대하지 않았다. 문학상의 주인공을 꿈꾸지 않았다. 그녀가 쓰고 있는 소설은 독자들의 구미에 맞지 않을 게 분명했다. 이령은 온전히 아름다움을 위해서 소설을 쓰는 것으로 만족했다. 우연히 그녀의 소설을 펼쳐 읽을 독자는 지루함 때문에 몇 페이지를 넘기지 못하고 덮어버리거나 같은 페이지를 몇 번씩이나 반복해서 읽어도 이해할 수 없는 난해함 때문에 독서를 중단할지도 몰랐다. 그녀의 소설을 읽고 언어의 아름다움에 매혹당할 독자는 소수에 불과했다. 그녀는 독자의 욕망을 충족시켜줄 생각이 전혀 없었다.

늙고 추해서 불쾌하고 혐오스러웠던 여자의 몸과 달리 이령의 소설은 세월이 흐른다고 해도 변하거나 훼손되지 않을 거였다. 언어의 아름다움에 비한다면 인간의 미란 건강이나 젊음, 사랑의 감정처럼 한시적이고 쉽게 마모되기 마련이며 돌이킬 수도 없었다. 육체는 소멸하는 물질이 그런 것처럼 변하지 않는 아름다움을 간직할 수 없었다.

장편소설을 쓰는 동안 계절이 네 번 바뀌었다. 작업은 더디었고 그녀는 소설을 쓰는 시간보다 컴퓨터 앞에 멍하니 앉아 있을 때가 더 많았다. 마침내 탈고를 했을 때 이령은 낮에도 햇볕이 들지 않는 어두컴컴한 방에 쓰러져서 죽은 듯이 잠들었다.

긴 잠을 자고 깨어났을 때 이령은 참을 수 없는 허기를 느꼈다. 냉장고는 텅 비어 있었다. 몇 겹으로 껴입은 셔츠 위에 두꺼운 스웨터를 걸치고 식료품을 사려고 밖으로 나왔을 때 이령은 따뜻한 바깥 공기에 놀랐다. 길을 오가는 사람들의 밝고 산뜻한 옷차림을 보고 그녀는 봄이 온 것을 알았다.

출판사에 원고를 넘기고 5개월 뒤 이령의 첫 장편소설이 출간되었다. 초판 3천 권을 찍었고 10퍼센트에 해당하는 인세가 통장으로 입금되었다. 일간지 문화면 몇 곳에 이령의 소설에 대한 짧은 기사가 나왔다. 책표지나 저자의 사진이 실리지 않은 두세 줄에 불과한 기사를 눈여겨보는 사람은 드물 것이었다. 장편소설 출간을 앞두고 이령은 쓸모 있는 글을 쓰기 위해 부지런히 뛰어다녔다. 규칙적으로 밥을 먹었고 불면에 시달리지 않았다. 정욕으로 들끓었던 몸이 편안해졌다. 컴퓨터와 책과 씻지 않은 컵 따위로 어지러운 책상 위에 그녀의 장편소설이 몇 권 쌓여 있었다. 인세로 받은 돈은 많지도 적지도 않았다. 충분하지도 부족하지도 않았다. 밀린 방세를 내고 날마다 소비해야 할 식료품 따위를 사기 위해서 이령은 아무 불평 없이 특정한 사람들에게 유용하게 소비될 글을 쓰기 시작했다.

다락방 쪽창 너머로 보이는 마당과 길, 논과 밭이 순식간에 지워지고 먹물 같은 어둠이 깔렸을 때 이령은 조심스럽게 그 여자의 얼굴을 떠올렸다. 여자는 너무 멀리 떨어진 곳에 있었다. 이목구비가 흐릿했고 이름을 기억해낼 수 없었다.

3. 이령에 대해 말하다

1

장은 구판장 계산대로 가는 길목에서 이장 문 씨와 마주쳤다. 작업복 바지 위에 장딴지까지 내려오는 외투를 걸친 문 씨가 과일이며 채소며 고기며 우유며 치즈까지 골고루 담겨 있는 장의 카트를 살피듯 유심히 바라보다가 눈인사를 했다. 문 씨의 카트에는 막걸리와 소주 말고 다른 것이 없었다. 장이 술로 채워져 있는 카트를 흘긋 쳐다보자 문 씨가 겸연쩍어하며 웃었다.

장은 계산대 앞에 카트를 세워놓고 주류 코너로 가서 양주 한 병을 되는 대로 집어 들었고 과자 진열대에서 감자칩과 새우깡을 가져왔다. 70대 중반이라고 했지만 나이보다 훨씬 더 늙어 보이는 문 씨는 이혼한 작은아들이 맡긴 고등학교와 중학교에 다니는 손자와 손녀를 키우고 있었다. 새벽 첫차를 타고 시내에 있는 학교로 통학을 한다는 두 아이를 장은 한 번도 본 적이 없었다.

장이 술과 감자칩과 새우깡을 내밀자 문 씨가 형식적으로 한 번 손사래를 치고 난 뒤에 받았다. 이틀에 한 번꼴로 구판장으로 가서 술을 사는 문 씨는 소문 난 애주가였다. 날마다 술을 마신다고 했지만 그는 거나하게 취해 있거나 주사를 부리는 사람이 아니었다. 지난해 봄, 문 씨가 막걸리 두 병을 손에 들고 하얀집으로 찾아왔던 날, 장은 값비싼 양주며 와인 따위 술이 있었지만 내놓지 않았다. 그는 술을 전혀 마시지 못한다고 거짓말을 했고 문 씨가 가져온 막걸리를 입에 대지 않았다. 문 씨는 막걸리 두 병을 마시면서 두서없이 이야기를 늘어놓고 돌아갔다. 마을 사람들과 불편하게 지내는 것을 원치 않았지만 장은 문 씨와 허물없이 술잔을 건네면서 어울리고 싶지 않았다. 그날 이후 그는 문 씨에게 장 사장으로 불리었다. 와인을 사려고 주류 전문점에 들를 때마다 장은 이장에게 가져다 주려고 값이 헐한 양주를 샀다.

장은 쇼핑 봉지를 양손에 나눠 들고 문 씨와 나란히 구판장 주차장으로 걸어갔다. 자동차 트렁크에 짐을 싣고 그는 문 씨의 낡고 지저분한 승합차 뒤를 쫓아 승용차와 트럭 몇 대가 띄엄띄엄 세워져 있는 주차장을 빠져나왔다. 이장이 찾아온 뒤로 그는 마을길을 오갈 때마다 사람이 눈에 띄면 자동차를 세우고 차창 밖으로 고개를 내밀어서 인사했지만 대부분 늙고 옷차림이 비슷비슷한데다 표정까지 빼닮은 마을 사람들은 불쾌한 눈으로 그를 쳐다보거나 인사를 받는 둥 마는 둥하고 지나가버렸다. 이렇이 사고를 당한 뒤로 마을 사람들은 그와 눈조차 마주치려고 하지 않았다.

구판장 옆으로 운동장이 널찍한 초등학교가 보였다. 전교생이 이십여 명 안팎인 초등학교는 가일리와 인근 마을 아이들이 다니는 분교였다. 논을 끼고 난 도로를 오백 미터 남짓 달리자 마을 입구가 나왔다. 길은 정자가 있는 마을 초입에서부터 수령이 3백 년 가까이 된다는 은행나무가 서 있는 이장 집 앞까지 닦여 있었다. 마을과 시내를 오가는 버스가 하루 네 차례씩 은행나무 주변에서 승객들을 내려주고 차를 돌려서 나갔다. 은행나무가 서 있는 자리에서 길은 세 갈래로 뻗어 있었다. 마을회관으로 사용하는 시멘트 건물 위쪽으로 난 흙길은 승합차 한 대가 바듯이 들고 날 수 있을 만큼 폭이 좁고 경사가 가팔랐다. 산으로 이어진 길 중턱에 컨테이너 하나가 흉물스럽게 놓여 있었다. 논과 논 사이로 난 흙길은 길이 끝나는 곳까지 평평했고 개울 건너 관목 숲으로 이어지는 길은 흙과 자갈이 섞여서 울퉁불퉁했다.

이장 집을 지나서 비포장도로가 시작되자 장은 자동차 속도를 줄였다. 이장 집 벽돌담과 은행나무 사이에 놓인 평상에 걸터앉아 있던 남자가 흐리멍덩한 눈빛으로 멀어져가는 장의 자동차를 바라보고 있었다. 덥수룩한 머리에 수염이 지저분하게 뻗쳐 있는 남자의 얼굴이 술기운으로 불그스름했다. 남자의 손에 소주병이 들려 있고 야전점퍼 주머니에도 술병이 꽂혀 있었다. 아침부터 저녁까지 술에 취해 있는 남자는 해가 저물어 어두워지면 컨테이너가 있는 비탈진 길을 걸어 올라가지 않고 평상이든 마을회관이든 내키는 대로 쓰러져서 잠들었다.

이장 문 씨는 남자의 불운과 박복함을 안타까워했다. 남자는 마흔을 훌쩍 넘긴 나이에 베트남 신부를 얻어 혼인했지만 아이를 낳지 못하는 여자가 쫓겨날까 두려워했다. 노모가 죽고 없는 지금 남자는 이제 아내가 도망쳐버릴지도 모른다는 불안을 안고 살아가는 신세였다. 여자는 한국의 여느 촌부와 다름없이 생활력이 강했고 묵묵히 인내하며 헌신적으로 남편을 보살폈다. 아무것도 남은 것이 없는 남자는 여자가 떠날지도 모른다는 두려움 때문에 날마다 술을 마셨고 술에 취하면 자신도 모르는 사이에 주먹을 휘둘렀다.

여자는 복종과 체념에 길들여진 사람처럼 보이지 않았다. 군소리 없이 묵묵히 일했지만 눈치가 빨랐고 해야 할 일과 하지 말아야 할 것을 분명히 알고 있었다. 여자는 젊고 아름다웠다. 장은 능숙하게 한국음식을 만들고 지시에 따라 재바르게 행동하는 여자가 한국어를 아무 불편 없이 사용할 수 있을 거라고 짐작했다. 술주정뱅이인데다 거칠고 무능하기 짝이 없는 남편을 부양하기 위해서 이집 저집으로 품을 팔러 다니는 여자가 어느 날 홀연히 마을에서 사라져버린다고 해도 전혀 이상할 것이 없었다.

현관 앞에 알이 굵은 감자와 고구마가 가득 담긴 라면 박스가 놓여 있었다. 장은 번호 키를 눌러서 현관문을 열고 쇼핑봉지와 박스를 안으로 들여놓았다. 감자와 고구마를 가져온 사람은 박 씨 성을 가진 노파가 분명했다. 노파는 시시때때로 현관 앞에 먹을거리를 놓고 갔다. 포대에 담긴 쌀과 김치, 된장과 고추장은 터무니없이 양이 많았다. 여름에는 풋고추며 오이며 호박을 가을이면 콩과 감자를 가져왔다. 모두 노파가 산밭에서 거둔 것들이었다.

장과 이령이 하얀집에 머물러 살기 시작하자 노파는 전보다 자주 그리고 많은 양의 쌀과 채소를 가져왔다. 노파는 인기척 없이 왔다가 돌아갔다. 이따금 마주치면 합죽한 입을 꼭 다물고 소리 없이 빙그레 웃을 뿐이었다. 무구하고 선량해 보이는 웃음 때문에 장은 노파가 가져다주는 것들을 마다할 수 없었다. 어차피 놀려야 하는 논과 밭을 내주었지만 조금이나마 값을 치르고 싶어 하는 노파의 마음을 야박하게 거절하기 어려웠다. 장이 하얀집을 짓기 오래전부터 봄이면 모내기를 하고 가을이면 고개 숙인 금빛 벼들이 출렁거리는 논에서 곡식을 거둬들였을 노파는 콩이며 감자며 배추며 풋고추 등속을 심고 부지런히 풀을 베며 정성들여 가꾸어왔던 땅을 창졸간에 빼앗길까 가슴 졸였을지도 모른다. 농사를 짓고 살려고 집을 지은 것이 아니라는 것을 알고 텃밭을 가꾸는 일조차 제대로 해내지 못하는 이령을 보고 노파는 내심 마음을 놓고 혀를 찼을 것이다. 노파는 재미삼아 텃밭을 일구려고 하는 이령에게 작물 키우는 방법을 가르쳐주는 대신 밭에서 거둔 싱싱한 채소를 가져다 놓았다.

머리가 하얗게 세고 볼과 입이 합죽한, 얼굴이 온통 굵은 주름으로 가득했지만 허리가 곧고 짱짱한 노파는 이른 봄부터 늦가을까지 날마다 쉬지 않고 논밭에서 일했다. 이령의 건강이 궁금하고 걱정스러울 텐데도 노파는 장의 눈치만 살필 뿐 묻지 않았다. 박스에 담아 가져온 고구마와 감자는 겨우내 이령이 잘 지내고 있는지 궁금해하는 노파의 마음이었다.

2

장은 뒤뜰 처마 밑에 박스를 가져다 놓고 채소와 과일과 고기를 냉장고에 넣었다. 냉장고는 언제나 비어 있을 틈 없이 새로운 음식으로 채워졌다. 준비된 재료로 요리를 하고 미처 다 먹지 못하고 남겨진 음식을 처리하는 것은 쓰엉의 일이었다. 재워놓은 육류와 생선, 물크러지거나 시들어가는 과일과 채소를 버리라고 했지만 그녀가 쓰레기통에 넣지 않고 집으로 가져간다는 것을 알고 있었다.

장은 귤 몇 알과 치즈와 우유를 쟁반에 담아 들고 다락방으로 올라갔다. 문을 열자 어둠 속에 웅크리고 앉은 이령이 보였다. 이령은 석상처럼 미동도 하지 않았다. 장은 두려움과 체념이 그늘처럼 내려앉은 이령의 얼굴을 볼 수 없는 것이 차라리

다행이라고 생각했다. 이령은 환한 빛 속에 노출되는 것을 한사코 거부했다. 어눌하게나마 무언가 말하려고 하지 않았다. 지워지거나 뒤섞인 기억 속에서 헤매는 대신 단념하는 쪽을 택한 것 같았다. 희고 반듯한 이마 아래로 쌍꺼풀 없는 두 눈은 열정을 잃어서 흐릿했고 트고 갈라진 얇은 입술은 더 이상 관능적으로 보이지 않았다. 환하게 웃을 때 보였던 하얗고 고른 잇바디와 가늘고 긴 목선 아래로 일자로 뻗은 빗장뼈의 아찔한 아름다움을 찾아볼 수 없었다.

그 모든 것을 이령은 관목 숲에 버리고 왔다.

열정과 욕망이 빠져나간 육체는 더 이상 아름답지 않았다. 다락방에 숨어 있는 여자는 장이 사랑했던 이령이 아니었다. 그녀는 이제 장의 보호를 필요로 하는 연약하고 무기력한 존재일 뿐이었다. 그는 의료매트 위에 쟁반을 내려놓고 계단을 내려갔다. 봄이 오면 온종일 하얀집에서 이령을 지킬 수 없었다. 지난 몇 달 동안 장은 논문은커녕 평론 한 편 쓰지 못했다. 출판사 편집자에게 여러 차례 독촉을 받고 신인작가의 창작집 해설 원고 하나를 마지못해 써 갈겨서 보냈을 뿐이었다. 글을 쓸 때 그는 장소를 가리지 않았다. 책들이 두서없이 쌓여 있는 아파트 서재와 학교 연구실에서 호흡이 긴 논문과 평론을, 들고나는 사람들로 어수선한 카페에서 서평과 에세이를 썼다. 그는 출국수속을 밟고 탑승을 기다리는 자투리 시간을 공항 대합실 의자에서 책을 읽거나 엽서를 쓰거나 메모를 하면서 보내는 데 익숙했다. 글을 쓰기에 완벽한 조건을 갖추었다고 생각했던 하얀집 서재는 흠잡을 데 없는 완벽함 때문에 오히려 글을 쓸 수 없었다. 하루 중 대부분의 시간을 서재에서 보내면서 그는 전보를 치듯 짧게 이메일을 쓰고 의무적으로 책을 펼쳤고 창문 너머로 생강나무와 관목 숲으로 이어져 있는 길을 하릴없이 바라보았다.

그녀 역시 자주 고개를 들어 숲을 바라보았을 것이다. 쓰던 문장을 끝내지 못한 채 홀린 듯 숲으로 걸어들어 간 것이 분명했다. 사랑스러운 누이이자 관능을 자극하는 매혹적인 여자였던 이령은 이제 하얀집에 없었다. 그의 시선은 이제 더 이상 그녀에게 향해 있지 않았다.

이령의 소설은 대부분 지하 셋방에서 쓰였다. 소설을 시작하면 그녀는 몸을 돌보려고 하지 않았다. 먹고 자는 일조차 거르기 일쑤였고 탈진해서 쓰러질 때까지 몸을 혹사했다. 한 편의 소설은 머리가 아니라 이령의 몸에서 나온다고 해야 옳았다. 이령을 두 번째 만났던 날, 그녀의 몸은 불덩어리였다. 아무리 기억을 더듬어도 그는 낯선 동네의 구불구불한 골목길 어디쯤에 그녀의 좁고 옹색한 방이 있는지 찾을 수 없었다. 그는 출판사를 통해 이령의 주소를 알아냈다. 그녀가 반갑게 맞아줄지 뜨악한 표정을 지을지 짐작할 수 없었지만 모험을 하는 심정으로 그는 다세대주택 지하로 통하는 계단을 내려가서 초인종을 눌렀다. 벨을 세 번 눌렀을 때 인기척이 느껴졌다. 현관문 안쪽에서 걸쇠 풀리는 소리가 들렸다. 한겨울 추운 날씨에 이령은 온기가 전혀 느껴지지 않는 얼굴로 그를 빤히 쳐다보다가 문고리를 잡고 있던 손을 풀었다.

냉기 흐르는 방 안은 정신없이 어질러져 있었다. 두꺼운 커튼이 드리워진 창가 아래로 모니터가 켜져 있는 노트북컴퓨터와 찻잔과 책들이 두서없이 쌓여 있는 앉은뱅이책상이 보였다. 뺨으로 흘러내린 머리카락을 손으로 쓸어 올리면서 이령은 이곳저곳에 아무렇게나 널려 있는 옷가지를 집어 옷장에 넣고 방바닥에 깔려 있는 이불을 개켰다. 예고 없이 들이닥친 손님에게 그 방에서 유일하게 온기를 느낄 수 있는 전기장판이 깔린 자리를 내주고 따뜻한 차를 가져온 그녀는 차가운 벽에 등을 기대고 앉아서 달고 뜨거운 유자차를 마시는 그를 물끄러미 바라보았다.

넘칠 듯 찻잔 가득 담긴 차를 마시자 한기가 사라졌고 그는 오래전부터 알고 있었던 것처럼 이령이 친근하고 가깝게 느껴졌다. 그는 송년회 겸 출판기념회가 있었던 날 밤에도 이령을 따라와서 달고 뜨거운 차를 마셨을지도 모르겠다고 생각했다. 서로를 조심스럽게 탐색하고 사랑을 확인하고 권태와 지루함을 숨긴 채 습관적으로 만났다가 헤어지기를 반복하는 세상의 모든 연인들의 연애 패턴을 과감하게 생략한 채 중심을 향해 망설이지 않고 곧장 미끄러져 들어갔을지도 모를 일이었다. 초인종을 세 번 눌렀을 때야 문을 열어줄 만큼 글쓰기에 몰두해 있었음에도 귀찮은 내색조차 보이지 않았던 까닭은 언제라도 그가 불쑥 찾아올 거라고 예상했기 때문이었다.

그가 찻잔을 바닥에 내려놓고 외투를 벗자 이령이 감색 모직 코트를 받아 옷장에 걸었다. 날마다 그렇게 외투를 받아 걸었던 사람처럼 심상하고 자연스러운 손길이었다. 셔츠 위에 껴입은 스웨터를 손으로 여미면서 이령이 장판이 깔려 있는 자리로 와서 앉았다. 한겨울에 난방을 하지 않고 지내도 될 만큼 그녀는 건강해 보이지 않았다. 콧날이 날렵하고 각진 곳 없이 갸름한 얼굴이 핏기 없이 창백했고 신열에 시달리는 사람처럼 입술이 꺼칠했다. 그날 밤 그가 아이처럼 순하게 잠들었다고 이령이 말했다. 마치 자신의 집에 온 것처럼 스스럼없이 옷을 벗고 익숙한 손길로 그녀의 몸을 어루만졌고 알아들을 수 없는 말을 하다가 눈물을 조금 흘렸다고 했다.

이령이 입가에 웃음을 짓고 말했기 때문에 장은 그녀가 거짓말을 하거나 놀리는 것이 아닐까 의심스러웠다. 그녀의 방에서 밤을 보낸 뒤 일어날 수 있는 온갖 일들을 상상하고, 기억나지 않는 일을 떠올려보려고 애썼던 그의 헛된 노력을 비웃는 것 같았다. 그녀가 비웃음으로 자신의 어리석음을 나무라고 있다고 생각하자 그는 얼굴이 화끈거렸고 당혹스러운 표정을 감추지 못한 채 쩔쩔맸다. 이령은 그가 그 방에서 밤을 보내고 간 유일한 남자라고 말했다. 누구에게도 문을 열어주지 않았던 방에서 자고 갔다고 해서 그가 그녀와 섹스를 했던 유일한 남자는 아니라고 했다.

단호하면서도 부드러운 목소리로 속삭이면서 이령은 손으로 여미고 있던 스웨터를 벗었다. 폭이 넓은 치마를 벗고 셔츠를 말아 올려 목 쪽으로 빼냈다. 일자로 뻗어 있는 빗장뼈와 브래지어에 감싸여 있는 작고 단단해 보이는 가슴과 군살 없이 매끈한 배가 꿈처럼 그의 눈앞에 드러났다. 조롱하듯 짓고 있던 웃음이 사라지고 간절한 열망을 담은 눈동자가 장을 바라보고 있었다. 이령이 거침없는 손길로 셔츠를 들추고 가슴을 더듬었을 때 그는 몇 날 며칠 동안 필름을 되돌리면서 기억을 떠올려보려고 애썼던, 천국과 지옥을 오르내렸던 아찔한 장면이 결코 자신이 만들어낸 상상이나 꿈이 아니라는 사실을 알아챘다.

3

그가 술에 취해 울었다고 했던 이령의 말은 거짓이 아닐 것이다. 술을 마시지 않아도 그는 종종 격렬하게 울고 싶은 감정에 휩싸였고 흐느껴 울다가 잠을 깨곤 했다. 이령과 보낸 밤이 상상이 아니기를 바랐던 그는 수년째 깰 수 없는 끔찍한 악몽에 시달리고 있었다. 오피스텔을 얻어 집을 나왔지만 그는 아내와 아이로부터 달아날 수 없었다. 친밀감을 느낄 수 없는 낯설고 괴이쩍은 존재가 감당할 수 없는 무게로 그를 짓눌렀다. 그는 상상할 수 없는 고통과 끔찍한 형벌과 추악함으로 가득 차 있는 세계를 향해서 망설임 없이 뚜벅뚜벅 걸어 들어간 것을 자책했다. 빠져나갈 출구가 없는 그곳은 온갖 질병과 기괴

함으로 가득 차 있는 지옥이었다. 그는 웃음과 기쁨과 쾌락을 잃어버렸다.

아이가 잠들면 술잔을 비우는 아내의 손은 거칠고 다급해졌다. 주방 싱크대 찬장은 인스턴트 음식과 술병으로 가득 차 있었다. 몸을 가눌 수 없을 정도로 만취할 때까지 아내는 술병을 내려놓지 않았다. 살이 쪄서 윤곽이 흐릿해진 둥글둥글한 얼굴이 시뻘겋게 달아오르면 쌀자루처럼 무거운 그녀의 몸이 어느 순간 방바닥으로 허물어졌다. 학대받는 아이처럼 비쩍 마른 아이와 무섭게 살이 찐 아내는 원수처럼 등을 돌린 채 잠들었다. 아내는 시시때때로 아이에게 욕설을 퍼붓고 손찌검을 했다. 거칠게 밀쳐냈고 공격적으로 나무랐다.

폭음으로 현실을 잊으려고 했던 아내는 영원히 깰 수 없는 악몽이었다. 아내는 질병과 재난에 길들여졌고 공격적으로 돌변했다. 대학에서 전임 발령을 받았던 날 아내는 그가 쓴 평론과 서평 따위가 실린 책을 찢으면서 악담과 욕설을 퍼부었다. 학생들을 가르치고 글을 쓰고 아무 일 없는 것처럼 태연한 얼굴로 사람들을 만나고 다니는 그가 역겨워서 견딜 수 없다고 악다구니쳤다. 아이와 함께 수년 동안 갇혀 살았던 아내는 추악한 짐승으로 변했다. 그는 체념하듯 모욕을 견딜 뿐 저항할 수 없었다.

그녀가 으르렁거리며 할퀴지 않더라도 그는 이미 충분히 고통스러웠다. 질병과 재난은 두 사람 중 누군가의 잘못에서 비롯된 것이 아니었다. 그것은 의지나 노력으로 어찌해 볼 수 없는 최악의 불운일 뿐이었다. 그는 애틋함조차 느낄 수 없는 아이와 절망과 분노로 미쳐 날뛰는 아내로부터 벗어나고 싶었다. 수줍으면서도 당당하고 불행의 기미조차 느낄 수 없는 낙관으로 가득 찬 젊고 아름다운 여자였다는 사실이 믿어지지 않을 만큼 그녀는 형편없이 망가져버렸다. 그는 자신의 삶 한가운데로 뛰어들어 왔던 그녀를 원망했고 어쩌면 그녀로 인해서 불행이 싹트고 재난이 시작되었을지도 모른다고 생각했다.

그는 타인들에게 불행의 기미를 들키고 싶지 않았다. 열두 평 남짓한 오피스텔에서 글을 쓰고 강의 준비를 하고 홀로 잠들었다. 외출하지 않는 날에는 청소를 하고 세탁할 옷들을 챙겨 세탁소에 가져갔다. 욕실과 주방이 딸린 공간은 청결했고 완벽하게 질서가 잡혀 있었다. 사물들이 무질서하게 흐트러져 있는 것을 참지 못하고 그는 강박적으로 치우고 정리했다. 그는 말끔하게 다림질된 옷을 입고 외출했다. 자신을 잘 알거나 그렇지 않은 누구에게라도 틈을 보이고 싶지 않았다. 그는 젊고 건강하고 안정된 생활을 하는 유능하고 활기찬 사람이어야 했다. 가식적인 웃음에 속아 넘어가는 타인들에게 언제까지라도 연극을 중단할 생각이 없었다.

스스로 속아 넘어갈 만큼 그는 완벽하게 연기를 할 수 있었다. 그의 아버지 역시 예외가 아니었다. 아들에게 닥친, 치유할 수 없는 재난과 질병을 질책하고 외면했던 아버지는 그가 여전히 말끔하게 갖춰 입고 다니면서 불행에 휘둘리지 않는 것을 알고 안도했다. 아버지는 주어진 운명에 고분고분 순응하고 복종하며 살아가는 사람이 아니었다. 모가 나거나 병약한 것들을 수족이라 할지라도 가차 없이 잘라버렸다. 반듯하고 질서정연한 것을 사랑하는 아버지는 능력 있는 가장이었고 유능한 사업가였다. 아버지는 자신이 그랬듯이 위급한 상황이 닥치면 뱀이 꼬리를 자르고 도망치듯 재난과 불운으로부터 아들이 멀리 달아나기를 바랐을 것이다.

이령을 향한 참을 수 없는 갈망과 욕정을 감추기란 쉽지 않았다. 그는 그토록 순식간에 거센 파도에 휩쓸리듯 한 여자에게 빠져들었던 적이 없었다. 그녀는 아무것도 요구하지 않았고 어떤 약속도 받아내려고 하지 않았다. 그가 아내와 아이가 있는 남자라는 것을 알았지만 내치거나 거부하지 않았다. 비난하거나 동정하지 않았다. 낮에도 빛이 들지 않는 눅눅한 방에서 그녀는 위로의 말이나 사랑의 밀어를 속삭일 틈도 없이 그를 안았고 깊이 받아들였다. 언제라도 반갑게 맞아주었지만 기다리지 않았다. 그녀가 다른 남자들에게도 공평하게 다정하며 거리낌 없이 몸을 내준다고 생각하면 그는 견딜 수 없는 분노에 사로잡혔다. 그는 순간의 쾌락으로 만족할 수 없었다.

잠겨 있는 현관문 앞에서 이령을 기다리다가 돌아가는 날이 잦았다. 그는 잠들지 못했다. 책을 읽고 글을 쓰고 학생들을 가르치는 지루한 일상으로 돌아갈 수 없었다. 그는 차라리 이령이 돈을 주고 살 수 있는 창녀이기를 바랐다. 언제 어느 때라도 돈을 내면 가질 수 있는 천박하고 허영심 많은 매춘부라면 그녀를 홀로 독점하기 어렵지 않았다. 그녀는 가난을 두려워하지 않는 소설가였다. 소설을 쓰기 위해서라면 기꺼이 자신조차 팔아버릴 수 있는 여자라는 사실에 그는 절망했다.

고통과 절망으로 살이 내린 그를 이령은 걱정과 안타까움이 가득한 눈으로 바라보았다. 상처 입은 작은 새를 보듬어 안고 쓰다듬어주었다. 그를 향한 순정한 사랑을 의심할 수 없을 만큼 진심으로 고통스러워했다. 이령은 그를 구원해줄 수 있는 유일한 여자였다. 그는 거짓과 위선의 가면을 벗어던지고 비루하고 나약한 맨 얼굴을 드러내는 것이 두렵지 않았다. 어둡고 옹색한 그녀의 방에서 그는 누군가의 아들도 남편도 아버지도 아닌 불행하고 고독한 남자일 뿐이었다. 그는 그녀에게 처음이며 마지막이길 바랐다. 그녀가 세상의 윤리와 도덕을 두려워하는 순결한 처녀이기를 갈망했다.

그는 이령을 위해서 꽃과 보석을 사지 않았다. 분위기 좋은 레스토랑을 예약하거나 그녀가 엄두조차 내지 못했을 해외 유명 관광지로 함께 여행을 떠나자고 말하지 않았다. 값비싼 옷을 입거나 보석을 두르지 않아도 그녀는 충분히 아름다웠다. 그녀를 안기 위해서 낯선 장소를 찾아다닐 까닭이 없었다. 그는 형편없는 음식을 만들어서 함께 끼니를 때우고 그녀의 체취가 남아 있는 이부자리에 몸을 누일 수 있는 유일한 남자였다. 구불구불한 골목을 따라 낡고 허술한 집들이 옹기중기 모여 있는 가난한 동네의 작은 셋방 문을 열 수 있는 단 한

명의 사내였다.

4

적막한 시골집에서 이령은 글을 쓰지 못했다. 그녀를 방해하는 것은 아무것도 없었다. 추위와 더위를 걱정할 필요가 없었다. 냉장고에는 언제나 먹을 것이 충분했다. 귀찮은 방문객 때문에 성가신 일이 생기지 않았다. 방세를 벌기 위해 일을 찾지 않아도 되었다. 이령은 오로지 그녀를 위해 지어진 쾌적하고 안락한 집에서 글쓰기에 몰두할 수 있었다. 장은 그럴 수 있을 거라고 생각했다. 의심하지 않았다.

그는 빛과 소리가 사라진 공간에 우두커니 앉아 있었다. 뒷마당의 나무와 관목 숲이 사라지고 유리창으로 그의 실루엣이 떠올랐다. 짧은 겨울 해가 저물면 사방이 어둠과 침묵에 파묻혔다. 인가가 멀어서 개 짖는 소리조차 들리지 않았다. 가로등 없는 한적한 시골길은 손전등을 비추지 않으면 걸음을 뗄 수 없었다.

한밤중에도 꺼지지 않는 네온사인과 도로를 질주하는 자동차 소음으로 시끄러운 도시에서는 상상도 할 수 없는 적막이 그는 문득 낯설었다. 그의 시선은 유리창에 비친 자신의 실루엣 너머를 향해 있었다. 어둠에 잠겨 보이지 않는 나무를 눈으로 더듬다가 뒷마당을 어른거리는 낯선 불빛을 보았다. 그는 자리에서 일어나 창문을 열었다. 불빛은 도깨비불처럼 순식간에 사라졌다. 불길한 느낌이 들었지만 그는 손전등을 들고 밖으로 나가지 않았다. 한밤중에 하얀집에 찾아올 사람이 없었다. 해가 지면 오가는 발길이 끊어지고 적막에 싸이는 마을이었다. 장은 유리창을 닫고 문을 잠갔다. 형광등을 켜고 컴퓨터를 부팅했다. 저장되어 있는 음악 파일 하나를 클릭하고 스피커 볼륨을 올리자 무겁게 내려앉은 불길한 기운이 연기처럼 사라져버렸다.

그가 본 것은 도깨비불이었다.

4. 스무 개의 눈동자가 그 여자를 지켜보고 있다

1

작은 방 하나와 그보다 더 작은 부엌과 시늉뿐인 욕실은 늘 반질반질 윤나게 닦여 있었다. 틈날 때마다 치우고 쓸고 닦아도 세 평 남짓한 컨테이너의 궁색한 살림살이는 별반 나아지지 않았다. 문짝이 어긋나서 닫히지 않는 이불장과 냉장고, 텔레비전이 놓인 방에 쓰엉의 남편 종태가 누더기 같은 이불을 뒤집어쓰고 누워 있었다. 진즉 잠을 깼고 빈속에 들이붓다시피 한 술로 속이 쓰렸지만 그는 만사가 귀찮고 피곤해서 눈을 뜨려고 하지 않았다.

된장찌개가 끓자 쓰엉은 가스 불을 끄고 마른 행주로 뚝배기를 집어 군데군데 칠이 벗어진 둥근 밥상 한가운데 놓았다. 사발에 더운밥을 담고 수저 한 벌을 챙겨 방으로 가져다 놓고 부엌 찬장에서 밀폐 용기를 꺼냈다. 비좁은 찬장이 미어

터지도록 쟁여져 있는 그릇은 전부 이웃들이 가져다주었다. 더 이상은 넣어 둘 자리가 없고 두 식구 살림에 수저며 사발이며 냄비며 양푼이며 조리기구 따위가 특별히 많이 필요하지 않았지만 사람들은 너나 할 것 없이 요긴한 물건인 양 들고 왔다.

외짝 이불장에는 아무리 빨아도 깨끗해지지 않는 누렇게 색이 바랜 이불과 옷가지들이 차곡차곡 쌓여 있었다. 속옷부터 두꺼운 겨울 외투까지 쓰엉은 몸에 맞지 않는 이웃들의 것을 입고 걸쳤다. 식구가 셋에서 둘로 줄었던 날부터 모든 것이 달라지고 바뀌었다. 익숙한 것은 남편 말고 아무것도 남지 않았다. 문짝이 어긋난 이불장과 칠이 벗겨진 밥상은 가일리 이장 문 씨가 시내 아파트 단지에서 주워 왔고 가스레인지며 냉장고며 텔레비전이며 전기밥솥은 중고 가전제품 매장에서 샀다. 누군가의 손때 묻은 살림살이는 시어머니 것과 달랐다. 바지런하고 손끝이 매웠던 시어머니는 정갈하게 살림을 살았고 쓰엉을 엄하게 부리고 가르쳤다.

속이 터질 만큼 비좁은 방과 궁색한 살림을 본다면 시어머니는 분을 이기지 못하고 온갖 욕설을 퍼붓고 길길이 날뛰면서 그녀의 머리끄덩이를 잡아챌 것이다. 얼굴이며 목이며 손이며 온통 주름으로 자글자글했지만 동작이 재바르고 목소리가 쩌렁쩌렁했던 시어머니는 젊은 사람 못지않게 힘이 좋아서 잠시도 한자리에 진득하게 앉아 있지 않았다. 해가 떠 있는 동안 쓰엉은 논으로 밭으로 시어머니를 쫓아다녔다. 저녁밥을 지어 먹고 나면 거실 가득 쌓여 있는 느타리버섯을 다듬어서 박스에 넣고 포장하는 작업을 해야 했다. 남편이 일주일에 두어 번 트럭에 느타리버섯을 싣고 도시로 가면 쓰엉은 시어머니와 단 둘이 보내야 할 밤이 무섭고 두려웠다.

쓰엉은 밀폐 용기 몇 개가 담긴 바구니를 오토바이 뒷자리에 묶고 시동을 걸었다. 그녀는 서두르지 않고 비탈진 길을 천천히 내려갔다. 저녁밥상에 쇠고기나 돼지고기, 오리고기를 올릴 수 있을 테지만 남편은 보나마나 술에 취해 한밤중에야 돌아올 게 뻔했다.

가파른 길 아래로 슬레이트 지붕을 얹은 이장 집이 보였다. 관목 숲 쪽으로 이어진 흙과 자갈이 뒤섞인 길에서부터 쓰엉은 속도를 높였다. 시어머니가 죽자 이장은 후견인처럼 그녀의 남편을 챙기고 돌봤다. 그는 전 재산과 어머니를 잃고 실의에 빠져 술로 살아가는 남편을 책임감 강한 만형처럼 살뜰하게 보살펴주었다. 장 사장 댁 일을 할 수 있도록 주선해준 사람은 이장이었다. 마을에서 일어나는 일이라면 모르는 것이 없고 누구에게라도 기꺼이 도움을 주려고 하는 이장은 작은 산골 마을의 터줏대감이자 문지기였다. 마을에 들고나는 어떤 것도 그의 눈을 피할 수 없었다.

한국에서 결혼식을 생략하고 시어머니가 돼지 한 마리와 막걸리 열 말을 받아 잔치를 벌였던 날부터 쓰엉은 늙은 사람들과 아이들만 살고 있는 마을의 예외적인 한 사람이 되었다.

사람들은 너나 할 것 없이 한국말을 제대로 알아듣지 못하는 그녀가 과연 시집살이를 하면서 집안 살림을 제대로 해낼지 걱정스러워했다. 마을 사람들은 한국 사람과 그다지 다르지 않은 생김새와 고분고분하고 다소곳한 그녀의 태도에 마음을 놓는 것 같았고 무엇보다 김 씨 성을 물려받게 될 아기를 하루라도 빨리 볼 수 있게 되기를 바랐다.

쓰엉의 일거수일투족은 마을 사람들의 관심거리였다. 그녀는 마을 노인들 모두의 며느리였다. 그녀가 무엇을 먹고 어떤 일을 했는지 노인들은 모르는 것이 없었다. 품앗이로 논과 밭에서 일할 때 노인들은 새참으로 가져온 음식을 권하고 말을 걸고 하릴없이 촌에 붙들려 살고 있는 그녀를 대견해하면서도 안타까운 마음을 감추지 않았다.

남편은 특별히 다정하거나 살갑지 않았다. 성격이 급하고 목소리가 큰 시어머니와 달리 느릿느릿했고 말수가 적었다. 무엇보다도 그는 시어머니의 눈치를 살폈다. 한밤중에 불을 끄고 누우면 한 마디 말 없이 허겁지겁 급하게 일을 치르고 코를 골며 금세 잠들어버렸다. 이따금 남편은 시어머니 모르게 속옷이며 화장품 따위를 사다 주었다. 쓰엉은 남편이 도시의 상점에서 사가지고 온 색깔이 곱고 부드러운 팬티며 브래지어를 시어머니 눈에 띄지 않게 세탁해서 입었다. 스킨로션이며 립스틱을 옷장에 넣어두고 눈치껏 사용했다. 누군가 가르쳐주지 않았지만 그녀는 남편이 사다 준 사소한 물건을 시어머니 눈에 띄지 않게 간수해야 한다고 생각했다.

쓰엉이 시어머니에게 뺨을 맞은 것은 밭에서 함께 씨감자를 심었던 노인들 때문이었다. 수건을 두른 머리에 밀짚모자를 쓰고 고무줄을 넣은 헐렁한 바지와 구멍이 숭숭 뚫린 남자 와이셔츠를 입은 노인들은 쓰엉의 신혼생활이 어떤지 묻고 대답을 재촉하는 데 정신이 팔려서 씨감자 심는 일은 건성이었다. 노인들은 시어머니가 밤에 일찍 잠을 자는지 알고 싶어 했다. 음식을 넉넉하게 먹게 해주는지 말을 제대로 알아듣지 못한다고 화를 내지 않는지 궁금해했다.

썩을 년!

한밤중이 되도록 시어머니가 거실에 앉아 텔레비전을 본다고 쓰엉이 대답했을 때 노인 하나가 혀를 차며 중얼거렸다. 다른 노인이 껄껄 웃으면서 그녀의 등을 손바닥으로 서너 차례 두드리면서 말했다.

썩을 년. 자네 시엄니가 썩은 년이란 말여. 괜찮아, 괜찮은 거여.

시어머니가 새참으로 먹을 막걸리와 도토리묵을 가져오자 노인들이 일제히 웃음을 터트리면서 고개를 주억거렸다.

밭일을 끝내고 새참 그릇을 챙겨 집으로 돌아왔을 때 시어머니가 다짜고짜 쓰엉의 뺨을 두 번 때리면서 노인들과 무슨 말을 했는지 따져 물었다. 그녀는 노인에게 들었던 낯선 말을 그대로 시어머니에게 그대로 들려주었다.

시어머니는 웃지 않았다. 사납게 눈을 치켜뜨고 잡아먹을 듯이 노려보고 있던 시어머니가 다시 그녀의 뺨을 갈기면서 소리쳤다.

빌어먹을 년.

아침 일찍 트럭에 버섯을 싣고 도시로 출발하면 남편은 한밤중이 되어서야 집으로 돌아왔다. 남편이 일을 마치고 도시에서 누구를 만나서 무엇을 하는지 그녀는 알지 못했다. 쓰엉은 남편을 따라 도시에 가고 싶었다. 젊고 건강하고 활기 있는 사람들이 북적거리는 아름다운 도시를 상상했다. 한껏 꾸미고 도시의 거리를 자유롭게 돌아다니고 싶었다. 그녀가 원했던 것은 산골이 아니라 도시의 삶이었다. 시어머니는 그녀가 마을 밖으로 나가는 것을 허락하지 않았다. 왜 그래야 하는 것인지 시어머니는 말해주지 않았다. 그녀는 시어머니 옆에 그림자처럼 붙어 있어야 했다. 시어머니 시야에서 벗어날 수 없었다. 시키는 대로 재빨리 움직여야 했다.

시어머니가 죽고 없었지만 남편은 쓰엉을 도시에 데리고 가지 않았다. 바퀴 두 개가 펑크 나서 쭈그러진 남편의 낡은 트럭은 컨테이너 뒤편에 처박혀 있었다. 이제 그는 마을 밖으로 나갈 일이 없었다. 주머니에 돈이 없었지만 하루도 거르지 않고 술을 마셨다. 언제부터인가 그는 쓰엉의 살을 더듬지 않았다. 감시하고 살피는 눈을 피해 허겁지겁 훔쳐 먹듯 급하게 일을 치르지 않아도 되었지만 군살 없이 매끈한 쓰엉의 몸을 탐하지 않았다. 그녀는 하루아침에 모든 것을 잃어버린 남편에게 남은 유일하며 유용한 재산이었다. 여전히 젊고 건강하고 아름다운 그녀는 술을 마시는 일 말고 아무것도 하지 않는 남편을 먹이기 위해서 어떤 일이든 닥치는 대로 해야 하는 처지였다.

젊고 성실한 쓰엉은 마을에서도 유용한 존재였다. 논과 밭에서 일할 때 그녀는 훌륭한 일꾼이었다. 그녀는 한국음식이라면 무엇이든 척척 만들 줄 아는 솜씨 좋은 주부였다. 마을에 갇혀서 살았던 7년 동안 혹독하게 치렀던 시집살이가 누구에게도 의지하지 않고 살아갈 수 있는 든든한 밑천이 되어준 셈이었다.

쓰엉은 낡은 중국산 오토바이를 타고 마을 곳곳으로 일을 다녔다. 시어머니가 살아 있었다면 어림도 없을 일이었다. 마을 사람들에게 부조 받은 돈으로 그녀는 중고 오토바이를 샀다. 이장 문 씨의 승합차를 타고 읍내에 갔을 때 그녀는 상상했던 것과 달리 한적하고 초라한 거리와 추레한 모습의 사람들을 보고 적잖이 실망했다. 중고 오토바이 가게를 기웃거리다가 그녀는 이장에게 오토바이를 사고 싶다고 말했다. 고향에서 그녀는 자전거를 타고 다녔다. 어린 시절 그녀는 아무리 먼 거리라도 튼튼한 두 다리로 걸어 다녔다. 자전거를 가질 수 있었던 것만 해도 큰 행운이었다. 그녀는 누구라도 부러워할 혼다 오토바이를 타고 도시에 가고 싶었다. 흰색 아오자이를 입고 고등학교에 다니고 싶었다.

문 씨가 쓰엉을 대신해서 오토바이 가게 주인과 흥정을 했다. 입가에 야릇한 웃음을 짓고 젊은 외국인 여자와 나이 지긋한 이장을 번갈아 쳐다보던 주인 남자가 선심을 쓰듯 오토바이를 가져가라고 말했다. 그녀는 지폐를 여러 번 헤아려서 남자에게 건네주고 120cc 중국산 중고 오토바이 핸들과 안장을 손바닥으로 부드럽게 어루만졌다. 쓰엉이 돈을 내고 자신을 위해 무언가를 산 것은 오토바이가 처음이었다. 한국에 와서 7년 만에 갖게 된 유일한 재산이 혼다 커브가 아닌 것이 아쉬웠지만 그녀는 붉게 상기된 얼굴로 안장에 올라앉아서 시동을 걸었다. 이장의 승합차가 오토바이를 타고 마을을 향해 달리는 쓰엉을 뒤따라왔다. 그녀는 노인을 안심시키려고 속도를 높이지 않았다. 쓰엉은 이제 강을 거슬러 올라왔을 때의 순진하고 어린 처녀가 아니었다.

시어머니가 죽었지만 그녀는 여전히 복종하고 순종하며 살고 있었다. 그녀가 달라지지 않았다는 것을 달아나지 않을 거라는 사실을 마을 사람들에게 확인시켜주어야 했다. 그녀는 이제 언제라도 마을을 떠날 수 있었다.

마을 밖이 화려하지도 안전하지도 않다는 사실을 쓰엉은 알고 있었다. 고향을 떠나올 때 상상했던 모든 것이 신기루에 불과하다는 사실을 모르지 않았다. 그녀는 달아나지 않고 떠나야 했다. 남편을 향한 연민과 증오를 떨쳐버리고 노를 저어서 세상으로 나가야 했다.

쓰엉은 오토바이의 속도를 높여서 이장의 승합차를 따돌리고 도시를 향해 난 도로를 달릴 수 있었다. 그녀를 붙잡고 놓아주지 않는 것은 남편이 아니었다. 마을 노인들이 아니었다.

2

쓰엉은 외딴집 앞마당에 오토바이를 세우고 바구니를 꺼냈다. 흔하디흔한 잡종견 한 마리 없는 넓은 마당이 조용했다. 아이 없는 부부가 살고 있는 커다란 집은 부족함이 없어서 오히려 비현실적으로 보이는, 한국 드라마에서 보았던 스위트홈을 닮았다.

도시에서 사업을 한다는 교양 있고 세련된 주인 남자는 인색할 만큼 말수가 적었지만 까다롭지 않았고 무엇보다 쓰엉에게 너그러웠다. 일을 시작하고 석 달이 지나도록 그녀는 아직 주인 여자를 만나지 못했다.

쓰엉은 남자를 통해 도시인의 삶을 엿보았다. 품위와 여유가 느껴지는 남자는 상상 속의 화려한 도시가 아니라 산골 마을에 살았다. 뜻밖의 행운이었다. 쓰엉은 그것으로 만족해야 했다. 한국 남자와 결혼했지만 그녀는 여전히 가지지 못한 것을 동경했고 그 사실을 숨겨야 할 운명이었다. 고향에서 합동결혼식을 올린 뒤 비행기를 타고 남편을 따라 한국 땅에 도착할 때까지 그녀는 평생을 살아야 할 집이 젊은 사람을 찾아볼 수 없는 외진 산골 마을에 있다는 사실을 알지 못했다. 젊고 아름답고 매력적인 여자들은 모두 도시에 산다는 사실을 깨닫는 데 시간이 그리 오래 걸리지 않았다. 젊고 건강하다는 것 말고 내세울 게 없는 그녀를 필요로 하는 사람은 결혼 적령기를 훌쩍 넘겨버린, 돈을 들여서라도 가난한 나라에서 신부를 얻을 수밖에 없는 남편과 같은 남자들뿐이었다.

당치도 않은 기대와 동경을 일찌감치 눈치챘던 시어머니는 신부며 며느리며 일꾼이었던 그녀가 행여 도망이라도 칠까 불안해서 쥐 잡듯 몰아댔다. 아무 의심 없이 강을 거슬러 올라온 그녀는 달아날 곳이 없었다. 그녀는 남편을 아끼며 사랑해야 한다고 생각했다. 충분히 사랑받을 거라고 믿었다.

벨을 누르자 곧 현관문이 열렸다. 흰색 면바지 위에 얇은 하늘색 니트를 입은 주인 남자가 고개를 끄덕여서 인사하고 곧장 서재로 들어갔다. 쓰엉은 현관 안쪽에 서서 외투와 모자를 벗었다. 훈훈한 집 안 공기가 얼어붙은 두 뺨을 부드럽게 어루만져주었다. 외딴집은 칼바람이 부는 한겨울에도 추위를 전혀 느끼지 못할 만큼 따뜻했다. 옷을 되는 대로 껴입고 있어도 콧등이 시린 그녀의 집과 달랐다. 쓰엉은 현관 쪽 거실 바닥에 외투와 모자와 장갑을 벗어놓고 주방으로 갔다. 개수대에 물을 받아 설거지를 하고 빨랫감이 들어 있는 세탁기에 세제를 넣고 동작 버튼을 눌렀다. 버튼 하나로 세탁과 탈수와 건조가 한꺼번에 되는 세탁기가 소음을 내지 않고 조용히 돌아가기 시작했다.

냉장고는 싱싱한 채소와 고기로 채워져 있었다. 그녀가 재워놓았던 양념불고기가 절반가량 남아 있었다. 씻어서 밀폐용기에 넣어두었던 파프리카와 브로콜리가 고스란히 남았다. 쓰엉은 집에서 가지고 온 플라스틱 그릇에 양념불고기와 채소를 쏟아 넣고 빈 그릇을 씻었다.

스테이크용 쇠고기를 꺼내 소금을 뿌렸다. 쌀을 씻어 밥을 안치고 굵은 멸치 몇 마리를 넣고 김치찌개를 끓였다. 김장김치가 알맞게 익어 있었다. 씻어서 물기를 뺀 채소를 밀폐용기에 담았다. 된장을 풀어 시래기 국을 끓이고 무를 넣고 고등어를 졸이고 애호박을 썰어서 밀가루와 달걀을 둘러 전을 부쳤다.

음식 냄새가 빠져나갈 수 있도록 뒤뜰로 통하는 덧문을 활짝 열어놓고 쓰엉은 욕실로 갔다. 욕조와 변기와 세면대와 바닥에 세제를 충분히 뿌리고 구석구석 솔로 문질렀다. 샤워기에서 분수처럼 쏟아져 나오는 물로 꼼꼼하게 세제를 닦아내고 마른 걸레로 물기를 완전히 없앴다.

쓰엉은 무릎을 꿇고 앉아서 거실 바닥을 걸레로 닦았다. 고개를 숙이고 허리를 구부린 채 자리를 옮겨 다니면서 부지런히 걸레질을 했다. 주방과 거실로 이어진 넓은 바닥은 농가주택에 깔린 비닐장판이 아니라 재질이 부드럽고 색감이 산뜻한 고급스러워 보이는 목재였다. 높은 천장에 걸려 있는 세련되고 우아해 보이는 조명등이며 벽지며 가구며 주인 부부의 경제력과 안목을 말해주는 듯했다. 부족할 것 없이 모든 것을 완벽하게 갖춘 넓고 아늑한 집이었지만 쓰엉은 무엇인가 빠져 있다는 느낌을 떨쳐버릴 수 없었다.

정지된 화면처럼 소리와 움직임이 없는 공간에서 그녀의 숨소리는 유난히 크게 들렸다. 쓰엉은 허리를 펴고 일어서서 뒤뜰로 난 덧문 쪽으로 걸어갔다. 주인 남자는 그녀에게 이 층 출입을 금했다. 어느 한 곳도 빠뜨리지 않고 세심하게 주의를 기울여서 쓸고 닦았지만 이 층은 예외였다. 외딴집에 올 때마다 나무 계단 위쪽의 굳게 닫혀 있는 작은 문을 열고 싶은 충동을 느꼈지만 그녀는 행여 주인 남자가 볼까 두려워서 황급히 몸을 돌리곤 했다.

쓰엉이 걸레를 들고 반쯤 열려 있는 방문을 노크하자 남자가 서재에서 나왔다. 컴퓨터가 놓인 널찍한 책상에 두께가 제각각인 책들이 아무렇게나 널려 있고 책꽂이며 바닥에 꽂히고 쌓여 있었다. 남자는 서재를 청소할 때 먼지만 닦고 책상에 놓인 것은 펜이나 종이 한 장도 만지지 말라고 주의를 주었다. 그녀는 혀짤배기 아이들의 말이나 시어머니처럼 쏘아붙이듯 빠르게 내지르는 말이나 느릿느릿 어눌하거나 뒤끝을 흐리는 소심한 사람들의 말까지 알아듣지 못하는 말이 없을 만큼 한국어가 능숙했지만 암호처럼 박혀 있는 글자는 캄캄했다. 시어머니와 남편은 책을 읽지 않았다. 신문이나 잡지를 읽는 모습을 구경조차 하지 못했다. 마을에서 책을 읽는 사람은 조부모와 함께 사는 아이들뿐이었다.

남자는 소파에 앉아 책을 읽고 있었다. 남자와 책은 썩 잘 어울렸다. 표백제를 넣고 삶아서 행주로 써도 될 만큼 깨끗한 걸레로 바닥을 훔치다 말고 쓰엉은 서재 한쪽 구석에 쌓여 있는 책 한 권을 집어서 재빨리 스웨터 안쪽에 감췄다. 순식간에 일어난 일이었고 되돌릴 수도 없었다. 책상 위에 널려 있는 빈 봉투와 종이 뭉치를 그대로 두고 쓰엉은 뒷걸음질 쳐서 방을 나왔다.

얼떨결에 품에 넣었지만 쓰엉은 읽을 수 없었고 누군가에게 읽어달라고 할 수도 없었다. 농가에서 품을 파는 것과 비교하면 외딴집 일은 수월한데다 보수가 넉넉했다. 무엇보다 그녀는 먼발치에서 바라보았던 스위트 홈을 엿볼 수 있는 뜻밖의 기회를 얻었다. 주인 남자는 야박하지 않아서 그녀가 냉장고의 음식을 가져가도 군말하지 않았다. 서재에 아무렇게나 쌓여 있는 책이 훔치고 싶을 만큼 탐이 난 것은 아니었다.

책이 없어진 사실을 눈치채면 남자는 두 번 다시 쓰엉을 집에 들이지 않을 게 분명했다. 마을 사람들은 남의 물건에 손을 대는 그녀에게 일거리를 주지 않을 거였다. 남편은 밥을 벌어오지 않는 그녀를 컨테이너에 가둬놓고 아침저녁으로 매질을 할지도 몰랐다. 노동으로 단련되었다고 해도 그녀는 쉴 새 없이 날아오는 발길질을 견뎌내지 못하고 종내 허리가 굽은 노파처럼 젊음과 건강을 잃어버릴 수도 있었다.

그녀는 남편보다 스무 살이 어렸다. 술에 찌들어 사는 남편은 나이보다 훨씬 빨리 늙어버렸다. 남편은 외딴집에서 얻어온 음식으로 주린 배를 채웠다. 무엇을 손에 쥐든 쓰엉은 아낌없이 남편과 나누었다.

읽을 수 없는 한 권의 책은 온전히 그녀의 것이었다. 그것은 그녀가 알지 못하는 세계였다. 아직 열어보지 않은 세계였다. 외딴집에 처음 왔던 날부터 그녀는 그것을 훔치고 싶었는지도 몰랐다.

스테이크를 구울 두꺼운 팬이 없었다. 조리대 위아래로 붙어 있는 수납장 몇 곳이 썰렁하게 비어 있었다. 손님이 오면 접시며 그릇이 모자라서 상을 차리지 못할 것 같았다. 모든 것이 완벽하게 갖추어져 있는 외딴집에서 주방은 예외적인 공간이었다. 달걀프라이를 할 때 사용하는 프라이팬을 가스 불 위에 올리고 쓰엉은 소금으로 밑간을 해놓은 두툼한 고깃덩어리를 얹었다. 스테이크는 센 불에서 재빨리 익혀야 했다. 쓰엉은 고기를 충분히 익히지 않을 생각이었다.

길쭉한 요리용 나무젓가락으로 고기를 뒤집고 있을 때 계단을 내려오는 발걸음소리가 들렸다. 쓰엉은 손을 멈추고 숨을 죽였다. 심장이 빠르게 뛰고 식은땀이 흘렀다. 얼굴이 해쓱하고 부러질 듯 몸이 야윈 여자를 본 순간 쓰엉은 손바닥으로 입을 막고 신음을 삼켰다. 오랫동안 방치해놓은 마른 꽃처럼 생기 없이 바짝 마른 여자는 그녀 쪽으로 눈길을 주지 않고 욕실로 들어가 버렸다. 여자의 출현은 뜻밖이었다. 손에 들려 있던 젓가락이 바닥으로 떨어졌다. 숨이 막히고 가슴이 답답해서 쓰엉은 가스 불 앞에 서 있을 수 없었다.

쓰엉은 개수대로 가서 수도꼭지를 올렸다. 개수대로 차오른 찬물에 손을 담그고 눈을 감았다. 손댈 수 없는 문 너머에 있던 여자였다. 죽은 듯 살아 있던 여자였다. 소리 내서 부를 수 없었던 여자였다.

식탁에 2인분의 식사를 차리고 쓰엉은 건조를 마친 옷과 수건을 반듯반듯하게 개켜놓았다. 남자는 서재에서 꼼짝하지 않았다. 여자는 욕실에서 나오지 않았다. 외딴집에서 해야 할 일은 더 이상 남아 있지 않았다. 쓰엉은 외투를 걸치고 모자와 장갑을 집어들었다.

서재로 가서 남자에게 인사해야 했지만 쓰엉은 도망치듯 외딴집을 빠져나왔다.

3

관목 숲에 쓰러져 있었던 외딴집 여자를 발견한 사람은 박 씨 할머니의 아들 동주 아저씨였다. 그날 동주 아저씨가 박 씨 할머니와 함께 산밭에서 일을 하지 않았더라면 외딴집 여자는 죽었을지도 몰랐다. 동주 아저씨는 할머니에게 여자를 맡겨놓고 짐받이가 달린 자전거를 타고 이장 집을 향해서 정신없이 달려갔다.

동주 아저씨는 태어날 때부터 벙어리였다. 팔순 어머니와 함께 늙어가고 있는 그는 나이가 오십 중반이 되도록 장가를 들지 못했다. 말을 하지 못하는 그는 힘이 장사였고 술은 한 방울도 입에 대지 않는데다가 어머니의 말이라면 팥으로 메주를 쏜다고 해도 믿을 만큼 순진하기 이를 데 없는 착한 아들이었다.

동주 아저씨는 이장과 함께 승합차를 타고 돌아왔다. 뒤이어 구급차가 사이렌을 울리며 도착했다. 박 씨 할머니가 숲에서 주워 온 여자의 휴대전화를 구급차에 올라탄 이장에게 건넸다. 구급차가 서둘러 출발하자 할머니는 아무 일도 없었던 것처럼 다시 산밭에 쭈그리고 앉아서 풀을 뽑았다.

할머니는 외딴집 여자가 남자보다 열 살은 더 어릴 거라고 말했다. 그림처럼 근사한 집을 지어놓고 이따금씩 찾아와서 하루나 이틀씩 머물다가 돌아가곤 했던 외지인들을 마을 사람들은 불편하고 불쾌하게 생각했다. 돼지를 잡고 막걸리를 받아 집들이를 한다거나 집집마다 찾아다니며 얼굴을 내밀지 않았던 부부에게 할머니는 마을 사람들처럼 꼬투리를 잡거나 서운한 마음을 품지 않았다.

할머니는 외딴집 언저리를 지나 논밭을 오가면서 이따금 눈인사를 나누었던 여자에게 곡식과 채소를 가져다주었다. 시어머니보다 서너 살가량 나이가 많은 박 씨 할머니는 쓰엉에게 너그러웠다. 할머니는 장가를 들지 못한 채 속절없이 늙어가는 아들이 측은하고 안쓰러워서 그럴 수만 있다면 비행기를 타고 외국으로 날아가서 그녀처럼 참한 신부를 데리고 오고 싶다고 말했다. 그녀는 동주 아저씨에게 시집오고 싶어 할 베트남 여자가 없을 거라고 말하지 않았다.

쓰엉은 자주 박 씨 할머니 집으로 가서 숨었다. 어디든 눈에 띄지 않는 곳으로 가 있으라고 얘기해준 사람은 그녀의 남편이었다. 남편은 시어머니 앞에서 그녀를 두둔하거나 역성을 들지 않았다. 회피하고 방관하면서 두 사람 사이에 끼어들지 않았지만 그녀의 몸에 상처가 생기는 것을 좋아하지 않았다.

박 씨 할머니는 고향에 있는 할머니처럼 주름이 자글자글한 마디 굵은 손으로 그녀의 어깨며 등을 쓸어내리면서 한숨을 내쉬었다. 할머니는 낯선 나라로 시집가는 손녀의 삶이 평탄할지 고생스러울지 짐작하지 못했다. 도박을 하는 심정으로 말이 통하지 않는 외국인 남자에게 손녀를 넘겨주면서 할머니는 그녀가 움켜쥔 것이 기회이며 행운이기를 간절한 마음으로 빌었을 것이다.

박 씨 할머니는 첫 아이를 낳으면 시집살이가 한결 견딜만해질 거라고 말했다. 젊고 건강한 그녀는 아이를 여럿 낳을 수 있었다. 시어머니는 시나브로 늙고 김 씨 성을 가진 아들과 딸을 낳아준 그녀가 당당하게 안주인 역할을 해내야 했다. 한국의 시어머니들은 하나같이 며느리들을 닦달하지만 종내 그 손에 밥을 얻어먹을 수밖에 없는 처지였다. 박 씨 할머니는 달거리가 없을 때 특별히 조심하라고 일렀다. 조바심을 내거나 몸이 보대끼면 아이가 들어서지 않고 들어선 아이도 맥없이 흘려버리게 된다고 했다.

허무할 만큼 빨리 몸에서 떨어져나간 남편이 낮게 코를 골면서 잠들어버리면 깜깜한 어둠 속에서 쓰엉은 지치고 피곤한 몸을 한참 동안 뒤척였다. 남편은 언제나 어둠 속에서 급하게 볼일을 보듯 서둘러 일을 끝냈다. 그녀의 몸을 애무해주거나 은밀하고 달콤한 말을 속삭이며 느끼려고 하지 않았다. 남편은 쓰엉의 몸을 알지 못했다. 알려고 하지 않았다. 밤마다 어둠 속에서 그녀가 모국어로 저주의 말을 쏟아내는 것을 알리 없었다.

그날 밤 시어머니와 동주 아저씨는 여느 때와 달랐다. 집이 불탔던 날 밤 쓰엉은 박 씨 할머니 집에 있었다. 한밤중이 되어서야 돌아올 남편을 기다리다가 그녀는 초저녁부터 자리를 깔고 누운 할머니 옆에서 깜빡 잠들었다. 잠결에 웅성거리는 목소리와 다급한 발걸음 소리를 들었다. 그녀는 주섬주섬 저고리를 꿰어 입고 방을 나가는 박 씨 할머니를 서둘러서 따라나가지 않았다. 썩을 년! 빌어먹을 년! 그녀의 귓전에 시어머니가 길길이 날뛰면서 퍼붓던 욕설이 이명처럼 울렸다.

비탈길 위쪽으로 한꺼번에 수천수만 개의 폭죽을 쏘아 올린 듯 사방으로 불꽃이 튀고 널을 뛰듯 불길이 번져갔다. 마을 사람들이 길가에 몰려나와 서 있었다. 119에 화재 신고를 했고 이제 곧 소방차가 도착할 거라고 이장이 말했다. 사람들은 작은 트럭 하나가 바듯이 들고날 수 있는 좁은 길로 소방차가 올라갈 수 있을지 걱정스러워했다. 그녀가 공포와 두려움으로 몸을 떨고 있는 것을 아무도 알아채지 못했다. 노인들은 쓰엉이 거기에 있다는 사실조차 알지 못하는 것 같았다.

바람을 따라 번져간 불길이 버섯사를 삼켰다. 급하게 뛰쳐나오느라 치우지 못했던, 방바닥 여기저기에 널려 있는 옷가지가 불쏘시개가 되어 타고 있었다. 시어머니가 그녀의 머리채를 암팡지게 낚아채서 방과 마루로 끌고 다닐 때 한 움큼 빠져나갔던 머리카락은 한 줌 재로 변했을 터였다. 쓰엉은 기세등등하게 타오르는 불길 속에 시어머니 홀로 남겨져 있다는 사실을 알고 있었다. 남편이 가진 모든 것이 불길 속에 타들어가고 있었지만 속수무책으로 바라볼 수밖에 없었다.

그녀는 지독하게 운이 나쁜 남편이 건진 유일한 재산이었다.

4

컨테이너 출입문이 비스듬히 열려 있었다. 남편은 집을 나갈 때 문단속을 하지 않았다. 그는 더 이상 잃을 게 없었고 막사처럼 허름한 컨테이너를 탐내는 사람은 없었다. 부엌 바닥에 바구니를 내려놓고 외투와 모자를 벗어 벽에 박힌 못에 걸었다. 스웨터 밑으로 손을 넣어서 조심스럽게 책을 빼냈다. 알 수 없는 글자가 박혀 있는 오렌지 빛깔의 책 표지를 바라보다가 쓰엉은 행여 누가 볼까 두려워서 재빨리 뚜껑이 달린 플라스틱 그릇에 책을 담아 찬장에 감췄다.

쓰엉은 여느 때처럼 남편이 어질러놓은 방을 치우고 설거지를 했다. 냉장고에는 두 사람이 여러 날 먹고 남을 만큼 음식이 충분했다. 봄이 오면 쓰엉은 잠시도 쉴 틈 없이 바쁘게 일해야 했다. 외딴집 남자는 언제라도 선선히 문을 열어줄 테고 짐짓 차갑게 외면하면서 그녀를 반겨줄 것이다.

얼굴이 백지장처럼 하얗고 야윈 여자는 아이가 없었다. 쓰엉은 넓은 마당과 그림 같은 집을 뛰어다니면서 노는 아이들을 상상했다. 아이들은 한겨울 추위에도 아랑곳하지 않고 눈을 뭉쳐서 눈사람을 만들었다. 눈사람 머리에 털모자를 씌우고 목도리를 둘러주었다. 잔가지를 가져다가 눈과 코와 입을 만들었다. 귓가에 큰 소리로 웃고 떠드는 아이들 목소리가 들렸다. 쓰엉은 식탁 위에 따뜻한 음식과 차를 차려놓고 밖으로 나가서 얼굴이 빨갛게 언 아이들을 집으로 불러들였다. 식탁에 앉아 음식을 먹고 차를 마시는 아이들 너머로 그녀는 마당에 서 있는 눈사람을 보았다. 누가 가르쳐주지 않았지만 아이들은 책을 읽고 글을 쓸 줄 알았다. 산골에서 나고 자랐다고 해도 아이들은 조부모의 손에서 키워지는 마을 아이들과 달랐다. 쓰엉의 아이들은 언제라도 자유롭게 떠날 수 있었다.

쓰엉은 외딴집 다락방에 여자가 숨어 있는 것을 알고 있었다. 여자는 두려움 때문에 스스로 갇혀버렸다. 외딴집 마당에서 뛰어노는 아이들을 상상하면서부터 쓰엉은 숨어 있는 여자를 잊었다. 예고 없이 불쑥 튀어나온 여자는 쓰엉을 혼란에 빠뜨렸다. 여자는 혼이 빠진 사람처럼 무표정했다. 마녀에게 붙잡혀서 높고 뾰족한 성에 갇혀 있는 공주처럼 외롭고 슬퍼 보였다. 쓰엉이 거기 있다는 사실조차 모르는 듯했다.

쓰엉의 남편은 외딴집 부부를 좋아하지 않았다. 이방인이고 침입자인 그들은 눈엣가시였다. 땅을 사서 집을 지었다고 해서 마을사람이 될 수는 없었다. 남편은 산골마을과 전혀 어울리지 않는 집을 지은 외지인들을 향해 악담을 퍼붓고 저주의 말을 늘어놓았다.

그들이 사람들 눈에 쉽게 띄지 않는 자리에 집을 지은 것은 천만다행한 일이었다. 남편은 쓰엉이 외딴집으로 가서 일하는 것을 알지 못했다. 그녀가 아침저녁으로 밥상에 올리는 고기며 채소 반찬을 외딴집에서 가져왔을 거라고 짐작하지 못할 것이다. 그는 마을 사람들이 부르면 군말하지 않고 달려가는 그녀를 짐짓 모른 척했다. 오토바이를 타고 마을 구석구석을 돌아다니는 그녀를 탓하지 않았다. 그가 술에 취해서 욕설을 퍼붓고 발길질을 해도 쓰엉은 이제 박 씨 할머니 집으로 달아나서 숨지 않았다. 불이 났던 밤 이후로 남편은 그녀가 도망치는 것을 허락하지 않았다.

여자가 구급차에 실려서 병원으로 간 뒤 외딴집은 여러 달 비어 있었다. 숲에서 여자가 사고를 당하자 마을 사람들은 꺼림칙스러워했다. 젊은이들이 차례로 떠나고 늙은이들만 남은 마을은 수십 년 동안 크고 작은 사고 없이 무사태평했었다. 은행나무 집 문 씨가 이장 일을 맡았던 이십여 년 동안 수족이 자유롭지 못한 노인네가 간밤에 조용히 목숨 줄을 놓은 것이 고작이었다. 불길이 너울처럼 순식간에 집과 버섯사를 삼키고 활활 타들어가는 광경을 속수무책으로 바라볼 수밖에 없었던 노인들은 고적했던 마을에 들이닥친 재앙에 너나 할 것 없이 공포와 두려움을 감추지 못했다. 화마가 덮친 뒤 폐허가 된 자리를 기웃거리면서 더 큰 재난과 불운이 닥칠 것을 예측하고 탄식하는 마을 노인들을 진정시키고 화재의 잔해를 수습한 사람은 이장이었다.

외지인 여자의 사고는 불길하고 사위스러웠다. 여자가 수술을 받고 회복했다는 소문이 돌자 마을 사람들은 쉬쉬하면서 드러내놓고 이야기하는 것을 꺼려했다. 무례하기 이를 데 없는 부부가 지붕이 높이 솟은 집을 짓는 바람에 동티가 난 거라고 수군거렸다. 마을에 닥친 액을 막기 위해 조상들이 손을 쓴 거라고 말했다. 사람들은 도시 사람들이 순순히 제 발로 떠나기를 기다렸다.

박 씨 할머니는 산밭을 오갈 때마다 주인 없이 텅 비어 있는 외딴집 마당을 둘러보았고 제멋대로 키를 늘리는 풀을 낫으로 베었다. 집을 지었던 첫 해 여자가 뒷마당에 고추며 상추며 토마토를 길렀다고 말하면서 할머니가 웃었다. 씨를 뿌리고 거두려고 하는 마음이 기특했지만 새끼를 기르듯 하루라도 정성을 기울이지 않으면 온갖 벌레가 끼고 잡초가 우거진다는 사실을 알지 못하더라고 말했다. 생전 궂은일을 하지 않았을 것 같은 손가락이 가느다란 흰 손으로 할 수 있는 일이 아니라면서 할머니는 머리를 내저었다.

외딴집은 넓은 통유리창 안쪽으로 하늘색 블라인드가 드리워져 있어서 안을 엿볼 수 없었다. 빈틈없이 문이 잠긴 집은 햇빛이 환한 날이면 눈이 부시도록 하얗게 빛났다. 뾰족한 지붕을 이고 있는 하얀집은 산속에 지어진 성처럼 보였다.

도도한 아름다움으로 우뚝 서 있는 성은 나무가 우거진 마을의 한적한 장소와 썩 잘 어울렸다. 초라하기 이를 데 없는 외진 마을에서 주인 노릇을 하기에 손색이 없었다. 오직 쓸모만을 위해 되는 대로 집을 짓고 일 년 열두 달 땅에 엎드려 일만 하면서 살아가는 사람들의 눈에 하얀집의 멋과 아름다움이 낯설고 괴이쩍어 보이는 것은 전혀 이상하지 않았다.

뾰족한 지붕 아래로 조그맣게 뚫린 창을 통해 바라보는 마을 풍경이 어떨지 쓰엉은 궁금했다. 그녀는 성주의 초대를 받아 그곳을 방문하는 상상을 했다. 먼 나라에서 온 공주가 되어 그녀는 주인과 이야기를 나누었고 성찬을 대접받았다. 아무도 궁금해하지 않았던 고향 마을에 대해 호기심 가득한 얼굴로 묻는 성주에게 그녀는 이곳이 스무 해를 살았던 그곳과 별로 다르지 않다고 말하지 않았다. 시집을 와서 일곱 해 동안 마을 밖으로 나갈 수 없었다고 말하지 않았다. 흰색 자동차를 타고 도시에 가고 싶다는 말을 삼켜버렸다.

그녀는 동정과 위로를 바라지 않았다. 헛된 꿈을 좇아 강을 건넜다는 사실을 들키고 싶지 않았다. 그녀는 고향을 떠났고 돌아갈 수 없었다. 수년 동안 갇혀 살았지만 단념하거나 포기하지 않았다. 모험은 끝나지 않았다. 그녀는 아직 젊고 아름다웠다.

다락방에 갇혀 있는 여자를 호명한 사람은 그녀, 쓰엉이었다. 들판에 서 있던 쓰엉을 불러주었던 그 여자였다. 쓰엉은 기어이 여자를 찾아낸 것이다.

5. 그가 텅 빈 길을 달려오고 있다

1

글쓰기는 아름다움을 향한 동경과 갈망에서 시작되었다. 이령은 오래전 한 여자의 아름다움에 매혹당했다. 인간의 몸은 세월을 따라 시나브로 쇠락해져서 종내 추하게 변한다는 사실을 알게 된 후로도 최초의 기억으로 각인된 아름다움은 변하거나 왜곡되지 않았다. 실체가 사라지고 이미지로 남은 아름다움을 담을 수 있는 그릇은 언어였다. 언어가 만들어내는 세계는 변색하고 사멸하는 유한한 육체의 아름다움과 비교할 수 없었다. 욕망과 고통에서 자유롭지 않은 몸은 아름답지도 추하지도 않았다.

이령은 애정과 집착, 상대를 독차지하려고 하는 마음에서 비롯된 고통과 갈등으로부터 자유로웠다. 섹스는 한 남자에 대한 사랑이나 특별한 감정 따위와 아무런 상관이 없었다. 이령은 수치심이나 두려움을 느끼지 않았다. 욕망은 때때로 그녀를 뻔뻔하고 탐욕스럽게 만들었다.

인내와 헌신, 자발적인 복종과 기다림, 오직 한 사람을 향한 맹목적인 감정을 이령은 알지 못했다. 한 남자에 대한 특별하고 예외적인 감정이란 허구의 세계에서 가능한 일이었다. 그녀는 늘 곁에 두고 사용하는 익숙하고 편안한 사물과 같은 친밀한 관계를 원하지 않았다.

그녀에게 남자란 여행지에서 만날 수 있는 낯선 풍광과 같았다. 생경함에 매료되었지만 일상으로 돌아오면 미련 없이 잊어버렸다. 생리 중에 도벽이 생기는 여자처럼 이령은 글을 쓸 때 주체할 수 없는 성욕을 느꼈다. 종종 남자들은 그녀를 매춘부로 오해했다. 그녀는 남자들을 매혹시키려고 애쓰지 않았다. 아름답게 보이려고 꾸미지 않았다. 익숙하지 않은 육체가 매번 그녀를 기대로 설레게 만들었다. 아직 구체화되지 않은 소설 속 인물처럼 어디로 튈지 알 수 없는, 모르는 남자들이 그녀를 자극했고 흥분시켰다.

욕망은 친밀한 감정을 필요로 하지 않았다. 그녀는 수많은 K와 섹스를 했다. 그들은 대체로 그녀를 만족시켜주었다. K는 추상적 이미지였을 뿐 각각의 고유한 K로 존재하지 않았다. K가 무엇을 먹고 어떤 옷을 입으며 누구와 함께 사는지 그녀는 알려고 하지 않았다. 부모와 형제들에 대해서 알아야 할 까닭이 없었다. 도둑인지 사기꾼인지 알 수 없었다. 그녀가 원했던 것은 쾌락일 뿐 K의 삶이 아니었다.

그녀는 언제라도 K를 만날 수 있었다. K는 어디에나 있고 아무 곳에도 없었다. 수많은 사람들이 거쳐 갔을 더러운 요 위에서 그녀는 K와 섹스를 했다. 그녀는 벌거벗은 K의 몸이 욕망하는 것을 욕망하지 않았다. 육체의 아름다움은 한시적이었다. 살아서 꿈틀거리는 몸은 기억과 이미지로 남았다.

이령은 K에게 상처를 입히거나 고통을 주지 않았다. 우물에 물이 고이듯 차오르는 정욕을 누르고 참아야 할 까닭이 없었다.

이령은 외국인 여자가 음식을 차려놓은 식탁에 장과 마주 앉았다. 장이 나이프를 집었다. 이령은 김치찌개 냄비 뚜껑을 열었다. 두 사람은 우연히 한 테이블에 앉게 된 손님들처럼 불편하고 어색해 보였다.

장이 스테이크를 여러 조각으로 잘라서 절반쯤 먹었을 때 이령은 서둘러 식사를 마쳤다. 밥을 먹은 뒤에도 그녀는 식탁을 떠나지 않았다. 낯설고 불편한 시간을 애써 견디고 있었다.

장은 고기를 즐겨 먹었다. 냉장고는 재운 고기며 생고기로 가득했다. 외국인 여자의 음식솜씨는 나무랄 데 없이 훌륭했다. 이령은 요리다운 요리를 해본 기억이 없었다. 한 끼 식사는 허기진 배를 채울 수 있는 것으로 족했다. 그녀는 눈과 입을 즐겁게 해줄 요리를 만들기 위해서 손에 칼을 쥐고 재료를 다듬거나 썰지 않았다. 햇살이 따뜻하게 비치는 넓고 환한 외딴집 주방에서 무언가를 만들었던 기억을 떠올릴 수 없었다.

장이 자리에서 일어서서 어질러져 있는 식탁을 치우고 후식으로 먹을 차와 과일을 준비했다. 블랙커피와 귤, 단단하게 얼린 연시가 이령 앞에 놓였다. 그는 손님을 접대하는 집주인처럼 깍듯하고 정중했다. 말을 하지 못하는 손님 때문에 불편하고 지루해 보였다. 부러 느릿느릿 식사를 하고 커피와 과일을 내오면서 아무 말 없이 서먹서먹하게 대면해야 하는 시간을 힘겹게 견디고 있는 듯했다.

이령의 머릿속에 장과 마주 앉아 생고기를 구워 먹고 있는 장면 하나가 퍼뜩 떠올랐다. 이령은 육식을 즐기지 않았다. 장이 불판에서 익어가는 고기 한 점을 집어 상추에 싸서 내밀었다. 고기는 잘게 썰린 마늘과 풋고추와 함께 이 사이에서 부드럽게 씹혔다. 배가 불러서 더 이상 먹을 수 없을 때까지 그녀는 상추쌈을 먹었다. 어느 틈엔가 불판의 고기가 사라지고 광어며 우럭이며 전어 따위가 담긴 생선회 접시가 놓였다. 회 접시 주위로 바삭하게 튀겨진 꽁치며 해삼이며 멍게며 초밥, 새우튀김, 달걀찜 따위 곁들이 음식이 즐비했다. 매운탕이 나오자 널찍한 탁자는 더 이상 다른 음식이 놓일 자리가 없었다. 생선회를 먹으면서 웃고 떠드는 그녀가 행복해 보여서 낯설었다. 이령은 날 음식을 좋아하지 않았다. 살아서 펄떡이는 생선을 산 채로 회 뜨는 장면은 끔찍해서 차마 볼 수 없었다. 익히지 않은 생선살을 아무렇지도 않게 입에 넣고 씹는 사람들이 역겹고 혐오스러웠다.

두 사람은 식당을 나와 주차장에 세워둔 자동차를 타고 자유로를 달려 일산으로 향했다. 오피스텔에 도착하자 그가 익숙한 손길로 그녀의 옷을 벗겼다. 그는 스며들 듯 그녀에게 들어왔다. 섹스가 끝나자 장이 그녀에게 사랑한다고 말했다. 그는 투정을 부리듯 사랑한다고 말했다. 그녀는 사랑한다고 말하지 않았다. 장규완 이외에 어떤 남자도 사랑했던 적이 없었다고 말하지 않았다.

장은 언제나 같은 방향을 향해서 움직이는 시곗바늘처럼 규칙적으로 그녀를 찾아왔다. 그와 함께 차를 마시거나 밥을 먹고 사랑의 행위를 하고 잡담을 나누는 것은 특별할 것 없는 일상이 되었다. 장의 몸은 익숙하고 편안했다. 그는 때로는 터무니없이 진지하거나 심각했고 아이처럼 참을성이 없었고 세상의 고뇌를 홀로 짊어진 사람처럼 어둡고 고통스러워 보였다. 그는 웃고 울고 사랑하고 투정을 부리는 남자로 그녀 곁에 있었다.

장의 순진하고 천진난만한 모습은 속수무책이었다. 그녀는 농담으로 건넨 말을 아무 의심 없이 믿어버리는 그에게 빠져들었다. 거짓 없이 무구하게 보이는 남자의 입술에 거침없이 입을 맞추었다. 그녀는 그가 오랫동안 곁에 머물러 있기를 바랐다. 그와 함께 평생 농담을 주고받으면서 살아도 좋겠다고 생각했다.

그는 한 아이의 아버지였고 오랜 별거생활로 지쳐 있었다. 모든 사물들이 정확하게 제자리에 놓여 있는 오피스텔이 그런 것처럼 그는 반듯했고 동시에 텅 비어 있었다. 그는 알맹이 없는 사람처럼 보였다. 아름답지도 추하지도 않았다.

그가 그녀의 귓가에 입술을 대고 사랑한다고 속삭였다. 손바닥에서 단단해져가는 성기가 익명의 K의 몸이 아닌 것을 알고 그녀는 놀랐고 동시에 안도했다.

2

여자가 오토바이를 타고 텅 빈 길을 달려오고 있었다. 집요하게 이령의 이름을 불렀던 사람은 장이 아니라 여자였다. 여자는 기억할 수 없는 오래전부터 이령이 젊고 아름다운 그 여자를 기다렸다는 사실을 알고 있을 것 같았다. 이령은 여자에게 그 여자가 누구이며 어디에 있는지 묻고 싶었다.

여자가 마당에 오토바이를 세우고 바구니를 묶은 줄을 풀었다. 색깔이 바랜 큼직한 남자용 외투를 입고 보풀이 잔뜩 일어난 목도리를 두른 여자의 얼굴이 발갛게 얼어 있었다. 이령은 얼린 연시처럼 단단하고 차가울 여자의 발그레한 뺨에 손을 얹고 어루만지고 싶었다.

현관 벨이 울리자 장이 문을 열었다. 그는 창 너머로 오토바이를 타고 오는 여자를 보았을 것이다. 여자가 나타나기를 기다리면서 텅 빈 길을 눈으로 더듬었을지도 모른다. 그는 공손하게 인사하는 여자에게 건성으로 고개를 끄덕이고 서재로 들어갔다. 여자는 소파에 앉아 있는 이령을 보고 놀라거나 당황하지 않았다. 그녀는 현관 안쪽에 서서 외투를 벗는 여자에게 반갑게 인사말을 건네고 싶은 충동을 느꼈다. 커피를 타달라고 부탁하고 다락방에 쌓여 있는 먼지를 털어내고 깨끗이 청소해달라고 말하면 여자는 환하게 미소 지으며 흑갈색 눈동자를 반짝거릴 게 분명했다. 이령은 오래전부터 내내 기다려왔다고 털어놓고 여자에게 다정하게 손 내밀고 싶었다.

수돗물이 개수대에 쏟아지는 소리가 들렸다. 도마질하는 소리가 경쾌하게 들려왔다. 여자가 가스 불을 켜고 채소와 고기와 생선을 볶고 굽고 지졌다. 오래전부터 외딴집에서 살았던 사람처럼 망설이거나 머뭇거리지 않았다. 이령은 기억할 수 없는 긴 세월을 여자와 함께 조용하고 평화롭게 살았을 거라고 생각했다.

무엇이 안락하고 평온한 세 사람의 동거생활에 균열을 만들었는지 짐작할 수 없었다. 장은 고집스럽게 입을 다문 채 침묵했다. 아무것도 말해주지 않았다. 그가 입을 열고 진실을 말할 때까지 이령은 묵묵히 여자가 만들어주는 음식을 먹을 수밖에 없었다. 갓 서른이 되어 보이는 여자는 군살 없이 날씬했고 햇볕에 탄 얼굴이 건강해 보였다. 끝없이 펼쳐진 논과 밭 사이로 띄엄띄엄 서 있는 농가 어딘가에 여자의 집이 있었다. 젊은 여자는 적막한 산골마을과 어울리지 않았다. 아무 불평 없이 일했지만 여자의 흑갈색 눈동자가 꿈을 꾸듯 먼 곳을 향해 있다는 사실을 눈치챌 수 있었다.

여자는 먼 나라에서 이곳으로 유배되었을지도 몰랐다. 언어가 다른 사람들과 함께 살면서 그들이 먹는 음식을 억지로 먹어야 했을지라도 여자는 오래전 고향을 떠나 이곳으로 온 날을 기억하고 있을 것이다. 어느 날 불쑥 낯선 마을에 버려진 이령과 달랐다.

이령은 잠이 들면 도시에 있는 작은 방으로 돌아갔다. 꿈속에서 이령은 아무 불편 없이 말했고 귓속을 긁어대는 쇳소리에 시달리지 않았다. 지워지고 달아난 기억 때문에 고통을 느끼지 않았다. 앉은뱅이책상이 놓인 방에서 이령은 글을 썼다. 한낮에도 햇볕이 인색한 반지하 셋방에서 글을 썼을 때 그녀는 종종 먹고 자는 것마저 잊었다. 이령은 글 쓰는 사람들과 특별히 가깝게 지내지 않았다. 그녀는 소설가와 시인, 평론가들이 소속되어 있는 단체에 이름을 올리지 않았다. 작가들의 출간기념회나 출판사와 잡지사에서 마련한 송년 모임에 참석하지 않았다. 이령이 소설가로서 참석했던 공식적인 자리는 첫 책을 냈던 해에 출간기념회를 겸한 송년회가 유일했다. 장편소설을 썼던 1년을 제외하고 이령은 늘 돈벌이가 되는 글과 소설 쓰는 일을 병행했다. 슬럼프에 빠진다거나 작가로 살아가는 삶의 고단함에 힘겨워한다거나 성취에 대한 압박을 느끼지 않았다. 장은 뜻밖의 사고였다.

머릿속이 말끔하게 비워진 듯 텅 비고 열 개의 손가락이 컴퓨터 자판 위에서 머뭇대고 비틀거렸던 까닭은 장이 아니라 그 여자 때문이었다. 안개 너머로 환영처럼 서 있는 여자 때문에 글을 쓸 수 없었다.

장이 현관 벨을 누르고 문을 두드렸던 어느 날, 이령은 문밖이 조용해질 때까지 숨소리를 내지 않았다. 이령은 아무 일 없는 것처럼 장과 마주 앉아 있을 수 없었다. 그가 사가지고 온 음식을 나눠 먹으면서 웃을 수 없었다. 거울에 비친 그녀의 야윈 얼굴은 기괴하고 흉측했다. 단어를 찾아 자판을 두드렸던 열 개의 손가락은 감각을 잃어버렸다.

이령은 가방에 옷가지를 챙겨서 고속버스터미널로 갔다. 불쑥 찾아가면 놀랄 거라고 생각했지만 어머니에게 전화를 걸지 않았다. 고향 마을은 변한 게 없었지만 폭삭 늙어버린 어머니는 낯선 노인 같았다.

어머니는 다듬잇돌을 마루에 내놓고 다듬이질을 하고 있었다. 이령이 사립문을 열고 마당으로 들어서자 빨랫방망이를 쥔 손을 허공에 두고 고개를 돌린 어머니가 가늘게 뜬 눈으로 그녀를 바라보았다. 이령은 가방을 마루에 던져놓고 어머니 곁으로 다가갔다. 학교가 파하면 집까지 한달음에 달려와서 가방을 던져놓고 신발을 벗지 않고 그대로 마루에 누워버렸던 오래전 어느 날처럼 스스럼없는 그녀의 행동에 어머니는 당황한 기색이 역력했다.

어머니가 부엌으로 가서 이른 저녁밥을 차려 왔다. 묵은 김치와 시래깃국, 풋고추와 된장이 전부였지만 이령은 밥공기에 수북하게 담긴 밥을 허겁지겁 먹어 치웠다.

"서울서 만날 굶고 산겨?"

어머니는 걱정과 의심이 뒤섞인 눈으로 이령을 살폈다.

"글씨 쓰는 일이 잘 안 되는 갑네. 그러게 진즉에 결혼을 할 일이지……."

이따금 전화통화를 할 때마다 빨리 결혼하라고 성화를 했지만 늙은이들만 남아 있는 고향 마을에서 그녀의 짝을 찾아주기 어렵다는 사실을 어머니는 알고 있었다.

어머니는 막내가 고등학교를 졸업하자 기다렸다는 듯이 결혼을 시켜버렸다. 친척 할머니가 중신을 섰던 이웃 마을에 사는 남자는 막내보다 열다섯 살이 많은 애 딸린 홀아비였다. 읍내에서 자동차 정비소를 운영하는 남자는 어릴 적 소아마비를 앓아 한쪽 다리를 절뚝거리는 어린 처녀를 마음에 들어 했다. 어머니는 두 해 전 아내와 사별한 남자가 건강하고 무엇보다 경제적으로 능력이 있었기 때문에 흡족하게 생각했다.

"현숙이 너는 흠 잡힐 것이 없으니께 온전한 남자랑 혼인해야 쓴다. 돈 벌이야 어쩔랑가 모르지만 글씨 쓰는 사람이 되는 것이 쉬운 일이 아니라고 하드만. 니 언니가 그러드라."

문맹인 어머니는 이령의 소설을 읽을 수 없었다. 그녀가 김현숙이라는 이름을 두고 이령(二齡)이라는 필명으로 소설을 쓴다는 것을 몰랐다. 어린 시절 매혹당했던 한 여자로 인해 글쓰기를 시작했고, 글을 쓰면서 쾌락의 정점에 도달했을 때와 같은 흥분과 만족감을 느낀다는 사실을, 궁지에 몰려서 도망치듯 어머니를 찾아왔다는 것을 알지 못했다.

밤이 되자 어머니가 안방에 낡은 요 두 개를 깔았다. 일력이 걸린 벽 아래로 전화기와 자명종이 놓인, 경첩이 빠져서 문

짝이 덜렁거리는 문갑 안쪽으로 책이 보였다. 이령이 우편으로 보냈던 책이었다. 글을 읽지 못하는 데다 평생 책을 만져본 적도 없는 어머니가 어딘가에 처박아두었을 거라고 생각했던 이령의 책은 처음부터 끝까지 여러 차례 읽은 것처럼 손때가 묻어 있었다.

어머니가 자리에 눕자 이령이 불을 껐다. 부엌과 마루를 오갈 때 어머니가 다리를 절뚝거리며 걷는 모습을 보았지만 그녀는 잠자코 있었다. 어머니는 끙 소리를 내며 돌아누웠고 가늘게 코를 골며 금세 잠들었다. 이령은 어둠 속을 더듬어서 책을 집었다. 어머니가 소설책을 읽을 거라고 상상도 하지 않았다. 해독할 수 없는 문자를 손가락으로 더듬어서 읽는 독자가 있으리라고 예상하지 못했다. 어머니는 그녀의 소설을 손가락으로 읽은 유일한 독자였다.

날이 밝기 전 이령은 도망치듯 어머니 집을 빠져나왔다. 어머니의 집은 그녀가 숨어 있을 곳이 아니었다. 터미널에서 버스를 기다리면서 이령은 이름을 알지 못하는 그 여자를 생각했다. 여자를 만나고 싶었고 만나는 것이 두려웠다.

3

이령은 해가 저문 뒤 잠들었고 이른 아침에 눈을 떴다. 해가 있는 동안 대부분 소파에 앉아서 물끄러미 밖을 내다보기만 할 뿐 특별히 하는 일이 없었다. 여자가 오지 않는 날에도 이령은 텅 빈 길을 달려올 여자를 기다렸다.

이령은 서재에 앉아서 이파리가 하나도 남아 있지 않은 앙상한 나뭇가지와 관목 숲으로 이어진 길을 바라보았다. 장은 마을 근처 구판장으로 가려고 집을 나서면서 금세 돌아올 거라고 말했다. 이령은 급하게 서두를 필요가 없다고 말하고 싶었지만 시동이 걸린 자동차가 시야에서 멀어질 때까지 목구멍에 갇힌 말은 발화되어 입 밖으로 나와주지 않았다.

숲으로 난 길은 한낮에도 어두컴컴했다. 깊이를 알 수 없는 동굴처럼 음습하고 을씨년스러워 보이는 그곳에 봄이 오면 개나리며 진달래며 철쭉이 다투어 꽃을 피운다고 했던 장의 말을 믿을 수 없었다. 외딴집은 생강나무 꽃향기가 바람에 날리는 봄에 가장 아름답다고 했다. 장이 각별하게 애정을 보였지만 마른 가지를 늘어뜨린 채 볼품없이 서 있는 나무는 특별할 것이 없었다.

산골마을은 겨울이 길어서 생강나무가 노란 꽃을 피운다는 봄은 영영 오지 않을 것 같았다. 보일러 온도를 올렸지만 한기는 가시지 않았다. 귓속을 긁어대는 쇳소리가 점점 더 크게 들리기 시작했다. 낯선 사람의 몸속에 들어와 있는 것처럼 불편하고 불안했다. 이령은 의자에 웅크리고 앉았다. 체리목 책상은 넓고 튼튼하고 고급스러웠다. 반지하 셋방에 가져다 놓으면 이불을 깔고 누울 자리가 없었다.

봄이 오면 생강나무 꽃이 핀다는 외딴집에서 이령은 글을 쓸 수 없었다. 달아나고 지워져버린 기억을 떠올릴 수 없었다. 꽃다발을 손에 들고 머리에 화관을 쓴 이령이 장과 나란히 서 있었다. 두 사람은 주례 없이 결혼식을 올렸다. 결혼식이 끝나자 몇 명의 하객들이 보는 앞에서 장이 이령을 번쩍 안아서 자동차에 태웠다. 방을 예약해놓은 호텔로 차를 달리면서 그는 오랫동안 애를 끓였던 것을 마침내 얻어낸 사람처럼 의기양양한 표정을 지었다.

흰색 자동차가 텅 비어 있는 길을 따라 달려오고 있었다. 장이 집을 나간 지 고작 한 시간이 지났을 뿐이었다. 이령은 손바닥으로 책상을 짚고 자리에서 일어서면서 하필 산골마을 외진 곳에 집을 지은 까닭이 무엇인지 물으면 그가 어떤 대답을 할지 궁금했다.

장이 앞마당에 차가 세우고 트렁크에서 식료품이 가득 담긴 쇼핑봉지를 꺼냈다. 냉장고에 먹을거리가 충분했지만 그는 끊임없이 새로운 음식을 사가지고 왔다. 장은 비워내기 위해서 냉장고를 채우는 듯했다. 그는 비밀번호를 눌러 문을 열고 들어와서 찬장과 냉장고에 식료품을 넣고 가스 불에 찻주전자를 올렸다. 물이 끓는 동안 찻잔 두 개를 준비하고 냉장고에서 귤을 꺼내 쟁반에 담으면서 바쁘게 움직였다. 그는 식물처럼 꼼짝하지 않는 이령에게 익숙했다. 그녀에게 기대하는 것이 없었다. 초점이 흐릿한 시선으로 먼 곳을 응시하는 이령에게 가까이 다가오려고 하지 않았다. 그는 이제 그녀의 몸을 갈망하지 않았다. 그녀가 거기에 있다는 사실조차 알지 못하는 듯했다.

장의 손길이 닿는다고 해도 이령의 몸은 흥분으로 떨리지 않을 것 같았다. 낯설고 불편한 사랑의 감정으로 따뜻하게 차오르지 않을 거였다. 육체의 온기를 나누지 않는다고 해도 그는 이령이 믿고 의지할 해야 할 사람이었다. 조각난 기억이 띄엄띄엄 떠올랐지만 사랑의 감정은 되살아나지 않았다. 어쩌면 그녀는 그를 사랑했던 적이 없었는지도 몰랐다.

장은 봄이 오면 도시에 있는 아파트로 돌아가자고 말했다. 자동차로 왕복 네 시간을 운전해서 학교와 집을 오가는 일이 힘들다고 했다. 환경이 바뀌면 그녀가 잃어버린 기억을 찾고 굳게 닫힌 말문이 터질지도 모른다고 생각하는 듯했다. 그는 한적한 산골마을에서 그녀가 글을 쓰지 않았고 영원히 쓰지 못할 것을 알아채 버렸다.

말 못하는 이령과 함께 고립되어 살아가는 생활에 그는 지쳐 있었다. 그가 규칙적으로 몸을 움직여서 하는 일이라곤 마을 구판장으로 가서 식료품을 사오는 일뿐이었다. 외국인 여자를 집으로 들인 것은 온종일 침묵에 빠져 있는 생활을 견디지 못해서였다. 봄이 오면 그는 학교로 돌아가서 학생들을 가르치고 계절마다 발행되는 계간지 편집회의에 나가고 지인들을 만나서 밥을 먹고 술을 마실 수 있었다. 여자를 만나는 것도 어렵지 않았다. 그는 어려움 없이 여자를 만날 수 있었다. 아름다움은 그것을 욕망하는 사람만이 가질 수 있었다. 젊고 아름다운 여자와 섹스 한다고 해서 그녀에게 미안해하거나 죄책감을 느껴야 할 까닭이 없었다. 도덕이나 윤리 따위로 욕망을 제어하는 것이 사랑이 아니라고 말했던 사람은 바로 그녀였다.

4

이령이 돌아가고 싶은 곳은 장의 아파트가 아니라 앉은뱅이책상이 놓인 작은 방이었다. 그곳이라면 파편처럼 흩어진 기억의 조각을 모을 수 있었다. 마침표를 찍지 못한 채 어딘가에 처박혀 있을 원고를 찾아서 문장을 완성하고 싶었다. 잃어버린 감각이 살아나면 온종일 귓가를 긁어대는 쇳소리가 사라지고 물이 흐르듯이 자연스럽게 말이 터져 나올 거라 믿었다.

여자를 처음 만난 곳은 산골마을이 아니었다. 여자는 아주 오래전부터 이령 곁에 머물러 있었다. 이령이 기억하지 못해도 여자는 알고 있었다. 낯설면서 익숙한 여자를 이령은 내내 기다리며 살았다.

여자는 분명 그 여자가 누구이며 어디에 있는지 알고 있었다.

6. 연극이 끝나고 막이 내리면

1

기억과 말을 잃어버렸다고 해도 이령은 죽은 것이 아니었다. 어쩌면 그녀는 떠올리고 싶지 않은 기억을 회피하고 싶은지도 몰랐다. 기억은 기억하고 싶은 것을 기억할 뿐이었다. 이령이 잃어버린 기억의 조각들을 그는 짐작조차 할 수 없었다. 피하려고 할수록 이령은 점점 더 낯설게 변해갈 게 분명했다.

그녀는 외면하고 달아나려고 하는 장을 견디지 못했다. 그가 한 걸음 다가가면 한 걸음 물러섰고 한 걸음 멀어지면 서너 걸음 달려왔다. 장이 달아나려고 하는 것을 눈치챘을 텐데도 그녀는 아무런 감정의 동요를 보이지 않았다.

뒷마당의 생강나무처럼 그는 이령이 한 곳에 뿌리내리기를 바랐다. 누구도 가까이할 수 없는 곳에서 오직 그만을 욕망하고 그리워하기를 바랐다. 이령은 세상에 알려지지 않은 미답의 세계였다. 무자비한 시간조차 그녀의 육체를 훼손할 수 없었다. 아름답고 매혹적인 육체는 머뭇거리거나 망설이지 않았다. 그를 짓눌렀던 불안과 고통과 괴로움은 꽃망울이 터지듯 활짝 열린 그녀의 몸속에서 시나브로 사라져버렸다. 부드럽게 유혹하며 굽이치는 그녀의 몸을 따라 움직일 때마다 그는 잃어버렸던 관능과 욕망이 되살아나는 것을 느낄 수 있었다.

이령이 아니라면 그토록 강렬한 쾌감과 흥분을 느낄 수 없었을 것이다. 그녀는 잠들어 있는 그의 감각을 깨워서 움직이고 느낄 수 있게 해주었다. 이령은 시를 쓰듯 섹스 하는 여자였다. 틀에서 벗어나는 것을 두려워하는, 기계적이고 엄숙한 성교에 익숙했던 그의 몸을 흔들어놓았다.

쾌감에 자극받은 육체는 무감각하고 건조했던 기억을 재빨리 잊어버렸다. 이제 그는 부끄러움과 비참한 감정이 찌꺼기처럼 남는 섹스를 상상할 수 없었다. 그로 인해 세상에 나온 불완전한 아이를 잊었다. 절정의 순간은 짧았다. 희열에 사로잡힌 육체는 매 순간 간절하게 자극받기를 원했다.

하얀집에서 청혼했던 날, 장은 이령에게 생강나무를 선물로 주었다. 그는 값비싼 보석이나 화려한 꽃이 아니라 봄이 오면 알싸한 생강 냄새가 날리는 나무를 달라고 말했던 이령이 마침내 청혼을 받아들인 거라고 생각했다.

장의 어머니가 죽고 삼일장을 치르는 동안 정하는 내내 빈소를 지켰고 검은 상복 차림으로 문상객들을 맞았다. 발인하는 새벽에 그녀는 두 눈이 퉁퉁 붓도록 울면서 곡을 했고 금방 이라도 실신할 것처럼 보여서 곁에 서 있던 친척 아주머니가 부축해야 할 지경이었다. 아버지는 그가 벌써 이 년 전에 이혼했다는 사실을 까맣게 잊어버린 사람처럼 영구차를 타고 장지가 있는 선산으로 가는 동안 며칠 동안 제대로 잠을 자지 못해서 쇠약해진 몸을 그녀에게 기대고 앉아 있었다.

가눌 수 없는 슬픔에 젖어 눈물을 흘리는 그녀를 보자 장은 죽어서 땅에 묻힌 사람이 자신의 어머니가 아니라 그녀의 어머니인 듯한 착각에 빠졌다. 검은 상복을 입은 정하는 이 년 전 이혼 서류에 도장을 찍어주었던 날 보았던 모습과 확연히 달랐다. 검붉은 빛이 도는 퉁퉁한 얼굴과 포대자루처럼 묵직하고 볼품없었던 몸은 간데없고 몰라보게 살이 내린 야위고 창백한 얼굴이 낯선 여자 같았다.

홀로 남은 늙은 시아버지를 걱정하고 음식이며 옷가지 따위를 챙기는 정하를 멀뚱히 지켜보면서 그는 며느리였던 그녀에게 아버지가 냉정하고 인색했었다는 기억을 떠올렸다. 완벽주의자이며 고집스럽게 원칙을 내세웠던 아버지는 하루아침에 기가 꺾인 채 정하에게 의지하려고 했다. 그녀의 손길에 안심하고 편안함을 느끼는 듯했다. 정하는 술을 끊었고 아이와 함께 복지관에서 도예를 배우고 있다고 했다.

"지호가 할아버지께 드린다고 재떨이를 만들었어요."

아버지의 얼굴 표정을 살피듯 바라보면서 정하가 말했다.

지호에게 무언가 해주고 싶다고 아버지가 말하자 그녀의

얼굴이 단박에 환해졌다.

이제 타인이 되어버린 두 사람이 평화로운 분위기에서 친밀하고 애정이 느껴지는 대화를 나누고 있다는 사실을 그는 믿기 어려웠다. 그는 아버지가 새삼스럽게 낙담하고 상심에 빠지는 것을 바라지 않았다. 이미 깨진 관계에 연연하는 정하를 이해할 수 없었다.

이령은 그의 청혼을 받아들이지도 거절하지도 않았다. 언제라도 순순히 몸을 열어주었지만 그녀는 온전히 그의 것이 아니었다. 그는 이령의 음부에서 낯선 사내의 정액 냄새를 맡았다. 이령은 거짓말을 하거나 둘러대지 않았다. 부끄러워하거나 미안하게 생각하지 않았다. 그녀는 오직 그 한 사람만을 받아들여야 하는 까닭을 모르는 사람처럼 보였다.

이령을 향한 욕망으로 마음이 들끓을 때마다 그는 완전하게 채울 수 없다면 차라리 단념하는 편이 나을지도 모르겠다고 생각했다. 아무 말 없이 불쑥 사라질 때마다 그는 상상할 수 있는 온갖 것들을 떠올렸고 절망에 빠진 채 이령을 저주했다. 그는 그녀의 유혹에 속절없이 빠져버렸던 남자들 중 하나일 뿐이었다. 그가 매혹당했던 여자는 순결한 처녀가 아니라 자비를 알지 못하는 뻔뻔하고 잔인한 여신이었다. 무자비한 여신을 타협으로 소유할 수 없었다. 그녀에게 끌려다니지 말아야 한다고 생각했다. 그는 의식과 완벽하게 따로 움직이는 몸을 저주했고 진땀을 흘리면서 고통스러운 시간을 무기력하게 견뎌야 했다.

2

장은 흠잡을 데 없이 반듯하게 이십 대를 살았다. 크고 작은 마찰을 빚지 않고 대체로 아버지의 뜻을 따랐기 때문에 표면적으로 무난하게 보이는 부자관계를 유지할 수 있었다. 법대나 의대에 가기를 바랐던 아버지의 바람과 달리 문과대학에 진학한 것이 제 뜻을 고집했던 유일한 일이었다. 그가 거의 날마다 미친 듯이 시를 쓰고 있다는 사실을 알았다면 아버지는 고집을 꺾고 순순히 아들이 하고 싶은 대로 하도록 내버려두지 않았을 터였다. 장은 천상의 언어를 노래하는 시인을 꿈꾸지 않았다. 대학노트 몇 권을 채웠던 난삽한 시어는 자로 잰 듯 반듯하고 모난 곳 없이 매끈하게 보였던 그의 외모와 목소리, 눈빛과 전혀 어울리지 않았다.

그는 성인이 되기 전부터 아버지의 집을 떠날 날을 기다렸고 버림받고 쫓겨날지도 모른다는 신경질적인 불안감에 시달렸다. 그것은 동전의 양면처럼 분리되지 않는 이율배반적인 사랑과 증오가 복잡하게 뒤섞인 감정이었다. 그의 어머니는 아버지를 거쳐 갔던 수많은 여자들 중에서 특별히 내세울 것이 없는, 지독히 평범하고 재미없는 여자였다. 끊임없이 새로운 여자를 탐했던 아버지였지만 아내란 기분이 내키는 대로 바꿀 수 있는 가구가 아니었다. 어떤 경우라도 순종하며 고분고분 뜻에 따라주기만 한다면 어머니는 평생 아버지의 집에서 쫓겨날 염려가 없었다.

어머니는 벽에 걸린 초상화처럼 조용했다. 평생 자신의 뜻을 내세운다거나 목소리를 높인 적이 없었다. 어머니는 결정적인 약점이 잡힌 사람처럼 아버지를 두려워했다. 약한 심장 때문에 고질병에 시달렸던 어머니가 유방암 수술을 받고 사망한 것은 뜻밖이었다. 어머니는 늙어서 말라 쪼그라져버린 가슴 일부를 잘라내야 한다는 사실에 충격을 받고 낙심했다. 그는 이미 오래전에 여성성을 잃어버렸던 어머니가 아무 쓸모없는 가슴을 도려내는 일에 크게 낙망하고 고통스러워하리라고 예상하지 못했다.

어머니가 암 진단을 받고 수술과 고통스러운 투병에 이어 허망하게 세상을 떠날 때까지 고작 반년의 시간이 걸렸을 뿐이었다. 뒤늦게나마 어머니를 챙기고 곁에서 보살피면서 위로하고 고통을 나누기에도 턱없이 부족했을 시간이었다. 병상에 누운 어머니가 하루하루 가까워지고 있는 죽음의 날짜를 헤아리고 있을 때 그는 외진 마을에 땅을 샀고 집을 지었다. 황급히 세상을 떠나지 않았다고 해도 어머니는 갈 수 없는 집이었다. 아버지는 평생 수백 채의 집을 지었다. 언제 어느 곳에 지었는지 전부 기억하지 못할 만큼 많은 집을 지었지만 정작 아버지는 대기업 건설회사가 지은 아파트에 살았다.

헤아릴 수 없을 만큼 많은 집을 지었지만 아버지는 그곳에 머물지 않았다. 이령을 알지 못했더라면 그는 집을 짓겠다는 생각 따위는 하지 않았을 터였다. 그와 그녀 외에 누구도 알지 못할 장소를 찾아다니지 않았을 것이다. 평생 팔지도 헐리지도 않을 집을 짓겠다고 마음먹었을 때 그는 어딘가에 처박아둔 채 오랫동안 잊고 있었던 시를 떠올렸다. 들끓는 불안과 공포, 채울 수 없는 욕망과 사투를 벌이면서 되는 대로 휘갈겨 썼던 시는 위안이었고 피난처였다. 거짓과 위선으로 가장하지 않아도 되는 세계였다. 모든 것을 잃는다고 해도 이제 그는 마지막까지 붙잡고 놓을 수 없었다.

이령은 그가 무엇을 잃어버리고 놓쳤는지를 일깨워주었다. 짐짓 외면하고 가장하고 잊었던 것을 눈앞에 불러냈다. 그가 오랫동안 붙들려 있었던 고리에서 풀려날 수 있게 해주었다. 권위와 완고한 형식에서 자유로워지고 두려움을 떨칠 수 있게 해주었다.

그의 삶은 이령을 알기 전과 후로 극명하게 나뉘었다. 이령은 아직 누구에게도 읽히지 않은 한 편의 시였다. 그녀의 아름다움과 가치를 알아볼 수 있는 사람은 오직 그 한 사람뿐이었다. 수많은 남자들을 유혹하고 거리낌 없이 받아들였다고 해도 그녀는 여전히 순결한 처녀였다.

이령은 누구라도 쉽게 쓸 수 있는 시가 아니었다. 머릿속에 새겨놓거나 손으로 움켜쥘 수 없었다. 그녀는 시인의 의도와 상관없이 제멋대로 꿈틀거리고 생성되는 시어였다. 그는 손에 잡히지 않는 그녀가 언제라도 가뭇없이 눈앞에서 사라질까 봐 두렵고 불안했다.

이령은 주목받지 못한 작가였다. 세상이 가치를 알아주기 전에 그녀를 발견한 것은 커다란 행운이었다. 힘겹고 더디게 이어지는 그녀의 고단한 작업이 그로 인해서 활기를 띠고 생명력을 얻게 되기를 바랐다. 그는 이령을 소유해서 가두려고 하지 않았다. 세상의 질서 밖에 존재하는 산골마을 외딴집에서 그녀는 자유였다. 형식과 규범과 욕망에서 놓여나서 아무도 흉내 낼 수 없는 글을 쓸 수 있을 거라고 믿었다. 그는 헌신적인 조력자가 되어서 그녀에게 마르지 않는 영감을 주고 싶었다.

아버지는 단순하고 단조로운 생활에 익숙해졌고 눈에 띄게 빨리 늙어버렸다. 그가 재혼할 수 있다는 사실을 알고 아버지는 놀랐고 당황스러워했다. 집에 자주 들르지 않는 아들을 탓했고 죽어버린 어머니를 원망하면서 알아들을 수 없는 말을 횡설수설 길게 늘어놓았지만 이령이 누구인지 묻지 않았다. 어머니가 사용했던 소소한 물건들이 고스란히 남아 있는 집에서 아버지는 온종일 죽어버린 사람과 돌아갈 수 없는 과거의 시간을 회상하며 살고 있었다.

3

흰 드레스를 입고 화관을 쓴 이령이 장의 손을 놓치고 눈앞에서 순식간에 사라졌다. 그녀가 들고 있었던 빨간 꽃묶음이 바닥에 떨어져서 나뒹굴었다. 장은 하객이 한 명도 남아 있지 않은 교외의 식장을 뛰쳐나가서 이령이 사라진 쪽으로 정신없이 내달렸다. 햇살이 환하고 맑았던 하늘이 어두운 구름으로 뒤덮였다. 금방이라도 굵은 빗줄기가 떨어질 것처럼 요란하게 천둥이 치고 돌풍이 불었다. 비탈진 길은 숲으로 이어져 있었다. 장은 붉은 꽃잎이 피처럼 점점이 떨어져 있는 숲으로 들어갔다. 기어코 굵은 빗방울이 쏟아지기 시작했다. 어둠과 세찬 빗줄기 때문에 한치 앞을 볼 수 없었다. 얼굴을 덮을 만큼 커다랗고 거친 잎사귀들이 창끝처럼 뾰족한 나뭇가지에 매달린 채 사납게 흔들거리는 숲속 어딘가에 이령을 빼앗아 도망친 반인반수의 사티로스가 숨어 있었다. 그는 크고 작은 바위와 나무 둥치가 괴물처럼 곳곳에 도사리고 있을 숲에서 이령의 이름을 절망적으로 소리쳐 부르다가 무언가에 발이 걸려 고꾸라졌다. 질척거리는 땅에서 억지로 몸을 일으켜 세우면서 발끝에 걸린 둥근 것을 손으로 빼냈다. 어둠과 지칠 줄 모르고 떨어져 내리는 빗줄기 때문에 손에 들린 것이 무엇인지 알 수 없었다. 천둥 치는 소리에 숲이 흔들렸다. 번갯불이 번쩍거렸다. 번갯불로 눈앞이 환해졌던 짧은 순간 그는 흰 꽃을 둘러 만든 이령의 화관을 보았다. 그것은 더 이상 하얗다고 할 수 없는 진흙으로 뒤범벅된 꽃의 잔해였다.

흙 묻은 이령의 맨발을 보았던 날부터 장은 자주 악몽에 시달렸다. 그는 하늘색 담요를 끌어당겨서 둘째 발가락이 엄지발가락보다 조금 더 길쭉하고 뒤꿈치가 양파처럼 둥근 이령의 작은 발을 덮어주었다. 이령의 셋방처럼 비좁은 대학병원 2인실은 수시로 드나드는 옆 병상의 보호자와 문병객, 간호사들 때문에 어수선했다. 이령을 찾아오는 사람은 없었다. 뇌수술을 받고 의식을 회복했지만 그녀는 고집스럽게 입을 닫아버렸다. 강의가 없는 날이면 장은 하루 스물네 시간 이령의 병상을 지키는 간병인을 돌려보낸 뒤 좁고 불편한 보조침상에서 밤을 보냈다.

하얀집 현관문 밖에 이령의 샌들이 가지런히 놓여 있었다. 노파는 그것을 숲에서 가져왔다고 했다. 그는 무엇 때문에 이령이 신발을 벗은 채로 정신없이 관목 숲을 내달렸는지 알 수 없었다. 산골마을은 도시보다 일찍 아침이 찾아왔다. 한낮이면 거실 창에 드리워진 블라인드 틈으로 햇빛이 날카롭게 파고들었다. 밤은 길고 어두웠다. 인가와 떨어져 있는 하얀집에서 이령은 조용하고 평화로운 생활에 익숙해져갔다. 그녀는 부족한 것 없이 살고 있었다. 아침에 눈을 뜨면 장은 이령이 깨지 않게 조심하면서 집을 나왔고 두 시간 남짓 자동차를 달려서 학교 연구실로 출근했다. 늦은 아침에 일어나면 이령은 커피 한 잔과 과일이나 식빵으로 끼니를 때우고 그가 돌아올 때까지 서재에서 글을 썼다. 초밥이나 만두, 피자 같은 음식을 사 들고 그가 집으로 돌아오면 그녀는 부산하게 움직이면서 식탁에 음식을 차렸다.

햇볕이 너무 따갑게 내리쬐지 않으면 이령은 종종 마당에 나가 앉아 있곤 했다. 이따금 노파와 마주치면 그녀는 차가운 물을 가져다주었다. 하얀집을 지나서 논과 밭을 오가는 노파는 그녀가 알고 지내는 선량한 이웃이었다. 그녀는 늙고 순박한 이웃에게 친절했지만 필요 이상으로 관심을 보이지는 않았다. 노파가 가져다주는 김치며 된장이며 인절미며 쑥떡은 이령의 입맛에 잘 맞았다. 고작 물 한 잔밖에 줄 수 없어서 미안하게 생각하면서도 그녀는 노파와 가까워지려고 하지 않았다.

이따금 그는 넋을 놓고 앉아 있거나 허둥거리는 이령을 보았다. 무언가에 홀려 있는 것처럼 말을 더듬고 불안하게 눈을 깜빡였다. 그녀는 산골마을의 하루가 도시와 다르다고 말했다. 느릿느릿 흘러가는 시간이 어느 순간 멈춰버리는 것 같다고 했다. 해가 저물면 바람을 따라 흔들리는 나뭇가지와 풀벌레가 우는 소리가 소름 끼칠 만큼 크게 들린다고 했다.

밥을 먹거나 마당을 산책할 때 이령은 휴대전화를 꺼내 사진을 찍었다. 구입한 지 5년이 지난 낡은 휴대전화는 카메라 성능이 좋지 않았다. 그녀가 찍은 하얀집과 생강나무와 식탁에 차려진 음식들은 초점이 맞지 않아서 흐릿했다. 장이 구식 휴대전화 카메라와 비교할 수 없는 고가의 성능 좋은 일제 디지털카메라를 사주었지만 그녀는 사용하지 않았다. 습관적으로 사진을 찍었을 뿐 그녀는 피사체에 대한 애정이나 잘 찍고 싶은 욕망이 전혀 없었다.

술을 마시고 하얀집으로 돌아가는 밤이면 마을은 불빛 한

점 없이 어둡고 조용했다. 취하도록 마시지 않았다고 해도 운이 나쁘면 교통경찰에게 걸려서 운전면허를 정지당할 수 있었지만 장은 느긋하게 술이 깨기를 기다리지 못했다. 마을 입구로 접어들면 가로등 하나 없는 울퉁불퉁하고 외진 길을 오로지 자동차 전조등 불빛에 의지해서 달려야 했다. 손금을 보듯 훤히 꿰고 있다고 생각했지만 술 마시고 운전하는 밤이면 장은 이령을 태우고 빗속을 달리다가 길을 잃었던 날처럼 허둥거렸다.

멀리 산자락 아래로 하얀집이 보이면 서재에 켜져 있는 불빛이 이령보다 먼저 그를 반겼다. 그는 해가 저물고 밤이 깊어 인가의 불이 꺼지면 마을을 끌어안듯 둘러싼 숲의 전령들이 하얀집에 머물러 있는 이령을 지켜주기를 바랐다.

이령의 작고 둥근 뒤꿈치를 만질 수 있는 사람은 장뿐이었다. 그가 엄지발가락보다 조금 더 길쭉한 둘째 발가락을 만질 때마다 그녀는 간지러움을 참지 못하고 몸을 뒤틀면서 웃음을 터뜨렸다. 다섯 개의 발가락을 차례로 입에 넣고 깨물면 그녀의 웃음은 신음으로 바뀌었다. 장과 이령은 번갈아가면서 서로 발가락을 깨물고 쓰다듬고 빨고 부드럽게 핥았다. 이령이 볼품없이 크고 못생긴 발가락을 입으로 가져가면 그는 감전이 된 것처럼 옴짝달싹할 수 없었다. 그녀는 크고 먹음직스러운 황도를 깨물어 먹듯이 풋과일을 한 입 베어 물 듯 그의 몸을 차례차례 먹어치웠다.

그녀의 몸은 우물처럼 깊었다. 두레박을 내릴 때마다 향기롭고 신선한 물이 차올랐다. 그가 평생 퍼 올린다고 해도 말라 버릴 염려가 없었다. 어둠 속에서 그녀의 몸을 끌어안고 눈을 감으면 잘 알거나 그렇지 않은 사람들의 궁금증과 호기심, 따가운 시선 따위 사소하고 하찮은 문제는 더 이상 그의 머릿속에 떠오르지 않았다. 그는 매인 것이 없었고 그녀는 더 이상 달아나려고 하지 않았다. 그는 조용하고 안전한 집에서 이령이 아무 걱정 없이 소설을 쓸 수 있기를 바랐다.

오래전 그가 대학노트에 시를 휘갈겨 쓴 것을 그녀는 알지 못했다. 완성하지 못한 시를 날마다 고쳐 쓰고 있다는 사실을 알 리 없었다. 이령이 없었다면 다시 시를 쓰겠다고 엄두조차 내지 못했을 테고 시를 썼다는 사실마저 까맣게 잊었을 것이다.

4

쓰엉이 오토바이를 타고 개울을 건너 앞마당으로 들어설 무렵이면 이령의 입가에 희미하게 미소가 번졌다. 집 안을 오가며 밥을 짓고 청소하는 젊고 건강한 외국인 여자를 경계하거나 불편하게 생각하지 않았다. 쓰엉이 머물러 있을 때 하얀 집은 정막이 걷히고 온기가 돌았다. 따뜻한 말이 오가고 웃음소리가 들리는 듯했다. 쓰엉은 언제나처럼 조용하고 바쁘게 몸을 움직였다. 이 층 다락방 문이 활짝 열려 있었다. 이령이 청하지 않아도 쓰엉은 차를 끓이고 과일을 깎았다. 이령은 쓰엉이 만들어주는 음식을 맛있게 먹었다. 치즈와 우유, 사과 따위로 끼니를 때우지 않았다. 한낮이 되면 현관 쪽을 서성거렸지만 이령은 문을 열고 밖으로 나가지 않았다. 이령의 굳게 닫힌 입은 그대로였다. 그는 이령의 마음을 종잡을 수 없었다. 그녀는 골똘히 생각에 잠겨 있다가 갑자기 통증에 사로잡힌 것처럼 손바닥으로 귀를 틀어막은 채 얼굴을 찡그렸고 쫓기는 사람처럼 불안하고 초조해 보였다가 아기처럼 무구한 눈으로 먼 곳을 응시했다.

그녀는 천 개의 얼굴을 가진 노련한 연극배우 같았다. 연극이 끝나고 막이 내리면 그녀는 본래의 자신으로 돌아가야 했다. 무대를 내려오는 순간 그녀는 몰입해서 연기했던 배역에서 빠져나와야 했다. 분장을 지우고 거추장스러운 무대의상을 벗어야 했다. 무대를 떠나면 셰익스피어는 감동이 아니라 웃음거리였다. 신출내기 배우가 아니라면 연기와 현실을 혼동하지 말아야 했다.

이제 그녀는 길고 지루한 연기를 끝내고 그를 매혹시켰던 웃음과 관능, 부드럽고 매끄러운 언어를 되찾아야만 했다. 더 이상 낯설고 고독한 침묵 속에 그를 가둘 수 없었다. 뒷걸음질 치면서 달아나려고 하는 그를 내버려두지 말아야 했다. 그가 더 이상 기다릴 수 없다는 사실을 알아야 했다. 흥분과 열락으로 깨어난 몸이 무감각했던 시간으로 돌아갈 수 없다는 것을 그녀가 누구보다도 잘 알고 있었다.

이령은 나른하게 기지개를 켜면서 소파에서 일어났다. 그녀는 언제라도 현관문을 열고 밖으로 나갈 수 있었다. 다락방에 있는 노트북컴퓨터를 가져와서 첫 문장을 쓸 수 있었다. 원한다면 언제라도 그는 이령의 하얗고 작은 발을 어루만져줄 수 있었다. 길이가 제각각 다른 다섯 개의 발가락을 차례로 입에 넣을 수 있었다.

전화벨이 울린다. 배터리가 닳아서 방전이 된 채 서랍에 갇혀 있는 이령의 휴대전화가 울릴 리 없었다. 이령은 세상으로 난 문을 닫아버렸다. 그에게로 향한 유일한 길마저 지워버렸다. 휴대전화 액정 화면 위로 정하의 이름과 전화번호가 비명을 지르면서 떠올랐다. 그는 벨소리를 진동으로 바꾸어놓지 않은 것을 후회했다. 야멸치게 끊어내지 못한 우유부단함에 진저리를 쳤지만 정하의 호출을 무시하거나 거부할 수 없었다.

7. 아직 강가에 닿지 못했다

1

쓰엉의 남편은 중요한 사실 몇 가지를 일부러 말하지 않거나 속였다. 결혼하고 두어 달이 지난 뒤에야 쓰엉은 남편의 나이가 열 살이 아니라 스무 살이 더 많다는 것을 알았다. 그는 도시와 멀리 떨어진 산골에서 홀어머니를 모시고 산다고 말해주지 않았다. 그녀는 나이보다 젊고 건강하게 보이는 시어머니가 사소한 일에도 화를 내고 욕설을 퍼붓고 눈에 띄는 대로 함부로 살림살이를 내던지는 사람일 거라고 짐작조차 하지 못했다. 집안일과 농사일로 쉴 틈 없이 일해야 하며, 원하는 것을 숨기고 감추며 살아야 한다는 사실을 그는 정직하게 이야기해주었어야 했다.

그녀 역시 남편에게 거짓말을 했거나 말하지 않은 것이 있었다. 쓰엉은 고등학교를 다니지 않았다. 고등학교를 졸업한 뒤 대학에 진학하고 싶었지만 할아버지의 반대로 갈 수 없었다고 거짓말을 했다. 공부를 하고 싶었던 것은 사실이었다. 어머니가 재혼해서 집을 나가지 않았다면 어쩌면 그녀는 대학을 졸업하고 고향에서 비슷한 또래의 남자와 결혼해서 평범하게 살았을지도 몰랐다. 그녀는 어머니가 재혼했다고 말하지 않았다. 어렸을 때 죽은 부모님의 얼굴을 기억하지 못한다고 말했을 때 그는 더 이상 캐묻지 않았다. 여섯 살 때 감전사고로 세상을 떠났던 아버지와 이듬해 재혼했던 어머니는 그녀의 기억 속에 희미하게 남아 있었다.

영어로 간단히 의사소통을 할 수 있는 그녀와 달리 남편은 예스와 노 이외의 말을 전혀 알아듣지 못했기 때문에 어린 시절부터 외국인 관광객들을 상대로 꽃과 엽서를 팔면서 익혔던 서툰 영어는 아무 소용이 없었다. 그는 쓰엉의 고향과 가족과 어린 시절에 대해서 궁금해하지 않았다. 의사소통에 아무런 문제가 없을 만큼 한국어가 익숙해졌을 때에도 남편은 묻지 않았다. 늙은 조부모 외에 그녀에게 다른 가족이 없다는 것을 알고 시어머니는 오히려 안심하는 눈치였다. 농사를 짓고 살아가는 그녀의 할아버지와 할머니가 한국의 여느 농사꾼과 다르지 않을 거라고 넘겨짚었다. 시어머니는 아들 없는 그들의 처지를 동정하면서도 결혼한 여자는 시집에 뼈를 묻어야 하는 존재이며 친정 식구들과 거리를 두고 살아야 한다고 못을 박았다.

그것은 한국의 전통이며 관습이라고 했다. 모진 시집살이를 하고 죽을 때까지 친정집 문지방을 넘지 못하는 경우가 허다했다고 했다. 가시방석 같은 시집살이가 편안해지고 숨통이 트이려면 하루라도 빨리 자식을 낳아야 했다. 일껏 키워서 남 좋은 일을 시키는 딸이 아니라 제사를 물려줄 수 있는 든든하고 듬직한 아들을 낳아야 했다. 박 씨 할머니가 늘그막에 눈치 보지 않고 살 수 있는 것은 혼인을 못한 채 속절없이 늙어가는 말 못하는 부족한 자식이나마 아들이 있기 때문이었다. 늙은 어미를 챙기고 보살펴줄 자식은 혼기가 차기 무섭게 짝을 맺어 친정을 떠나버리는 야무지고 똑똑한 딸들이 아니었다.

먹을 것을 나누고 속내를 툭 터놓고 허물없이 지냈지만 시어머니는 박 씨 할머니를 은근히 얕잡아 보았다. 타국에서 데려온 젊고 건강한 며느리가 낳을 아이들로 북적북적해질 집을 은근히 과시하고 싶어 했다. 고분고분 말 잘 듣는 착하고 순종적인 며느리가 호기심 많은 어린아이처럼 하루가 다르게 한국말을 익히고 있으며 집안 살림은 물론이고 농사일까지 거뜬히 해낸다고 자랑삼아 이야기했다. 박 씨 할머니와 함께 있을 때 그녀는 다정하고 이해심 많은 시어머니처럼 보였다.

세 사람의 동거 생활은 쉽지 않았다. 오랜 세월 아들과 단둘이 살았던 시어머니는 며느리가 있다는 사실을 자주 잊거나 무시해버렸다. 늦은 밤, 시어머니는 노크 없이 방문을 벌컥 열고 들어와서 쓰엉이 남편과 함께 사용하는 장롱이며 서랍장을 뒤졌다. 그녀가 소곤거리며 하는 말을 알고 싶어 했다. 시어머니는 그녀가 남편을 졸라 옷이며 신발 등속을 고향 집으로 보내고 적지 않은 액수의 돈을 부쳤을 거라고 의심했다. 할머니와 할아버지에게 단 한 차례 선물을 보냈을 뿐이었지만 시어머니는 믿으려고 하지 않았다. 어느 날 저녁, 트럭에 버섯을 싣고 도시에 갔다 돌아온 남편이 그녀 앞에 꾸러미 하나를 내밀었다. 품이 넉넉한 꽃무늬 원피스와 남자 옷과 신발을 보았을 때 쓰엉은 남편이 고향 할머니와 할아버지에게 보낼 선물을 사 온 것을 알아차렸다. 사이즈가 맞을지 걱정하는 남편에게 그녀는 할머니와 할아버지가 기뻐할 거라고 말했다. 그녀는 박스를 가져와서 선물을 넣고 테이프로 입구를 봉하고 박스 겉면에 베트남어로 고향 집 주소를 적었다. 이튿날 아침, 시어머니는 우체국에 가려고 박스를 들고 나가는 남편을 붙잡고 따지듯 물었다.

"그것이 뭐냐? 저 애 친정집에 보내는 거냐? 대체 뭘 그렇게 바라바리 넣은 것이여?"

아무것도 아니라고, 고작 옷과 신발뿐이라고 남편이 대답했지만 시어머니는 기어코 박스를 풀어서 안에 든 물건을 확인했다. 테이프를 가져다가 다시 박스를 봉하는 남편에게 무엇을 더 몰래 보냈는지 말하라고 추궁했다. 남편은 사실대로 말해도 믿지 않고 억지를 부리는 시어머니를 달래고 진정시키려고 애썼다. 곤혹스러운 표정을 지은 채 그는 시어머니와 그녀를 번갈아서 쳐다볼 뿐 목소리를 높이지 않았다.

때때로 납득할 수 없는 일로 시어머니가 역정을 내거나 목소리를 높여도 남편은 짜증을 부리거나 맞서지 않았다. 그는 마을에서 효자로 이름난 동주 아저씨처럼 살갑지 않았지만 어떤 경우에도 시어머니 말에 토를 달고 나서거나 반박하지 않았다. 시어머니가 자주 화를 내면서 토라지는 까닭이 무엇인지 그 역시 알지 못하는 듯했다.

된장찌개며 김치찌개 따위 한국음식을 가리지 않고 잘 먹는 쓰엉을 기특하고 대견하다며 만족스러워했던 시어머니는 돌변해서 표정을 바꾸었다. 미심쩍고 꺼림칙한 낯빛으로 그녀의 몸을 찬찬히 살폈다. 몸에 변화가 없는지 달거리를 했는지 따지듯 물을 때마다 그녀는 주눅 든 얼굴로 고개를 가로저었다. 날마다 아들과 동침을 하면서도 아무 일도 없다는 사실을 도저히 믿을 수 없다는 듯이 시어머니가 매섭게 치켜뜬 눈으로 그녀를 뚫어져라 쳐다보았다.

"밥값도 못 하는 년!"

탕 소리가 나게 숟가락을 상에 내려놓으면서 시어머니가 욕설을 내뱉었다.

"애도 만들지 못할 거면서 밤마다 대체 뭘 한 겨? 요망한 년이 내 아들 기운만 빼놓고……. 헛수고를 했구만. 옛말에 여자가 밤일을 너무 밝히면 애가 들어서질 않는다고 했다. 오늘부터는 니 남편하고 날마다 잠자리 할 생각일랑 하지 마라. 달거리 끝나면 날짜 맞춰서 합방을 하고 조신하게 몸 간수 잘 혀."

쓰엉은 빚쟁이처럼 다그치고 재촉하는 시어머니에게 남편과 단 한 번도 사랑을 나누지 못했다고 소리치고 싶었다.

한밤중에 불을 끄고 자리에 누우면 그녀와 남편 사이에 시어머니가 있었다. 일없이 거실과 주방을 오가며 잠들지 않는 시어머니 때문에 그녀는 편하게 숨을 쉴 수 없었다.

"쌔고 쌘 것이 젊은 여자라드만, 한국으로 시집오고 싶어 하는 여자들이 줄을 섰다고 하는데 하필이면 저런 걸 골라가지고……."

시어머니는 하자 있는 물건을 골라온 아들의 불운을 한탄했고 되돌리거나 무를 수 없는 그녀를 끔찍스러워했다. 그녀가 젊고 건강하다는 사실이 오히려 시어머니의 화를 돋우었다.

그녀는 마주 앉아 밥을 먹다가 시어머니와 눈이 마주치면 구역질이 치밀었다. 시어머니가 그랬던 것처럼 큰 소리로 욕설을 퍼붓고 싶었다. 캄캄한 밤 이불속에서 그녀는 자기 나라 말로 욕을 중얼거렸다. 남편이 잠결에 듣는다고 해도 알아듣지 못할 욕설을 내뱉고 손등으로 입을 닦았다. 밋밋한 배가 둥글게 불러오는 상상을 할 때마다 진저리를 쳤다. 그녀는 고향 집을 떠나기 전에 의심하고 망설였어야 했다. 모든 일이 바람대로 이루어질 거라고 터무니없는 낙관에 빠지지 말았어야 했다. 아무것도 알지 못했던 남자와의 행복한 결혼생활을 꿈꾸지 말았어야 했다고 후회했다.

고향집에서 남편을 기다렸을 때 쓰엉은 미래에 닥칠 불행의 기미를 눈치채지 못했다. 그녀는 화려하고 멋진 도시와 집을 그리면서 즐거운 상상을 했다. 서툴러도 기품 있는 안주인이 되고 싶었다. 모든 것이 갖추어져 있는 아름답고 아늑한 집에는 늙고 성미가 고약한 시어머니가 없었다. 그녀는 누가 닦달하지 않아도 귀엽고 사랑스러운 아이들을 낳고 아이가 걸음마를 할 무렵이면 남편과 함께 고향으로 가는 비행기를 타게 될 거라고 짐작했다. 할머니에게 새 집을 지어주고 평생 엄두도 내지 못했던 값비싼 가구를 사줄 수 있을 거라고 믿었다.

그녀는 어디에서부터 잘못되었는지 알 수 없었다. 뒤엉켜버린 시간을 되돌릴 수 없었다. 궤도를 이탈한 열차가 어느 곳을 향해 달려갈지 짐작할 수 없었다.

쓰엉은 고향으로 돌아가는 꿈을 꾸었다. 그녀의 손에는 선물꾸러미 대신 옷가지가 담긴 낡고 무거운 가방이 들려 있었다. 수많은 오토바이와 자전거 들로 북적거리는 거리를 가로질러서 그녀는 걸었다. 쉬지 않고 걸었지만 웬일인지 같은 자리를 맴돌았다. 스콜이 쏟아질 것처럼 갑자기 사방이 어두워졌다. 황토 빛깔 물줄기가 흐르는 메콩강은 좀처럼 눈앞에 나타나지 않았다. 그녀는 인도 한가운데에서 멈춰 서서 자전거와 오토바이와 씨클로와 버스 들이 오가는 거리를 물끄러미 바라보았다. 아직 새것이나 다름없는 빨강색 구두와 초록색 슬리퍼를 짝짝이로 꿰어 신은 그녀를 오가는 사람들이 힐끔거렸다. 굽이 없고 뒤가 터진 초록색 슬리퍼는 시어머니 것이었다. 옷장 위에 놓인 가방을 꺼내 눈에 띄는 대로 옷가지를 쓸어 담아 마당으로 집어 던지면서 시어머니가 그녀의 등을 떠밀었다. 황망히 시집을 뛰쳐나오면서 그녀는 남편이 결혼 선물로 사주었던 빨강색 구두를 두 발에 온전히 꿰어 신지 못했다.

걸음을 뗄 때마다 왼발에 신은 슬리퍼가 보도에 들러붙어서 떨어지지 않았다. 발바닥은 물집이 잡히고 퉁퉁 부어서 한 걸음도 걸을 수 없었다. 야자수 이파리를 잇대어 만든 할아버지의 집과 그녀가 나룻배에 관광객을 태우고 노를 저어 건넜던 강은 까마득히 먼 곳에 있었다. 서너 명의 관광객들을 태우고 열대 수풀 사이로 난 좁은 수로를 건널 때 사람들은 젊고 아름다운 처녀 뱃사공의 이름과 나이를 알고 싶어 했다. 그녀는 유쾌하고 친절한 외국인들을 향해 수줍게 웃으면서 예의 바르게 대답해주었다. 어머니가 재혼해서 집을 떠난 뒤부터 쓰엉은 이른 아침부터 강가에 나가서 꽃과 엽서를 팔았다. '원 달러'를 외치는 아이들이 많았기 때문에 그녀는 누구보다 큰 소리로 값을 부르면서 관광객들을 쫓아 뛰어다녀야 했다. 그녀가 알고 있는 영어단어는 몇 개 되지 않았지만 많은 말이 필요하지 않았다. 너그럽고 다정한 외국인들이 꽃과 엽서를 사주었고 운이 좋으면 초콜릿이며 사탕 따위를 한 움큼 받을 수 있었다. 초콜릿과 사탕을 받지 못한 아이들이 그녀의 손에 들려 있는 것을 빼앗으려고 달려들거나 이제 막 출발하려는 관광버스를 향해서 우르르 몰려갔다가 뿌연 흙먼지를 뒤집어쓰고 길바닥에 나동그라지기 일쑤였다.

처녀로 자란 쓰엉은 관광객들을 향해 원 달러를 외치지 않았다. 더 이상 초콜릿과 사탕을 얻기 위해 손을 내밀지 않았다. 그녀는 열대나무 잎사귀가 시야를 가리는 좁은 수로를 따라 쉬지 않고 노를 저었고 입가에 부드럽게 미소 짓는 것을 잊지 않았다. 그녀는 한국인과 일본인을 구별할 수 있었고 유럽 사람과 미국 사람의 차이점을 알고 있었다. 그들은 메콩델타를 떠나 부유한 나라로 떠나고 싶다는 꿈을 그녀에게 심어주었다.

어린 시절 그녀는 원 달러를 외치는 수많은 아이들 중 하나였고 중학교 4년 과정을 마친 후에는 메콩강 처녀 뱃사공이 되었다. 그녀는 할아버지와 할머니처럼 욕심 없이 묵묵히 농사를 짓거나 늘 정해진 물길을 따라 강을 건너 주는 뱃사공으로 늙고 싶지 않았다. 언제나 관광객들로 북적거리는 메콩강은 그녀가 알고 있는 세계의 전부였다. 황토 빛깔 물줄기를 따라가면 그녀가 한 번도 가보지 못한 아름다운 나라에 닿을 수 있었다. 그녀는 물길을 거슬러서 먼 곳으로 가고 싶었다.

그녀가 떠난 뒤에도 뜨 언니는 날마다 수상시장으로 가서 망고와 코코넛과 파인애플과 바나나를 팔았을 것이다. 쓰엉보다 나이가 다섯 살 많은 뜨 언니는 병든 홀어머니와 세 명의 동생들을 부양해야 하는 처녀가장이었다. 관광객들을 상대로 베트남 음식을 파는 식당에서 일하는 끼엣과 혼인을 앞둔 뜨 언니는 낯선 나라의 화려한 도시에서 새로운 인생을 살아갈 쓰엉을 부러워했다. 한국 드라마에서 보았던 아름답고 풍요로운 도시와 스위트 홈에 매혹당한 처녀가 적지 않았지만 어리고 예쁜 신부를 얻기 위해서 베트남으로 찾아오는 한국 남자와 맞선을 보고 그들이 사는 나라로 갈 수 있는 행운의 티켓을 움켜쥐기란 결코 쉽지도 간단하지도 않았다.

중매쟁이 쫑 아줌마를 따라 호치민으로 갔던 날 아침, 할머니는 거울 앞에 서서 공들여 치장을 하는 그녀를 걱정 가득한 얼굴로 바라보았다. 이웃에 사는 디엔 씨의 아들 꾸억을 마음에 두고 있었던 할아버지는 말이 통하지 않는 한국 남자와 결혼을 꿈꾸는 그녀를 마뜩찮게 생각했다. 어린 시절부터 쓰엉과 한 마을에서 살았던 꾸억은 착하고 예의 바르고 성실하다는 것 말고는 특별히 내세울 것 없는 평범한 청년이었다. 그는 길가에서 마주쳐도 쓰엉의 눈을 똑바로 쳐다보지도 못하는 숫보기였다. 그녀는 도시로 떠날 용기가 없어서 고향에 남은 꾸억을 마음에 담지 않았다. 또래 친구들이 모두 공장에 취직하려고 도망치듯 집을 나간 뒤에도 가난한 마을에 남아 있는 그가 딱하게 느껴졌다. 꿈이 없는 그가 가엽고 안타까웠다.

할아버지는 가난하다고 해서 자기가 나고 자란 땅을 떠나는 것은 위험하고 배은망덕한 일이라고 말했다. 부지런히 몸을 움직여 일하면 굶어 죽을 염려가 없는데 무엇 때문에 근본을 알 수 없는 남자와 결혼해서 한국으로 가려고 하는지 모르겠다며 화를 냈다. 속사정을 잘 아는 이웃과 결혼해서 오순도순 사는 것이 행복이라고 했다. 남편이 죽고 채 일 년이 지나지 않아 어린 딸마저 야멸치게 팽개치고 뜨내기 사내를 따라 도시로 가버린 며느리를 새삼스레 책망했다. 할아버지는 마을 젊은이들이 하나둘씩 도시로 떠났다는 사실을 알지 못하는 사람처럼 말했다. 이제 그곳에 희망이 없다는 사실을, 세상이 바뀐 것을 알려고 하지 않았다.

할머니는 먼 나라로 시집가려고 하는 손녀를 나무라거나 붙잡지 않았다. 평생 고향을 떠나본 적이 없었지만 할머니는 세상이 달라졌다는 것을 모르지 않았다. 무엇보다 할머니는 하나밖에 없는 손녀를 고등학교에 진학시키지 못해 안타까워했다. 쭝 아줌마가 젊은 처녀들이 있는 집을 수소문하고 다니는 것을 알고 집으로 불러들인 사람은 할머니였다. 한국 남자와 맞선을 보고 결혼한 베트남 여자들 이야기를 쭝 아줌마가 들려주었을 때 할머니는 반신반의하면서 쓰엉의 눈치를 살폈다.

쓰엉은 아버지와 조상들의 사진이 걸려 있는 제단 앞에 서서 향을 피우고 절을 했다. 어머니가 그랬던 것처럼 그녀는 집을 떠나면 두 번 다시 돌아오지 못할지도 몰랐다. 그녀는 사진 한 장과 향냄새로 기억되는 아버지에게 무사히 먼 길을 떠날 수 있도록 도와달라고 기도했다. 그녀는 가장 아름다울 때 떠나야 했다. 머뭇거리는 동안 속절없이 나이를 먹고 기회는 영영 다시 오지 않을 게 분명했다.

쓰엉은 쭝 아줌마를 따라 호치민으로 갔고 그곳에서 쩜 여사를 만났다. 오십 대 중반으로 보이는 쩜 여사는 호치민 시내에서 합숙소를 운영하면서 국제결혼알선을 하는 소 마담이었다. 그녀가 관리하는 합숙소에는 쓰엉처럼 한국남자와 맞선을 보고 결혼하고 싶어서 중매쟁이의 손에 이끌려 온 처녀들이 서른 명 남짓 모여서 생활하고 있었다.

쩜 여사의 합숙소는 호치민 시내의 수십 개가 넘는 크고 작은 합숙소 중 한 곳이었다. 중매쟁이 아줌마 손에 이끌려 합숙소로 온 처녀들은 결혼이 성사될 때까지 그곳을 떠나지 않았고 떠날 수 없었다. 처녀들은 돈을 한 푼도 내지 않았지만 결코 공짜가 아니었다. 그녀들이 먹고 자고 생활하는 데 들어가는 비용은 미래의 남편이 될 한국남자가 지불해야 했다. 쓰엉은 합숙소 고참 떼 언니에게 공동 주방에 있는 가스레인지 사용법을 배웠다. 껀져 출신 떼 언니는 틈만 나면 일 층 응접실에서 한국드라마를 보았고 혼잣말처럼 한국어를 중얼거렸지만 여섯 달이 넘도록 한국 남자에게 선택되지 못했다. 떼 언니는 합숙소에 있는 전자레인지와 세탁기 사용방법을 친절하게 가르쳐주었고 호치민 시내에 있는 야시장으로 쓰엉을 데리고 갔다.

첫 번째 맞선을 보던 날 쓰엉은 한껏 꾸미고 차려입은 여자들로 북적거리는 로비에서 주눅이 든 얼굴로 차례를 기다렸다. 유쾌한 웃음과 세련된 매너, 걱정이나 근심 따위는 찾아볼 수 없는 여유로운 모습의 한국남자를 동경하는 여자들은 짐작보다 훨씬 더 많았다. 용기를 내서 모험에 나섰지만 선택은 그녀 몫이 아니었다. 한국남자는 말을 많이 하지 않았다. 한국남자 옆에 앉아서 통역을 하는 베트남 사람이 묻는 말에 쓰엉은 짧게 대답하고 객실을 나왔다. 공들여 치장을 하고 아끼느라 평소에는 잘 입지 않았던 아오자이로 멋을 냈지만 그녀는 수많은 여자들 중에서 그다지 돋보이지 않았다. 룸을 나오는 순간 그녀는 특별히 잘생기거나 젊지도 않은, 뚜렷한 특징이 없었던 한국남자 얼굴을 머릿속에 떠올릴 수 없었다.

합숙소가 있는 호치민 시내는 쓰엉이 상상했던 것보다 훨씬 더 화려했다. 고층 아파트와 호텔, 백화점과 큰 건물에 둘러싸인 거리를 걸을 때 쓰엉은 아찔한 멀미를 느꼈다. 도로는 오토바이로 가득했다. 세련된 옷차림으로 어디론가 바쁘게 달려가는 사람들이 그녀와 같은 말을 사용하는 베트남 사람이라는 사실이 믿기 어려울 지경이었다.

쓰엉은 호치민 시내의 백화점에서 아이쇼핑할 때가 좋았다. 합숙소에서 함께 방을 쓰는 메이와 띠엔과 함께 매장을 돌아다닐 때 그녀는 돈 한 푼 없었지만 주눅 들지 않으려고 애썼다. 합숙소에서 처음 보았던 냉장고와 가스레인지, 에어컨이 진열돼 있는 매장에서 쓰엉은 신혼살림을 구매하려고 온 신부처럼 꼼꼼하게 가격을 확인했다. 상상할 수조차 없는 비싼 가격표가 붙어 있는 에어컨이며 냉장고며 세탁기며 전자제품마다 메이드 인 코리아가 선명하게 찍혀 있었다. 쓰엉은 날마다 머릿속에 사고 싶은 물건을 한 가지씩 추가하면서 즐거워했다. 전기밥솥과 전자레인지, 커피포트, 토스터를 꼼꼼하게 살피고 식기장을 채울 도자기 그릇과 프라이팬과 칼과 도마를 추가하자 완벽한 주방이 만들어졌다. 그녀는 거울 앞에서 공들여 화장하고 화사하게 차려입었다. 아름답고 우아한 자신의 모습을 확인하고 아침 식사를 준비하려고 주방으로 갔다. 커피를 끓이고 토스트를 만들었다. 남편의 식성을 아직 잘 몰랐지만 걱정하지 않았다. 잠이 덜 깬 얼굴로 식탁에 앉은 남편이 그녀를 향해 미소 지었다. 남편의 얼굴은 또렷이 보이지 않지만 그녀는 젊고 잘생기고 다정한 사람일 거라고 짐작했다. 향기로운 냄새로 가득한 집안은 조용하고 아늑했다. 이제 곧 사랑스러운 아이들 웃음소리로 소란스러워질 그곳은 쓰엉의 스위트 홈이었다.

스무 번째 맞선을 보았던 날 쓰엉은 한국남자가 선택한 다섯 명의 신부 후보로 선발되었다. 통역하는 남자가 호명하는 순서대로 다섯 명의 처녀들은 차례로 일어서서 입을 크게 벌렸다. 쓰엉은 한국남자가 앉아 있는 테이블 앞으로 가서 희고 가지런하고 튼튼한 치아를 보여주었다. 아침 일찍부터 단장하고 호텔 로비에서 대기하느라 피곤하고 배가 고팠지만 그녀는 입가에 억지로 웃음을 지은 채 명령에 따라 객실을 한 바퀴 천천히 돌았다. 얼굴에 경련이 일었지만 그녀는 웃음을 거두지 않았다.

쓰엉은 최종 후보로 선발된 처녀들과 함께 객실을 나왔다. 뒤따라 나온 찜 여사가 반나절 동안 수십 명의 여자들과 단체 맞선을 본 한국남자가 마침내 그녀를 선택했다고 웃으며 말해주었다. 누구라도 빨리 자신을 선택해주기를 바랐지만 쓰엉은 놀라고 어리둥절해서 긴장이 풀린 다리가 후들거렸다. 곁에 서 있던 떼 언니가 금방이라도 울어버릴 것 같은 얼굴로 쓰엉에게 축하한다고 말했다. 쓰엉은 아무 말도 하지 않고 가만히 떼 언니의 손을 잡았다.

모든 것이 예상보다 빠르고 급하게 진행되었다. 그날 저녁 쓰엉은 쩜 여사와 한국에서 온 중개업자, 한국남자와 함께 할머니 집으로 갔다. 이튿날 아침 쓰엉은 호치민 시내에 있는 산부인과에 가서 처녀막 검사와 AIDS 검사를 받고 오후에 호텔에서 합동결혼식을 올렸다. 서둘러 결혼식을 치른 후 한국으로 돌아간 남자는 여러 가지 서류를 준비해서 다시 베트남으로 왔다. 남자와 함께 인터뷰 심사를 받고 결혼비자를 기다리는 동안 그녀는 강으로 나가지 않았다. 이따금 문 밖을 서성이는 꾸억을 보았지만 작별 인사를 하지 않았다. 쓰엉은 꾸억이 마을을 떠나 도시로 가기를 바랐다. 도시의 거리에서 보았던 활기차고 생동감 넘쳤던 청년들에 대해서 이야기해주고 싶었다. 겁쟁이로 사느니 차라리 실패하는 편이 낫다고 말하고 싶었다.

할머니가 부엌에서 음식을 만드는 시간은 평소보다 길었다. 그녀가 금방이라도 한국남자를 따라 떠나버릴지도 모른다는 조바심 때문인지 할머니는 잘 먹지도 잘 자지도 못했다. 고향집을 떠나기 며칠 전 쓰엉은 할머니가 만들어준 퍼가와 믁 느엉을 먹었다. 납작한 쌀국수 위에 고명으로 얹은 쇠고기가 부드럽고 담백했지만 그녀는 그릇을 전부 비우지 못했다. 양념한 오징어를 참나무 숯으로 구운 믁 느엉을 먹을 때 목이 메어서 늑읏짜에 얼음을 넣은 짜다를 여러 잔 마셔야 했다. 식사를 마친 뒤 할머니가 파파야와 람부탄을 소금에 찍어서 자꾸만 쓰엉의 손에 쥐어주었다. 그녀는 늙고 야윈 할머니가 평생 만질 수 없었던 것을 가져다주고 싶었다. 새 집을 짓고 기뻐하는 할머니를 보고 싶었다. 마을의 자랑이 되어서 깨끗하고 아늑한 집에서 할머니에게 므 느엉을 만들어주고 싶었다. 그녀는 할머니를 위해 무엇이든 해줄 수 있을 거라 생각했고 그것으로 충분히 기쁘고 행복했다.

날이 완전히 어두워졌지만 쓰엉은 아직 강가에 닿지 못했다. 몇 날 며칠을 걷는다고 해도 강을 볼 수 없었다.

2

멸치국물이 끓는 동안 쓰엉은 국수를 삶아서 채반에 얹어 놓았다. 애호박을 볶고 지단을 부쳤다. 청양고추와 파를 잘게 썰어 국간장에 넣고 다진 마늘과 고춧가루를 섞어서 양념장을 만들었다. 해가 저물었지만 남편은 돌아오지 않는다. 어젯밤에도 남편은 술에 잔뜩 취한 채 동주 아저씨 등에 업혀서 왔다. 저녁식사를 함께 먹는 날이 거의 없었지만 쓰엉은 언제나 2인분의 음식을 만들어놓고 남편을 기다렸다.

쓰엉은 애호박과 지단을 얹은 면 위에 뜨거운 멸치국물을 붓고 양념장이 골고루 섞이도록 젓가락으로 뒤적거렸다. 잔치국수는 쓰엉이 자주 해먹는 음식 중 하나였다. 모양이며 맛이며 고향에서 먹었던 쌀국수와 달랐지만 쉽게 만들 수 있었고 무엇보다 따뜻한 국물을 마시면 한기가 가시고 몸이 따뜻해져서 좋았다. 시어머니는 끼니와 끼니 사이에 참으로 먹으려고 국수를 삶았다. 둥근 밥상 한가운데 열무김치나 깍두기 접시 하나를 놓고 그녀는 시어머니와 남편과 함께 잔치국수를 먹었다. 아침밥을 먹고 고작 두어 시간이 지났을 뿐인데도 남편은 양푼 가득 담긴 국수를 한 가락도 남기지 않았다. 시어머니는 어떤 음식이든 재빨리 만들어내는 사람이었다. 고기와 생선을 빼면 식재료 대부분은 집에서 멀지 않은 밭에서 나왔다. 양념으로 쓰이는 파와 마늘과 고추와 깨, 감자며 고구마며 옥수수며 콩과 열무와 배추를 사기 위해서 시장에 가야 할 일이 없었다. 겨울을 앞두고 시어머니는 수백 개의 무를 씻어서 항아리마다 차곡차곡 쟁여 넣었고 끓여서 식힌 소금물을 부어 동치미를 담갔다. 셀 수 없을 만큼 많은 배추를 절여서 김장김치를 담고 땅에 묻었다. 삶은 메주콩을 띄워서 청국장을 만들고 새끼줄을 둘러 방 안에 걸어둔 메주로 된장과 국 간장을 담갔다. 땅에 묻은 항아리에 겨우내 먹을 김치가 뒤뜰 처마 아래 줄을 맞춰 세워놓은 크기가 제각각인 항아리에 이듬해 겨울까지 먹을 된장과 간장이 담겨 있었다. 산골의 겨울은 일찍 찾아왔다. 추위는 좀처럼 풀리지 않았다. 시어머니가 무엇 때문에 놀랄 만큼 많은 양의 음식을 만들어서 저장해놓았는지 그녀는 길고 지루했던 첫 겨울을 보낸 뒤에야 알 수 있었다. 산자락을 따라 붉고 노란 꽃이 흐드러지게 피는 봄이 와도 쓰엉은 겹겹이 껴입은 옷을 벗지 않았다. 한국 음식과 언어는 시간이 지나면서 익숙해졌지만 추위만큼은 좀처럼 길들여지지 않았다.

국수를 입에 넣어 씹다 말고 쓰엉은 텔레비전 앞으로 가서 전원 버튼을 눌렀다. 시어머니와 함께 드라마를 보았던 것보다 훨씬 작은, 리모컨 없는 텔레비전 화면이 직직거리면서 갈라졌다. 뉴스가 나오는 화면을 바라보면서 쓰엉은 국수를 먹었다. 정장을 차려입은 젊은 여자 아나운서가 높지도 낮지도 않은 목소리로 서울 도심에서 발생한 화재에 대해 말하는 도중에 화면은 소방차가 화재를 진압하는 장면으로 바뀌었다. 기자가 다소 격양된 목소리로 죽은 사람과 다친 사람과 불에 탄 건물과 피해액에 대해서 빠르게 말하는 동안 화면 아래쪽으로 글자들이 흘러갔다. 젓가락을 손에 쥔 채 쓰엉은 화면에 나타났다가 사라져버리는 글자들을 유심히 쳐다보았다. 텔레비전이 없었다면 쓰엉은 한국말에 익숙해지는 데 훨씬 더 많은 시간이 걸렸을 것이다. 귀가 트이고 말문이 열렸지만 그녀는 책을 읽지 못했다. 베트남에서 결혼식을 올리고 곧바로 한국으로 돌아간 남편이 서류를 준비해서 돌아오기를 기다리면서 그녀는 한글 자음과 모음을 외우고 요긴하게 쓰일 몇 개의 단어와 문장을 공부했다. 공책을 펼쳐놓고 앉아서 그녀는 좋아하는 음식이 무엇인지 성격이며 버릇이며 말투가 어떤지 알지 못하는, 잘생기지도 못 생기지도 않은 한국남자의 이름을 삐뚤빼뚤 그림을 그리듯 썼다. 김종태. 그는 부유하고 아름다운 나라로 그녀를 데리고 갈 사람이었다.

남편을 따라 한국에 온 뒤로 한글을 배울 기회는 좀처럼 생기지 않았다. 힘겹게 익혔던 몇 개의 글자마저 기억에서 가뭇없이 사라졌다. 이따금 그녀는 남편 이름이 빼곡히 적혀 있는 공책을 꺼내서 부치지 못할 편지를 썼다. 시어머니와 남편이 훔쳐본다고 해도 읽을 수 없을 언어로, 친절하고 자상한 남편과 마음씨 곱고 너그러운 시어머니와 넉넉한 살림살이를 과장해서 적었다. 그녀는 시샘받을 만큼 즐겁고 행복하게 살고 있었다. 지루할 정도로 한가하고 평화롭고 달콤한 한국 생활에 대해서 그녀는 스스로 깜짝 놀랄 만큼 실감나게 지어낼 수 있었다. 고향에 있는 할머니 손에 편지가 전해지는 상상을 할 때마다 그녀의 얼굴에 미소가 떠올랐다. 오랫동안 연락이 없었던 그녀가 한국에서 부족함 없이 편안하게 지낸다는 소식을 전해 들으면 뜨 언니는 안심하고 부러워할지도 모른다. 할머니는 그녀의 소식을 기다리며 날마다 문가를 서성였을 꾸억을 손짓해 불러서 편지를 보여줄 것이다. 눈이 어두운 할머니는 꾸억이 여러 번 읽어주어서 내용을 전부 외울 수 있는 편지를 틈 날 때마다 꺼내 들고 앉아서 그녀가 결코 헛된 꿈을 좇아 한국으로 떠난 것이 아니었음을 확인하고 안도할 거였다. 그녀는 언제까지라도 할머니의 자랑이며 이웃들의 부러움을 사는 존재이고 싶었다.

대접과 젓가락을 물에 헹구고 쓰엉은 행주를 빨아 상을 닦았다. 채반에 얹은 면이 그새 눈에 띄게 불어 있었다. 면을 담을 그릇을 꺼내려고 찬장을 열자 차곡차곡 쌓여 있는 플라스틱 용기가 보였다. 그녀는 찬장 깊숙이 넣어 두었던 직사각형 모양의 밀폐 용기를 꺼냈다. 뚜껑을 열고 책을 꺼내 부엌 바닥에 쭈그리고 앉았다. 하얀집 서재에는 그녀가 훔쳐 온 것과 표지가 똑같은 책이 여러 권 있었다. 서재를 청소할 때마다 쓰엉은 쌓여 있는 책의 권수를 헤아렸다. 혹시라도 주인 부부가 눈치 챘을까 봐 가슴이 조마조마했다. 책을 가져온 지 여러 날이 지났지만 그녀는 아직 펼쳐보지 않았다.

쓰엉은 조심스러운 손길로 겉장을 넘겼다. 책 표지 안쪽으로 젊은 여자의 상반신 사진이 박혀 있고 그 밑으로 알 수 없는 글자들이 적혀 있었다. 긴 머리에 눈이 크고 얼굴이 갸름한 여자의 시선은 닿을 수 없는 먼 곳을 향해 있었다. 아름답지만 무표정한 여자 얼굴이 어쩐지 낯설지 않았다. 쓰엉은 책을 덮고 눈을 감았다. 마른 꽃처럼 낯빛이 창백해서 손으로 건드리기만 해도 바스라질 듯 위태로워 보였던 하얀집 여자의 얼굴이 사진 속 여자와 겹쳐졌다. 두 여자가 같은 사람일지도 모른다는 추측이 확신으로 굳어진 순간 책이 손에서 미끄러지면서 바닥으로 떨어졌다.

외딴집 여자가 책을 쓰는 사람이라는 것을 마을 사람들은 알지 못했다. 박 씨 할머니는 종종 시원한 물을 얻어 마시고 인사를 나누었던 여자가 책을 쓰는 사람일 거라고 상상도 하지 못할 것이다. 마을 사람들에게 여자는 세련되고 부유한 도시 사람일 뿐이었다. 아무것도 하지 않아도 끼니 걱정을 할 필요가 없는, 원하는 것을 힘들이지 않고 얻을 수 있는, 마을 사람들과는 태생이 다른 존재였다. 사람들의 싸늘한 시선 속에 부러움과 질투가, 공격적인 말투 속에 의심과 경계의 마음이 숨어 있었다.

여자가 숲에서 사고를 당했을 때 남편은 외지인들이 곧 마을을 떠날 거라고 말했다. 그의 예상과 달리 여자는 마을을 떠나지 않았다. 더 이상 잃을 것이 없는, 하루하루를 술로 살아가는 남편은 험악한 얼굴로 서슴지 않고 잔인하고 끔찍한 말을 내뱉었다. 그들 부부는 단순히 외지사람이 아니었다. 그는 허락도 없이 남의 땅에 들어와서 활개 치는 두 사람을 응징해서 쫓아내는 것이 토박이로서 권리이며 의무라고 떠들어댔다.

외딴집 여자와 남자는 공동체를 이루고 살아가는 산골마을 사람들에 대해 무지하고 무관심했다. 하루아침에 집과 노모와 전 재산을 잃은 중년의 남자가 호시탐탐 그들의 집을 엿본다는 사실을 눈치채지 못했다. 화마에 모든 것을 빼앗긴 남자가 두려움이나 죄의식 없이 외딴집에 불을 지를 수도 있다는 사실을 짐작조차 하지 못할 게 분명했다. 집과 버섯사가 불탔던 날, 그는 트럭에 버섯을 싣고 도시로 달려가고 있었다. 기둥이 무너지고 지붕이 내려앉는 소리를 듣지 못했다. 낡은 가구와 살림살이가 불타는 것을 그가 아침저녁으로 물을 뿌려주고 온도를 맞춰주면서 아이를 보살피듯 애지중지 키웠던 느타리버섯이 불길에 녹아버리는 것을 볼 수 없었다. 그는 모든 것이 재로 변한 뒤에 마을로 돌아왔고 폐허로 변해버린 처참한 참화의 현장이 꿈이 아니라는 사실을 믿지 못했다.

불길이 어디에서부터 시작되었는지, 잠귀 밝은 시어머니가 왜 집 밖으로 뛰쳐나오지 않았는지 쓰엉은 알지 못했다. 막걸리 몇 잔에 취해버린 시어머니가 낡은 트렁크를 마당으로 던지고 씨근벌떡거리며 등을 떠밀었다. 그녀는 신조차 꿰어 신지 못한 채 휘청거리며 사립문 밖으로 나왔다. 전등불빛이 환한 이장 집 아래로 마을 입구까지 이어져 있는 길이 보였다. 그 길을 따라가면 마을 밖으로 달아날 수 있었다. 문이 활짝 열려 있었고 지키는 사람은 없었다. 그녀는 어둠이 무겁게 내려앉은 콘크리트 길을 달려서 도망치지 않았다.

그녀는 날이 밝으면 다시 집으로 돌아갈 수 있을 거라고 생각했다. 박 씨 할머니 집에서 밤을 보내고 돌아가도 남편은 그녀를 탓하지 않았다. 술을 마시고 곯아떨어져도 시어머니는 이튿날 아침 눈을 뜨면 아무 일 없었던 듯 밥을 먹고 밭으로 나가는 사람이었다. 집 밖에서 보내는 밤이 아무리 길어도 아침이 올 거라는 사실을 쓰엉은 의심하지 않았다.

"쌍년!"

"개 같은 년!"

왜 시어머니가 죽고 그녀가 살아남은 것인지 남편은 묻지 않았다. 집과 버섯사가 불타서 재로 변할 때까지 그녀가 어디에서 무엇을 하고 있었는지 알고 싶어 하지 않았다.

그는 줄담배를 피우면서 불길에 휘어지고 녹아내린 하우스 파이프가 흉물스럽게 남아 있는 버섯사와 타다 만 가재도구가 나뒹구는 집 주위를 정신 나간 사람처럼 오락가락했다. 겁에 질린 채 떨고 있는 그녀를 향해 씹어 뱉듯 욕설을 퍼붓고 발길질을 했다.

이웃들의 도움으로 시어머니 장례를 치르는 와중에도 그는 지치지도 않고 그녀를 때리고 짓밟으면서 저주의 말을 쏟아냈다. 그녀가 피를 흘리고 쓰러질 때까지 구타를 멈추지 않았지만 누구 한 사람 선뜻 나서서 말리려고 하지 않았다. 그녀가 마을회관 화장실에서 핏덩어리를 쏟은 것을 아는 사람은 박씨 할머니 한 사람뿐이었다.

마을회관의 방 하나를 빌려 잠자리를 마련하고 이웃들의 농사일을 거들면서 생활하는 동안 밤이 되면 그는 추행을 하듯 그녀의 몸을 농락했다.

"네년이 우리 엄마를 죽였지?"

그는 소름이 끼칠 만큼 섬뜩한 얼굴로 그녀를 추궁했다.

"넌 우리 엄마를 무서워했잖아. 싫어했잖아. 엄마가 죽어서 없어졌으면 좋겠다고 생각했을 거야. 그래서 불을 지른 거지? 엄마한테 수면제를 먹여서 잠들게 한 거지? 너 혼자 살겠다고 도망친 거잖아. 내 말이 틀려?"

누전 때문에 불이 났다고 이장이 전해주었지만 그는 믿지 않았다. 시어머니 장례를 치르고 6개월이 지나도록 그는 볼썽사나운 화재의 잔해를 치우려고 하지 않았다. 이장이 타이르고 설득하지 않았다면 어쩌면 그는 평생 그대로 두었을지도 몰랐다.

끼니를 마련하기 위해서 쓰엉은 닥치는 대로 일했다. 그녀는 달라져버린 마을 사람들의 태도를 느낄 수 있었다. 하나같이 그녀를 동정했고 기꺼이 도우려고 했지만 그들은 조심성없이 수군거렸다. 몸을 아끼지 않고 일하는 그녀의 성실함에 감탄했고 한국어에 능숙해서 알아듣지 못하는 말이 없는 걸 눈치채고 혀를 내둘렀다. 손맛이 좋아서 한국의 여느 촌부들과 다름없이 맛깔스럽게 음식을 만들 줄 알며 공손하고 예의가 발라 흠을 잡을 수 없는 그녀가 갓 시집을 왔을 때의 어리보기가 아니라는 사실에 새삼 놀라워했다.

그들은 그녀가 겪었을 혹독한 시집살이에 대해 쑥덕거렸다. 돈을 들여서 타국에서 며느리를 데리고 올 수밖에 없는 시골 사람들의 처지를 한탄했고 그녀의 남편을 동정했다. 젊고 건강한 그녀의 몸이 아무짝에도 쓸모없다는 사실을 무엇보다 아쉬워했다.

사람들은 그녀가 마음만 먹으면 언제라도 도망칠 수 있을 거라고 생각했다. 빚을 내고 목돈을 들여서 얻은 여자를 감시하고 지키는 일은 그녀의 남편 한 사람만의 몫이 아니었다.

쓰엉은 컨테이너 출입문이 열리는 소리를 듣지 못했다. 별안간 달려드는 찬바람에 화들짝 놀라서 고개를 들었을 때 활짝 열려 있는 출입문 밖에 침입자처럼 버티고 선 남편을 보았다. 그는 술에 취한 것 같지 않았다. 하루도 빼놓지 않고 잔뜩 술에 취해서 동주 아저씨 등에 업혀 왔던 남편은 웬일인지 정신이 말짱해 보였다. 그는 열어놓은 문을 닫으려고 하지 않고 장승처럼 버티고 선 채 그녀를 뚫어져라 쳐다보았다.

그는 겨우내 입고 다녔던 낡은 야전점퍼 차림으로 손전등을 들고 있었다. 덥수룩한 머리칼과 수염이 거뭇거뭇한 얼굴은 황달이 든 사람처럼 누랬지만 푹 꺼진 두 눈이 매의 눈동자처럼 날카롭게 번뜩였다.

평소와 다른 남편의 모습에 놀라고 당황해서 그녀는 뒷걸음치듯 자리에서 일어섰다. 부엌 바닥에 떨어뜨린 책을 미처 감출 겨를이 없었다. 이제 곧 주먹이 날아올 거라고 생각했지만 웬일인지 그는 책 따위에는 시선을 주지 않고 뚜벅뚜벅 걸어서 방으로 들어갔다.

3

쓰엉은 외딴집 여자가 책을 쓰는 사람이라는 사실을 박 씨 할머니에게 말하지 않을 생각이었다. 눈치 빠른 할머니는 그녀가 책을 훔친 것을 알아챌 것이다. 그녀가 외딴집에서 무엇을 더 훔쳤을 거라고 넘겨짚을지도 몰랐다.

책을 쓰는 여자와 외딴집에서 훔쳐 온 책은 비밀이었다. 그녀가 책을 가진 것을 알면 마을 사람들은 물론이고 박 씨 할머니조차 께름칙하게 생각할 게 분명했다. 해독할 수 없는 글자들이 책장마다 촘촘히 박혀 있는 그것은 밀가루를 반죽해서 뭉쳐놓은 덩어리와 다를 게 없었다. 그것으로 무엇을 할 수 있을지 알지 못했다. 기적처럼 글자를 깨치게 된다고 해도 지난

십여 년 동안 그랬던 것처럼 쓰엉은 한국에 살고 있는 외국인일 따름이었다. 박 씨 할머니처럼 머리카락이 하얗게 세고 팽팽했던 얼굴이 주름으로 자글자글해진다고 해도 그녀는 한국 사람이 될 수 없었다.

시어머니는 그녀가 한국 국적을 취득하는 것을 허락하지 않았다. 마음만 먹으면 언제라도 법적으로 한국 사람이 될 수 있다고 안심시켰지만 남편은 몇 차례나 한국과 베트남을 오가면서 여러 가지 서류를 준비하고 결혼신고를 하고 인터뷰 심사를 거쳐 결혼비자를 받기까지의 길고 지루했던 시간과 복잡한 절차를 떠올리면서 넌더리를 쳤다. 아들을 낳으면 그녀는 한국 사람이 될 수 있다고 했다. 평생 논과 밭에 죽은 듯이 엎드려서 살아야 하는 그녀에게 국적 따위는 중요하지 않았다.

그녀의 기대와 바람은 맹렬하게 타오르는 불길 속에서 시어머니의 숨이 끊어지고 집이 불탔던 밤 물거품처럼 사라졌다. 시꺼멓게 타버린 장롱 서랍에서 찾아낸 여권을 그녀는 재빨리 감췄다.

남편은 그녀를 고향집으로 쫓아내지 않았다. 술에 취해서 욕설을 퍼붓고 발길질했지만 베트남으로 돌아가라고 말하지 않았다. 그녀는 한국 사람이 될 수 없었고 고향으로 돌아갈 수도 없었다. 마을 사람들은 그녀가 남편에게 남은 유일한 재산이라고 말했다. 시어머니는 그녀가 평생 갚아야 할 빚이라고 했었다.

빚은 좀처럼 줄지 않았다. 부지런히 품을 팔았지만 그가 잃어버린 것들을 찾아줄 수 없었다. 그가 도시가 아니라 산골에 산다는 것을 몰랐던 것처럼 신부를 얻기 위해서 빚을 냈다는 사실을 알지 못했다. 말수 적고 느릿느릿했지만 새벽부터 저녁까지 쉬지 않고 일했던 남편이 무슨 생각을 하는지 짐작할 수 없었다. 시어머니가 언성을 높일 때마다 곤혹스러운 얼굴로 자리를 피했던 그가 거친 욕설과 섬뜩할 만큼 잔인한 말을 아무렇지도 않게 내뱉을 거라고 상상하지 못했다. 낯선 사람처럼 변해버린 남편이 어둠 속에서 손을 뻗어 목을 졸라도 더 이상 놀라운 일이 아니었다. 그녀는 젊고 아름다운 몸으로 남편을 유혹할 수 없었다. 그는 이제 열락을 갈망하는 건강한 사내가 아니었다. 거친 숨소리가 새어나갈까 눈치를 보고 조바심을 내면서 급하게 일을 치렀던 어수룩한 남자는 불이 났던 밤 사라지고 없었다.

이따금 그녀는 남편의 말이 사실일지도 모른다고 생각했다. 술에 취한 시어머니가 곯아 떨어졌던 그날 밤 누전으로 불이 난 것이 아닐지도 몰랐다. 늙은 시어머니는 힘이 셌고 거칠 것이 없었다. 그녀는 욕설과 악담을 똑똑히 알아들을 수 있다는 사실에 절망했다. 그녀는 한국말을 빨리 배우려고 노력하고 애썼던 일을 후회했다. 막힘없이 한국말을 할 수 있게 되었지만 남편과 가까워질 수 없었다. 그녀와 남편을 가로막은 벽은 언어가 아니었다.

그녀는 시어머니가 없어진다면 숨이 막힐 듯한 생활에서 벗어날 수 있을 거라고 생각했다. 끝이 없는 노동에서 놓여날 수 있을 거라고 짐작했다. 달아난다면 그녀는 모든 것을 잃을 수밖에 없었다. 그녀에게 허용된 것은 인내와 순종뿐이었다. 그녀는 막다른 골목에 서 있었다. 대들거나 거역할 수 없는 대상이 사라지는 상상은 통쾌하고 짜릿했다. 그녀는 시어머니 목을 졸랐고 황토 빛깔 물줄기가 흐르는 강물 속으로 밀쳐 넣었다. 시어머니가 물속에서 허우적거리면서 살려달라고 소리쳤다. 빤히 쳐다보고 서 있는 그녀를 향해서 잘못했다고, 용서해달라고 비굴하게 애원했다. 두려움에 떨면서 참회의 눈물을 흘렸다. 그녀는 기다랗고 단단한 노를 집어 손에 쥐고 언제 어느 때라도 거침없이 욕설을 내뱉었던 입을 향해서 눈에 띄는 대로 물건을 집어던졌던 팔을 향해서 사정없이 휘둘렀다. 시어머니가 물속에 완전히 잠길 때까지 그녀는 멈추지 않았다. 그녀는 시어머니의 몸이 자신을 짓눌렀던 고통과 함께 강물 깊숙이 가라앉은 모습을 지켜보았다. 수면이 잔잔해지고 더 이상 아무 소리도 들리지 않을 때까지 쓰엉은 강가를 떠나지 않았다.

4

현관 벨을 누르자 긴 치마에 보라색 스웨터를 입은 여자가 문을 열었다. 쓰엉이 빈 그릇을 담은 바구니를 들고 현관 안으로 들어서자 여자는 거실을 가로질러 서재로 들어갔다. 일주일에 세 번 정해진 시간에 맞춰서 외딴집으로 가면 현관문을 열어주는 사람은 언제나 남자였다. 집안을 둘러보았지만 남자는 없었다.

여자는 방문을 활짝 열어놓은 채 책상 앞에 앉아 있었다. 팔꿈치를 책상에 괴고 앉아 창밖을 바라보는 여자에게 쓰엉은 친근하게 인사말을 건네고 싶은 충동을 느꼈다.

봄이 오려나 봅니다. 바람이 무척 따뜻합니다. 엊그제까지만 해도 개울물이 꽝꽝 얼어붙어 있었는데…… 보셨나요? 숲으로 가는 길목에 쌓여 있던 눈덩이가 빗물에 깨끗이 쓸려가 버렸습니다. 조만간 꽃이 필 것 같습니다. 봄꽃은 눈 깜짝할 사이에 피었다가 허무하게 져버립니다. 그래도 나는 여름이나 가을에 피는 꽃보다 봄에 피는 개나리와 진달래가 좋습니다. 혹독한 추위를 견디고 꽃망울을 터뜨리는 꽃들이 안쓰러우면서 기특하고 대견합니다.

바람이 따뜻하다고 해도 방심하지는 마세요. 언제 다시 매서운 한파가 몰아칠지 모르니까요. 이곳에서 십여 년 가까이 사는 동안 나는 겨울이 가장 두렵고 무서웠습니다. 내가 살았던 나라는 얼음이 얼고 눈이 내리는 추운 계절이 없는 곳입니다. 아침 일찍 논과 밭으로 나갔던 사람들은 한낮이 되면 햇볕과 더위를 피해서 집으로 돌아와 낮잠을 잡니다. 하루는 길고 해가 저물어도 더위는 쉽게 사그라지지 않습니다. 우기가 되면 거의 날마다 바람이 불고 스콜이 쏟아집니다. 빗속을 달려서 집으로 뛰어갔던 기억이 납니다. 그때 나는 아직 아이였습니다. 황토 빛깔 물이 흐르는 메콩강과 강어귀의 집과 논밭은 내가 아는 전부였습니다. 나룻배를 타고 집 뒤로 난 운하를 따라 노를 저어 가면 자그마한 수상시장을 만날 수 있습니다. 메콩강변의 도시로 나가면 온갖 과일과 채소를 사고파는 규모가 큰 수상시장을 볼 수 있습니다. 나는 나룻배를 타고 할머니를 따라 시장에 갈 때가 좋았습니다. 제법 팔에 힘이 생길 무렵부터 나는 노 젓는 일을 도맡아 했습니다. 나는 나룻배를 타고 조금 더 멀리 가보고 싶었습니다. 황토 빛깔 강물이 어디에서 시작돼서 어디로 흘러가는지 알고 싶었습니다. 노 젓는 일이 좋아서 나는 뱃사공이 되었습니다.

할아버지와 할머니는 착하고 부지런한 농부였습니다. 아버지가 죽고 어머니가 떠난 후 나는 두 분에게 의지하며 살았습니다. 할아버지와 할머니가 그랬던 것처럼 나는 내가 태어난 그곳을 평생 떠날 수 없을 거라고 생각했습니다. 나는 늙어서 더 이상 노를 저을 수 없을 때까지 외국인 관광객을 나룻배에 태우고 메콩강을 건네주면서 살 수도 있었습니다. 가난하지만 착실한 농부였던 할아버지와 할머니처럼 헛된 꿈을 꾸지 않고 욕심 없이 살았다면 말입니다. 나는 흰색 아오자이를 입고 오토바이를 타는 여학생들이 부러웠습니다. 나는 고등학교와 대학교에 진학하고 싶었습니다. 나는 책을 쓰는 사람이 되고 싶었습니다.

남편은 한국에도 강과 호수와 바다가 있다고 말했습니다.

마을 밖으로 나가면 아름다운 강과 호수를 볼 수 있다고 했습니다. 강과 호수의 물이 투명해서 물속의 돌멩이까지 보인다고 했습니다. 나는 유리처럼 맑고 깨끗한 강물을 보고 싶었습니다. 물고기들이 빠르게 헤엄쳐 다니는 강물에 나룻배를 띄우고 노를 저어 강을 건너고 싶었습니다.

당신은 아름다운 강과 호수를 보았습니까? 강바닥의 조약돌이 보이는 투명한 강물에 배를 띄우고 노를 저어서 강을 건너보았습니까? 강 건너편 도시에 살았던 당신은 무엇 때문에 아무도 반겨주지 않은 산골마을로 들어와 살고 있습니까? 나는 당신이 쓴 책을 가지고 있습니다. 당신 몰래, 허락도 받지 않고 가져갔습니다. 제목조차 읽을 수 없는 당신의 책을 만져보고 거기에 쓰여 있을 이야기를 상상해봅니다. 책을 훔친 걸 알게 되면 당신은 화를 내고 나를 해고하고 쫓아낼지도 모릅니다. 어쩌면 당신은 너그럽게 용서하고 책을 읽어줄지도 모르겠습니다. 하지만 나는 내가 책을 훔쳤다는 사실을 당신이 영영 알지 못했으면 좋겠습니다.

나는 당신을 기다렸고, 당신이 돌아오지 않기를 바랐습니다. 당신이 어떤 사람인지 알고 싶었고 알게 될까 봐 두려웠습니다. 나를 이곳으로 부른 사람이 당신이 아니라는 것을 알고 안도했습니다. 손에 물이 마를 새 없이 음식을 만들고 집안일이며 밭일로 속절없이 흘려보냈던 지난 세월이 헛수고가 아니었다는 걸 알고 나는 기뻤습니다. 이제 미움도 원망도 남아 있지 않은 시어머니가 새삼 고마웠습니다.

나는 하늘에 있을 시어머니가 평안하기를 바랍니다. 그녀가 걱정과 근심, 미움과 원망을 내려놓고 편히 쉴 수 있게 해달라고 기도합니다. 분노와 죄책감에 빠져 사는 남편이 무심한 듯 다정했던 예전의 모습으로 돌아오기를 간절히 소망합니다. 그가 더 이상 내게 아무것도 바라는 것이 없다고 생각하면 쓸모없는 사람이 되어버렸다는 상실감으로 허탈해집니다. 내가 간절히 소망하는 것을 이루어줄 수 없는 남편이 안타깝고 가엽습니다.

당신은 내가 만들었던 된장찌개며 김치찌개며 시래깃국이며 반찬과 밥을 먹었습니까? 나는 당신을 위해서 밥을 짓고 국을 끓이고 반찬을 만들어서 상을 차렸습니다. 말해주지 않았지만 한사코 이 층 출입을 막았지만, 나는 당신이 그곳에 숨어 있는 걸 알고 있었습니다.

어두운 그곳에서 당신은 강을 건널 날을 기다렸습니까? 내가 가려고 하는 그곳에서 당신은 행복했습니까?

당신은 왜 한 마디 말도 하지 않는 것입니까? 여태도 말을 고르고 있는 것입니까?

냉장고는 여느 날과 마찬가지로 고기와 채소와 과일들로 가득 채워져 있었다. 찌개와 국을 끓이려고 채소를 꺼내다가 쓰엉은 문득 여자를 위해서 특별한 음식을 만들고 싶었다. 따끈한 국물을 먹을 수 있는 쌀국수라면 여자가 틀림없이 좋아할 것 같았다. 쌀국수를 구할 수 있다면 쇠고기나 닭고기를 넣고 퍼보찐과 퍼보따이와 퍼가를 만들어주고 싶었다.

쓰엉은 냉장고와 찬장에서 쌀국수를 찾지 못했다. 조리대 아래쪽 문짝을 열자 열 개 남짓 쌓여 있는 라면과 포장을 뜯지 않은 스파게티 면과 소면이 보였다. 잠깐 망설이다가 쓰엉은 멸치국물을 우려낼 냄비와 국수를 삶아낼 냄비를 가스 불에 올렸다.

쓰엉은 국수를 삶고 지단을 부치고 양념장을 만들었다. 큼직한 사기그릇에 면을 담고 멸치국물을 부었다. 반찬은 배추김치 하나뿐이었다. 쓰엉은 여자와 마주앉아 함께 국수를 먹고 싶었다. 여자가 젓가락으로 국숫가락을 집어서 후루룩 소리를 내며 씹어 삼키는 소리를 듣고 싶었다.

국수 그릇 옆에 젓가락 한 벌을 놓고 쓰엉은 서재로 갔다. 똑똑. 활짝 열린 방문을 손등으로 가볍게 노크했다. 손바닥으로 턱을 괴고 창밖을 바라보고 있던 여자가 천천히 고개를 돌렸다. 쌍꺼풀 없는 여자의 커다란 두 눈은 아무것도 보고 있지 않는 듯 텅 비어 있었다.

쓰엉은 여자에게 다가가서 손을 내밀고 싶었다. 음식이 식기 전에 먹어주기를 바랐다. 여자가 남김없이 국수를 먹고 나면 마른 입술에 입을 맞추고 싶었다. 아름다운 목소리가 숨어 있을 목과 빗장뼈와 가슴을 차례로 어루만지고 아무것도 기억하지 못하는 흐릿한 눈동자를 입에 넣고 싶었다. 남자가 오기 전에 여자를 안고 외딴집이 안전하지 않다고 말해주어야 했다.

8. 유일한 이웃이 아니다

1

여자는 국수를 끓였다고 말했다.

언제나 음식을 차려놓고 말없이 돌아갔던 여자는 어쩐 일인지 국수를 먹으라고 재촉했다. 장이 집에 없어도 여자는 여느 날처럼 조용히 음식을 만들고 걸레질을 하고 세탁한 옷을 개켰다. 이렇 혼자 집에 있는 까닭이 궁금했을 텐데도 묻지 않았다.

여자의 발음과 억양은 짐작과 달랐다. 주인을 대하는 공손한 태도, 있는 듯 없는 듯 조용히 움직이는 몸가짐이 그런 것처럼 목소리가 차분했고 한국말이 서툰 외국인이라고 생각하지 못할 만큼 발음이 정확하고 자연스러웠다. 여자의 목소리를 듣는 순간 뿌옇게 낀 안개가 걷히고 먼 곳에 서 있는 그 여자의 발그레한 뺨이 보였다.

장이 없는 집에서 이령은 때가 되면 밥을 먹었고 해가 저물어 사방이 어두워질 때까지 서재에 앉아 있었다. 휴대전화로 걸려온 한 통의 전화가 평화롭고 나른했던 적막을 깨뜨렸다. 초조하고 불안한 얼굴로 외출 준비를 하면서 장은 금방 돌아올 거라고 말했다. 자동차 시동을 걸어놓고 황급히 되돌아와서 어쩌면 오늘밤 돌아오지 못할 수도 있을 거라고 말했다. 그녀 혼자 남겨져서 걱정스럽고 꺼림칙한 듯 그는 서둘러 출발하지 못하고 머뭇거렸다. 자동차가 마당을 지나 개울을 건너 시야에서 완전히 사라질 때까지 이령은 거실 창가에 서 있었다. 그가 안심할 수 있도록 손을 흔들어주고 싶었다. 입가에 억지로 미소를 지었지만 보지 못한 듯했다. 누구의 전화를 받았는지 어떤 일이 생겼는지 그는 말해주지 않았다. 이령은 짐작할 수 없었다.

하룻밤이 지났지만 그는 돌아오지 않았다. 다시 밤이 지나고 아침이 되었을 때 이령은 그에게 예사롭지 않은 일이 생겼을 거라고 짐작했다. 지난 몇 달 동안 아무 일도 일어나지 않은 것이 오히려 이상했다. 그녀를 지키는 간수처럼 외딴집에 갇혀서 살았던 그는 누군가 불러주기를 바랐을지도 몰랐다. 설령 그다지 유쾌하지 않은 일이라고 할지라도 그녀와 외딴집에서 자유로워지고 싶었을 것이다.

장이 집을 떠나고 이틀째 되던 날, 이령은 짧게 잘린 백발에 얼굴이 온통 주름살로 자글자글한 몸피가 작은 노파와 다부진 체구에 머리가 희끗희끗한 사내를 보았다. 사내는 박스가 실린 짐받이자전거를 끌고 노인과 함께 개울을 건너서 외딴집 쪽으로 걸어왔다. 눈이 마주칠 수 있을 만큼 가까워졌을 때 어느 순간 두 사람은 시야에서 사라졌다.

이령은 노파와 사내가 되돌아 나가는 모습을 보지 못했다. 그들은 이령이 알지 못하는 길로 가버린 듯했다. 처음 본 두 사람의 얼굴이 어쩐지 낯설지 않았다. 언젠가 이령은 얼굴이 주름살로 쭈글쭈글한 노파와 이야기를 나누었던 것 같았다. 딱히 시골이 아니라도 어디든 흔하게 만날 수 있는 노인이었다.

이령은 노파와 사내가 마을에 살고 있는 이웃일 거라고 생각했다. 숲과 산자락에 둘러싸인 외딴집 뒤편으로 그녀가 모르는 길이 있었다.

해가 저물고 사방이 어둠이 깔리기 시작할 무렵에 이령은 외딴집 쪽으로 느릿느릿 걸어오는 사람을 보았다. 남자로 짐작할 수 있을 뿐 젊은지 늙었는지 알 수 없었다. 야전점퍼를 걸치고 불을 켜지 않은 손전등을 든 남자가 서두르지 않고 천천히 걸어오다가 문득 우뚝 멈춰 섰을 때 어둠이 한순간에 개울과 길과 숲을 집어삼키고 물처럼 차올랐다. 외딴집은 작은 섬이 되었다.

남자는 손전등을 켜지 않았다. 이령은 남자가 그 자리에 그대로 서 있는지조차 알 수 없었다. 외딴집에서 새어나가는 환한 불빛을 밟고 남자는 어디론가 걸음을 떼었을지도 몰랐다.

이령은 서둘러 창문을 잠그고 블라인드를 내렸다. 현관문이 잠겼는지 확인하고 거실에 켜놓은 불을 껐다.

이령은 모르는 남자가 잠겨 있는 문을 열고 불쑥 들어올 것 같아서 두려웠다. 남자가 무엇 때문에 해가 진 뒤 인가에서 멀찍이 떨어져 있는 외딴집 주변을 서성이는지 알 수 없었다. 모르는 일은 남자 한 사람만이 아니었다. 그녀는 산골마을이 어떤 곳인지 짐작조차 할 수 없었다. 다락방에 숨어 있는 동안 이령이 떠올리려고 했던 사람은 여자뿐이었다. 여자라면 모든 것을 말해줄 수 있었다.

날이 밝은 뒤 이령은 현관문을 열고 밖으로 나갔다. 문밖에 라면 박스 하나가 놓여 있었다. 알이 굵은 감자와 옥수수가 담긴 박스는 사내의 짐받이자전거에 실려 있던 게 분명했다. 그것이 왜 그곳에 놓여 있는지 알 수 없었다. 노파와 사내는 보이지 않았다. 두 사람은 이령을 알고 있는 이웃이었다.

덤불 숲 너머로 마을을 휘감고 길게 뻗어 있는 산자락이 보였다. 산자락을 따라 걷다 보면 마을로 통하는 길이 나왔다. 그 길 어디에선가 이령은 사내와 노파를 만나고, 불길하고 섬뜩한 느낌이 들었던 남자를 보았다. 아름다운 그 여자의 모습을 넋 놓고 바라보았다.

이령은 관목 숲으로 통하는 비탈길 쪽으로 걸어갔다. 눈이 녹아서 질척한 길을 따라 걷다 보면 갈림길이 나오고 갈라진 길은 다시 수많은 길로 나뉘어 있었다. 끝없이 갈라져 있다고 해도 되짚어 나올 수 있는 길은 한 곳뿐이었다. 장이 돌아오면 그녀는 외딴집을 떠나 도시로 가야 했다. 생강나무 꽃을 볼 수 없었다. 앉은뱅이책상이 없는 방으로 가서 아침부터 저녁까지 귓속을 긁어대는 쇳소리를 들어야 한다.

그녀는 장이 돌아오기 전에 조각 난 기억의 퍼즐을 맞추고 싶었다. 생강나무 가지마다 샛노란 꽃망울이 터지고 알싸한 꽃향기가 바람을 따라 마을 구석구석으로 퍼져가는 봄이 오면 잠들어 있는 기억과 감각과 언어가 깨어날지도 몰랐다.

두려워하거나 주저하지 말고 이령은 그 길로 걸어 들어가야 했다. 더 이상 머뭇거릴 시간이 없었다. 장이 돌아와서 그녀를 낚아채가기 전에, 어둠의 정령에게 휘둘리기 전에 여자를 찾아야 했다.

여자는 정확하게 국수를 1인분만 삶았다. 이령은 잔치국수 한 그릇을 여자와 나누어 먹고 싶었다. 장이 없는 집에서 과일을 먹고 차를 마시면서 여자의 이야기를 듣고 싶었다. 그녀의 이름과 나이, 태어나고 자란 곳이 베트남 어디이며 가족들은 어떤 사람들인지 궁금했다. 고향을 떠나 한국에 오기 전에 여자가 무엇을 하면서 살았는지 알고 싶었다. 젊고 건강하고 아름다운 여자를 신부로 맞은 남자가 마을 어디에서 살고 있는 누구인지 이령은 알지 못했다. 한국 사람들이 즐겨 먹는 음식을 어렵지 않게 만들어내는 여자가 결코 짧지 않은 세월을 산골마을에서 살았을 거라고 짐작할 뿐이었다.

여자는 어질러져 있는 주방을 치우고 욕실로 들어갔다. 평소와 다름없이 부지런히 움직였지만 여자는 한쪽 다리를 절뚝거렸다. 목도리를 하고 있어야 할 만큼 날씨가 춥지 않은데도 가느다란 목을 친친 감싼 보푸라기가 인 검붉은 머플러를 풀지 않았다.

이령은 국수를 남기지 않았다. 여자는 욕실에서 나오지 않았다. 더듬거리면서 힘겹게 말을 건네면 여자는 당황하고 놀랄 게 분명했다. 이령의 말을 알아들을 리 없었다. 이령은 신중하고 다정하게 다가가야 했다. 장이 돌아오기 전에 여자는 말해야 했다. 지난봄 숲에서 무슨 일이 있었는지, 이령이 없는 외딴집에서 장이 무엇을 하며 살았는지, 지금 그에게 어떤 일이 생겼는지 주저하지 말고 털어놓아야 했다.

이령은 침실로 들어가서 옷장을 열었다. 옷걸이에 가지런히 걸린 외투와 치마와 셔츠가 보였다. 그것들은 그녀의 것이었고 그녀의 것이 아니었다. 어떤 것이든 여자와 잘 어울릴 것 같았다. 아이보리색 모직 코트는 여자가 입고 다니는 터무니없이 크고 무거워 보이는 외투와 달리 가볍고 따뜻했다. 빨간색 울 니트와 터틀넥 스웨터는 여자의 몸을 부드럽게 감싸줄 것이다. 이령은 포대자루처럼 볼품없는 헐렁한 바지를 벗기고 모직 스커트를 입혔다. 스커트 아래로 뻗어 있는 두 다리가 매끈하고 아름다웠다. 이령은 여자의 가느다란 허리와 단단한 엉덩이를 눈으로 더듬었다. 여자 것인지 남자 것인지 알 수 없는 낡고 두꺼운 검은색 셔츠를 벗겨내자 기다란 목과 일직선으로 뻗어 있는 빗장뼈가 드러났다. 울 니트를 손에 든 채 이령은 망설였다. 비싸고 고급스러운 옷을 입지 않아도 여자는 충분히 아름다웠다. 여자의 몸은 짐작했던 것보다 훨씬 젊고 관능적이었다.

니트와 스커트를 바닥에 던져놓고 이령은 옷장 구석에 있는 쇼핑백을 꺼냈다. 포장지 하나를 풀자 갈색 실크 스카프가 나왔다. 빨간색 가죽 장갑과 털모자가 나왔다. 누군가 여자를 위해서 사놓고 잊어버린 듯했다. 이령은 실크 스카프를 꺼내 들고 방을 나왔다.

이령은 검은색 비닐봉지에 스카프를 담아서 여자의 바구니에 넣었다. 과하지도 부족하지도 않은 첫 인사였다. 이령은 집으로 돌아가서 스카프를 발견하고 어리둥절해 할 여자의 모습을 상상하면서 미소 지었다. 소박한 선물을 받고 기뻐하는 여자의 얼굴을 볼 수 없어서 안타까웠다.

일을 끝낸 여자가 현관 안쪽에 서서 외투를 입고 바구니를 집어 들었다. 현관문 여닫히는 소리가 들렸다. 이령은 거실 창 너머로 오토바이 뒷자리에 바구니를 싣고 시동을 거는 여자를 바라보았다.

여자에게 줄 선물은 아직 충분히 남아 있었다. 여자는 그것을 받을 자격이 있었다. 이령은 이제 겨우 첫 인사를 건넸을 뿐이었다. 여자는 이령의 이웃이었다. 규칙적으로 찾아오는 여자가 없었다면 장은 산골의 고적한 생활을 견디기 어려웠을 것이다.

다시 집이 텅 비었다. 낡은 오토바이가 사라져간 길을 바라보면서 이령은 여자가 산골마을의 유일한 이웃이 아닐 거라고 생각했다.

2

이령은 창밖에 시선이 붙들려 있는 그녀를 가만히 바라보았다. 그녀는 정물처럼 조용히 앉아서 한 곳을 보고 있다. 봄부터 그녀는 날마다 아무것도 씌어 있지 않은 노트북컴퓨터 앞에 앉아 있었다. 생강나무 꽃향기가 짙었지만 밖으로 나가지 않는다. 말 못하는 아들과 함께 산밭을 오가며 일하는 노파는 그녀가 온종일 집안에서 무엇을 하는지 궁금해했다. 날이 저물어 장이 돌아올 때까지 그녀가 아무것도 하지 않고 책상 앞에 앉아 있는 것을 안다면 혀를 찰지도 몰랐다.

노파는 텃밭에 모종을 내고 씨를 뿌리는 그녀를 비웃고 조롱했다. 그녀가 온전한 작물을 거둘 수 없을 거라고 장담했다.

그녀는 한 문장도 쓰지 않았다. 돈을 벌기 위해서 일거리를 찾을 필요가 없었다. 절박한 심정으로 통장의 잔고를 확인하지 않았다. 머릿속이 백지처럼 깨끗해졌고 그녀의 몸은 욕정을 알지 못하는 무구한 처녀로 돌아갔다. 아침이 되면 이령은 창문을 활짝 열어놓고 여자를 기다렸다. 그녀가 기다리는 것은 문장이 아니었다.

그녀는 이령이 거기에 있다는 사실을 눈치채지 못하는 듯했다. 누군가 조심스럽게 살피는 것을 알지 못했다.

소설을 쓰지 못했지만 그녀는 아직 언어를 잃어버리지 않았다. 그녀는 과거와 현재의 시간을 분명하게 인지하고 있었다. 이령의 귓속을 긁어대는 날카로운 쇳소리를 그녀는 아직 듣지 못했다.

그녀는 늦은 밤이나 아직 동이 트지 않은 새벽녘에 깊이를 알 수 없는 컴컴한 우물 속을 들여다보던 어머니를 생각한다. 어머니는 쌀을 씻거나 빨래를 하러 우물가로 나온 것이 아니었다. 무엇인가를 찾아내야 한다는 절박함에 내몰린 사람처럼 두레박을 떨어뜨려서 맑고 차가운 물 한 바가지를 길어 올렸다.

두레박에 입을 대고 벌컥벌컥 물을 들이켜고 나면 어머니의 얼굴은 한결 편안해졌다. 어머니는 냄새도 맛도 색깔도 없는 한 바가지의 물로 위로받았다. 좀처럼 속내를 드러내지 않았던 무표정하고 뚝뚝한 어머니는 고작 한 바가지의 물로 화를 삭이고 분을 가라앉혔다.

이제 더 이상 아이가 아닌 그녀가 늦은 밤 우물가에서 필사적으로 차가운 물을 들이켰던 어머니를 생각한다. 어머니는 생각보다 늙어 보이지 않았다. 거친 음식을 먹고 종일 소처럼 일하는 어머니가 본래 주름살 하나 없는 젊은 여자였다는 사실을 깨닫고 그녀는 놀랐고 어리둥절하다.

어머니는 언제라도 손을 뻗으면 만질 수 있는 친숙한 사물이 아니었다. 육체적 욕망을 느끼는 젊고 건강한 여자였다. 젊고 건강한 것만으로도 충분히 아름다울 수 있다는 사실을 그녀는 알지 못했다.

어머니가 책을 읽을 수 없다는 사실에 그녀는 안도했다. 그녀가 아름답다고 느꼈던 것을 어머니는 추하다고 생각할 것이다. 절제할 줄 모르는 욕망으로 들끓는 육체와 관능에 지나지 않는 아름다움을 비난할지도 몰랐다.

그녀는 추가 부정이 아니라 미의 다른 얼굴임을 알지 못했다. 혐오스러우며 기괴하고 공포로 가득찬 추는 아름다움과 공존할 수 없다고 생각했다. 추란 본래 가지고 있어야 할 것이 빠진 결핍이었고 자연과 조화할 수 없었다. 그녀는 본성을 거스르지 않는, 도덕이나 윤리에 구애되지 않는 무방비 상태의 순수함을 아름다움이라고 믿었다.

더 이상 아이가 아닌 그녀는 어머니 집을 떠나서 거칠고 넓은 세계로 나왔다. 어머니와 어머니의 우물은 시나브로 기억에서 사라졌다. 그녀는 온전하지 않은 사람과 사물들을 재빨리 지워버렸다. 옷가지가 담긴 가방과 손때 묻은 책과 노트 꾸러미를 양손에 나눠 들고 그녀는 장위동 언덕배기에 있는 언니 집으로 향했다. 언니는 창고처럼 비좁고 어두운 작은 방을 청소하느라 땀을 뻘뻘 흘리면서 그녀를 맞아주었다. 서울에 와서 이 년 남짓 미싱을 돌리다가 결혼했던 언니는 산달을 앞두고 터질 듯이 배가 불러 있었다.

작은 의류공장 작업반장으로 일하는 형부 덕분에 그녀는 일자리를 얻는 데 어려움을 겪지 않았다. 배부른 언니가 새벽에 일어나서 지어준 아침밥을 먹고 형부와 함께 공장으로 가는 버스를 탔다. 체구가 크고 다부진 형부는 거의 날마다 술을 마셨기 때문에 퇴근해서 함께 집으로 돌아가는 날이 드물었다.

언니는 첫 아이를 낳고 백일도 되지 않아 다시 임신해서 둘째를 낳았다. 아이들을 낳고 기르느라 잠시도 쉴 틈이 없었지만 언니는 동네 가내 공장에서 일거리를 받아 왔다. 종일 보채고 투정 부리고 끊임없이 무언가를 요구하는 아이들이 곤히 잠에 빠지면 마루에 일감을 잔뜩 쌓아놓고 인형 눈알을 붙이거나 구슬을 꿰거나 봉투를 붙였다. 그녀가 작은 방 형광등 불빛 아래 밥상을 펴놓고 글을 쓸 때 언니는 밤늦도록 귀가하지 않는 남편을 기다리면서 졸음에 겨운 눈을 억지로 뜨고 앉아서 습관처럼 손을 놀리다가 잠들었다.

그녀가 쓰는 글은 일정한 형식을 갖추지 못한 조각에 지나지 않았다. 아직 아무것도 아닌 밀가루반죽 덩어리에 불과했다. 반죽 덩어리를 주무르고 만질 때마다 그녀는 매혹적인 아름다움에 홀린 듯 사로잡혔던 한 여자를 떠올렸다.

몇 차례 이사를 하는 동안 언니의 아이들은 무 싹처럼 쑥쑥 자랐다. 동네가 바뀌었을 뿐 집 구조와 크기가 엇비슷한 집에서 언니는 밥을 짓고 부업을 했고, 술 마시느라 밤늦게까지 귀가하지 않는 남편을 기다렸다. 언니는 그녀가 무엇을 읽고 쓰는지 궁금해하지 않았다. 그녀가 통장에 차곡차곡 돈을 모아서 때가 되면 결혼을 하고 아이를 낳고 키우면서 술에 취해서 돌아올 남편을 기다리게 될 거라고 넘겨짚었다.

그녀가 그 집을 떠나던 날 언니는 마루에 앉아서 봉투를 붙이고 있었다. 흙 묻은 발을 털지 않고 마루로 올라오려고 하는 두 아이를 사납게 손을 내저어서 쫓아버렸다. 고작 이십 대 중반을 넘겼을 뿐인데도 언니는 시름 많은 중늙은이처럼 보였다. 두 아이를 낳고 잔돈푼을 벌기 위해서 부업거리를 손에서 놓지 못했던 언니는 돈이 되지 않는 책을 읽고 글을 쓰는 그녀를 이해하지 못했다. 혼자만의 방을 갖기 위해서 언니 집을 떠나려고 하는 그녀를 납득하지 못했다. 남들보다 두곱 세곱으로 나이를 먹는 것처럼 보였던 언니는 시나브로 무표정하고 뚝뚝했던 어머니를 닮아갔다. 봉투와 단추와 구슬은 언니의 우물이었는지도 몰랐다.

이따금 언니가 김치와 밑반찬을 싸 들고 그녀의 방으로 찾아왔다. 언니는 앉은뱅이책상 앞에 앉아 있는 그녀를 걱정스러운 눈빛으로 바라보다가 가져온 반찬으로 상을 차렸다. 그녀가 밥그릇을 비울 때까지 화가 난 사람처럼 입을 다물고 앉아 있다가 돌아갔다.

이령은 하루가 다르게 핼쑥해지는 그녀를 보고 있다. 절정을 향해서 거침없이 달려가듯 글을 썼던 모습은 사라지고 없었다. 말라죽어 가는 꽃처럼 생기를 잃은 그녀를 책상 앞에 앉게 할 수 있는 사람은 그 여자뿐이었다.

석상처럼 굳은 표정으로 창밖을 보고 있던 그녀가 손바닥으로 책상을 짚고 엉거주춤 몸을 일으켜 세웠다. 미간을 모으고 몸을 앞쪽으로 갸울인 채 창밖의 무언가를 주의 깊게 바라보고 있다. 시력이 나쁘지 않았지만 그녀는 눈앞에서 움직이는 것이 무엇인지 금방 알아채지 못한 듯했다. 눈앞의 것이 사라지기 전에 사진을 찍으려는 듯이 그녀가 한쪽 팔을 뻗어서 책상 위에 놓인 휴대전화를 집는다. 그것은 눈 깜짝할 사이에 관목 숲으로 사라져버린다.

휴대전화를 손에 쥐고 그녀가 현관 쪽으로 걸어간다. 검지발가락이 엄지발가락보다 한 마디 더 길쭉한 두 발을 샌들에 꿰어 신고 현관을 나가는 그녀는 몇 날이고 무표정한 얼굴로 서재에 앉아 있던 그녀가 아니었다.

노랑나비가 날았다. 이령은 나비가 날아오른 쪽으로 두 팔을 내밀었다.

그녀는 생강나무 꽃향기가 향긋한 뒷마당 쪽으로 성큼성큼 걸어가고 있다. 노파와 노파의 벙어리 아들이 일하는 산밭 쪽은 일별도 하지 않고 관목 숲으로 통하는 비탈진 길을 걸어 올라간다.

그녀의 모습이 시야에서 완전히 사라질 때까지 이령은 꼼짝하지 않는다. 그녀가 무엇을 쫓아서 숲으로 들어갔는지 이령은 비로소 알 수 있었다. 그녀가 산골마을 외딴집에 머물렀던 까닭은 그곳에 여자가 있었기 때문이었다. 누구를 기다렸는지 무엇을 간절히 원했는지 알아챘다고 해서 이령은 이제 곧 외마디 비명을 지르며 쓰러질 그녀를 도울 수는 없었다.

3

아버지의 병세는 장이 예상했던 것보다 훨씬 더 심각했다. 치료를 받고 더 나빠지지 않는다고 해도 팔순을 넘긴 고령의 노인이 건강을 회복하기를 바라는 것은 무리일 듯싶었다.

산소 호흡기를 낀 채 길고 깊은 잠에 빠진 아버지의 병상을 지키는 사람은 정하였다. 그녀는 의식 없는 노인의 손과 발을 주무르고 따뜻한 물을 적셔 온 수건으로 얼굴이며 팔이며 다리를 꼼꼼히 닦아냈다. 해가 저물어 집으로 돌아갈 때면 간병인 여자에게 당부의 말을 늘어놓는 것을 잊지 않았다. 그녀는 딸이나 며느리처럼 굴었고 병들어 자리에 누운 나이 많은 환자의 젊은 아내처럼 보이기도 했다. 노인을 보살피고 뒷감당하는 것을 당연히 자신의 몫이라고 생각하는 것 같았다. 기력이 쇠약해졌던 노인을 방치하듯 내버려두고 안부전화조차 뜸했던 그를 힐난하고 싶은 눈치였다.

노안용 안경을 끼고 그녀는 웅얼거리며 성경책을 읽었다.

고집스럽게 눈을 감아버린 노인 곁에서 몇 시간 동안 꼼짝하지 않고 성경책을 읽었다. 염색해야 할 때를 놓쳐서 희끗하게 자란 머리카락이 보였다. 이마며 눈가며 주름이 짙었고 팔과 다리가 볼품없이 앙상하게 야위어서 그녀는 나이보다 훨씬 더 늙어 보였다. 아무 곳이나 내키는 대로 성경책을 펼쳐서 읽기 시작하면 그녀는 시간을 잊고 현실을 잊고 병상의 노인마저 잊어버렸다.

위험한 고비를 넘기고 아버지가 1인실에 입원하자 그녀는 간병인을 구했고 병원 지하 매점에서 아버지의 속옷이며 환자용 종이기저귀를 사와서 병실 수납장에 쟁여놓았다. 그녀는 마치 오래전부터 준비해온 사람처럼 당황하거나 서두르지 않았다. 차근차근 일을 처리하고 지시하면서 병실 생활에 재빨리 적응했다. 장의 어머니 빈소에서 그랬던 것처럼 그녀는 의당 해야 할 일을 하는 사람처럼 차분하게 움직였고 깊은 잠에 빠진 채 통증조차 느끼지 못할 노인의 병상을 지키면서 고집스럽게 성경책을 읽었다.

장은 양팔을 엇갈려 겨드랑이에 끼고 소파에 앉아서 졸다 깨다 했다. 닷새 동안 병원에서 쪽잠을 자고 제대로 먹지도 씻지도 못해서 수염이 거뭇하게 자랐고 얼굴이 꺼칠했다.

정하가 성경책을 덮고 다가와서 그의 어깨에 손을 얹고 말했다.

"여긴 내가 있을 테니까 걱정하지 말고 당신은 어디든 가서 쉬었다가 와요. 무슨 일 생기면 전화할게요."

장은 검은색 스웨터를 걸친, 늙은 사감처럼 엄격하고 완고해 보이는 그녀의 얼굴을 빤히 쳐다보다가 달라진 것이 없는 병실을 천천히 둘러보았다. 가습기에서 규칙적으로 뿜어져 나오는 수증기와 공중을 부유하는 먼지와 무겁게 가라앉은 공기가 갑갑해서 그는 자리에서 벌떡 몸을 일으켜 세웠다.

그가 없다고 해서 당장 문제 될 일은 없었다. 침묵에 빠진 아버지를 돌보는 일은 그녀와 간병인 여자만으로 충분했다. 그녀가 자청한 일이었다.

장은 지하주차장에서 차를 찾는 데 애를 먹었다. 지하 1층에서 지하 3층까지 샅샅이 뒤졌지만 보이지 않았다. 그는 길 잃은 아이처럼 겁에 질린 채 지하 3층에서 지하 1층으로 되짚어 올라갔다. 지하 1층 출구 쪽에 세워져 있는 산타페를 발견했을 때 그는 다리가 풀려서 맥없이 주저앉을 뻔했다.

운전석에 앉아서 장은 잠깐 졸았다. 눈을 떴을 때 그는 더 이상 졸음이 쏟아지지 않았고 깊은 잠을 자고 난 듯 머릿속이 맑아졌다. 장거리 운전을 해도 될 만큼 충분히 기력을 회복했지만 그는 가일리로 차를 몰지 않았다. 집을 나와서 이틀 밤이 지날 때까지 그는 혼자 남겨진 이령을 걱정했고 그녀에게 연락할 방법이 없다는 사실에 절망했다. 하얀집에 유선전화를 놓지 않고 그녀의 휴대전화를 책상 서랍에 넣어둔 채 까맣게 잊은 자신을 책망했다.

사흘째 되던 날 장은 이령에게 연락할 방법이 없다는 사실을 체념하듯 받아들였다. 집으로 돌아갈 수 없는 일이 생긴 것을 이령이 짐작했을 거라고 생각했다. 그녀는 다락방에 갇혀 있지 않았다. 때가 되면 쓰엉이 찾아와서 먹을 것을 챙겨줄 거라고 생각하자 마음이 한결 가벼워졌다.

어쩌면 이령은 그의 부재를 심각하게 생각하지 않을지도 몰랐다. 함께 있을 때도 그는 낯선 존재였다. 사랑이나 관심, 미움이나 증오 따위를 알지 못하는 사람처럼 그녀는 흐릿하고 멍한 시선을 던질 뿐이었다.

하얀집에 머물고 있었지만 그녀의 영혼은 그곳에 없었다. 이령을 위해 지은 집에서 그녀는 영혼을 잃어버리고 껍데기로 남아 있었다. 백스페이스키를 눌러 문장을 지우듯 장과 함께 했던 기억을 차례로 잘라내 버렸다. 그는 이미 오래전에 이령이 사라지고 없다는 사실을 인정하고 받아들이고 싶지 않았을 뿐이었다.

시동을 걸고 병원 지하 주차장을 나왔지만 장은 아직 갈 곳을 정하지 못했다. 그는 의식 없는 노인의 병상을 지키고 있는 정하가 어떤 생각을 하고 있을지 궁금했다. 이제 노인은 그녀에게 해줄 것이 없었고 기댈 언덕이 아니었다.

9. 이방인이 이방인을 만날 때

1

쓰엉은 벽을 바라보고 서서 공들여 머리를 빗는다. 어깨 위로 찰랑거리는 긴 머리카락을 한 갈래로 묶어 올렸다. 그녀는 아무것도 걸려 있지 않은 밋밋한 벽을 한참 동안 뚫어져라 쳐다보다가 느릿느릿 외투를 걸치고 보풀이 잔뜩 일어난 검붉은 목도리를 두른다. 외출 준비를 끝냈지만 그녀는 서두르지 않는다. 거울을 볼 수 없어서 못내 아쉬울 것이다. 그녀가 읍내에서 샀거나 주워 왔던 거울을 그는 모조리 박살내버렸다. 거울을 단념했지만 그녀는 여전히 거울이 걸렸던 자리를 바라보고 서서 머리를 빗고 옷을 입었다.

무표정한 얼굴이 어쩐지 서글퍼 보인다. 책과 함께 숨겨놓은 갈색 실크 스카프를 두르면 그녀의 그늘진 얼굴이 환해질 것이다. 가까스로 억누르고 있는 욕망은 스카프 하나만으로도 폭발하듯 터져 나올 게 분명했다. 오래전 그가 시내 화장품 가게에서 사다 주었던 싸구려 립스틱을 그녀는 이따금 어머니 눈에 띄지 않게 발랐다. 그녀는 분홍색 립스틱을 바르고 도시에 가고 싶어 했다. 헐렁한 일 바지를 벗고 짧은 치마를 입고 싶어 했다.

쓰엉이 그의 머리맡에 밥상을 가져다 놓는다. 그는 이부자리에 누운 채 꼼짝하지 않는다. 그녀는 아무 말 없이 방을 나갔고 곧이어 컨테이너 출입문이 열리고 닫히는 소리가 들렸다. 그녀가 무슨 일로 어디에 가는지 그는 알고 있었다. 이장의 조부 제삿날이면 쓰엉은 아침부터 저녁까지 제사 음식을 만들고 설거지를 하느라 허리를 펼 겨를이 없었다. 오늘 밤 그녀는 전이며 나물이며 찐 생선 따위를 잔뜩 싸가지고 돌아올 것이다. 집을 잃은 뒤 먹을 것을 구해 오는 것은 그녀의 몫이었다. 밭일이든 부엌일이든 닥치는 대로 했지만 그녀는 투정을 부리거나 엄살을 떨지 않았다.

음식 솜씨 좋은 그녀는 어디서 살든 굶어 죽을 염려가 없었다. 살아생전 야박하게 굴었던 어머니가 그녀에게 살아갈 수 있는 밑천을 대준 셈이었다. 젊고 건강하고 솜씨 좋은 여자는 어디에서든 제 몫을 하기 마련이었다. 아무것도 손에 쥔 것 없는 그와 달랐다.

집이 불타고 그녀는 자유로워졌다. 돈을 번다는 핑계로 어디로든 마음대로 쏘다녔다. 축사와 다를 바 없는 컨테이너에서 살았지만 그녀는 중고 오토바이를 타고 마을 구석구석과 읍내를 쏘다녔다.

술에 취해 컨테이너로 돌아올 때마다 그는 쓰엉이 달아나서 거기에 없기를 바랐다. 언제든 마음만 먹는다면 충분히 그럴 수 있었다. 그에게 아무 희망이 없다는 사실을 눈치 빠르고 영리한 그녀가 모를 리 없었다. 그녀는 오래전부터 도시에 가고 싶어 했다. 스무 해를 살았던 고향을 떠나 한국으로 왔을 때 그녀는 산자락에 둘러싸인 마을과 집을 보고 크게 실망하는 눈치였다. 그녀는 틈날 때마다 도시에 데려가 달라고 졸랐다. 그녀를 도시로 데리고 가는 일이 특별히 어렵지는 않았다. 어머니가 외출을 허락한다고 해도 그는 주저하고 망설였을 터였다.

도망치지 않고 컨테이너에 남아 있는 것을 확인할 때마다 그는 욕지기가 치밀어서 궁지에 몰린 짐승처럼 겁에 질려 있는 그녀를 짓밟고 흔들면서 악을 썼다. 그는 저항할 기미조차 보이지 않는, 직수굿하게 매를 맞는 그녀를 참을 수 없었다. 죽음으로 참회한다고 해도 그녀는 용서 받을 수 없었다. 그는 가장 잔인하고 무자비한 방법으로 그녀의 육체를 훼손하고 싶었다. 씨앗을 키우지 못하는 하잘 것 없는 자궁을 농락하고 유린하고 싶었다.

오토바이 엔진 소리가 멀어지자 그는 이불을 걷고 일어나 앉아서 밥상을 끌어당겼다. 달걀말이와 두부조림과 마른 김이 가지런히 접시에 담겨 있는 밥상 가운데 찌개 냄비가 놓였다.

그는 뚜껑을 열지 않아도 돼지고기를 넣고 끓인 김치찌개인 것을 알 수 있었다. 좁은 방과 그보다 더 좁은 부엌은 온통 김치찌개 냄새로 꽉 차 있었다.

달걀말이와 두부조림과 마른 김에 젓가락을 대지 않고 그는 신 김치와 돼지고기를 넉넉하게 넣고 끓인 김치찌개 하나로 밥을 먹었다. 김치찌개는 나무랄 데 없이 맛있었다. 어떤 음식을 만들든 타박을 하고 잔소리를 늘어놓았던 어머니라도 흠 잡을 수 없는 맛이었다. 열아홉 살에 시집왔던 형수는 어머니의 까탈을 견뎌내지 못했다. 어머니는 형수가 고작 열아홉 살이라는 사실을 안중에 두지 않았다. 나이가 어렸기 때문에 오히려 함부로 대하는 것 같았다.

어머니는 아기를 가진 어린 형수를 아무 준비 없이 며느리로 맞았다. 고등학교를 중퇴하고 일없이 쏘다니는 큰아들 하나만으로도 충분히 남우세스러워했던 어머니가 얼굴에 솜털이 뽀얀 어린 며느리를 탐탁스럽게 생각했을 리 없었다. 형수는 서툴렀지만 고분고분했다. 어머니의 짜증과 화를 견딜 수 있을 때까지 견디려고 애를 썼다. 배가 불러올수록 웬일인지 형수는 점점 야위어갔다.

형수는 시내에 있는 산부인과에서 아기를 낳고 이튿날 집으로 돌아왔다. 백지장처럼 얼굴이 창백한 형수와 강보에 싸인 아기를 안은 형을 번갈아 쳐다보다가 어머니는 길게 한숨을 내지르면서 싸늘하게 돌아서서 방으로 들어가 버렸다. 어머니는 그녀가 산구완을 해줄 친정붙이가 없다는 것이, 고등학교도 마치지 않은 채 엄마가 되었다는 사실보다 더 못마땅한 눈치였다.

아기가 첫 돌을 맞을 때까지 형수는 밤낮 없이 어머니 눈치를 보면서 진득하게 시집살이를 살았다. 아기 아빠가 되었지만 형은 달라지지 않았다. 특별히 하는 일이 없으면서 집에 붙어 있는 날이 드물었다. 형은 무언가에 매이는 것을 끔찍하게 싫어하는 사람이었다. 덜컥 임신을 해버린 여자를 모른 체하고 줄행랑을 치지 않은 것이 오히려 신기할 노릇이었다. 아버지가 그랬던 것처럼 형은 이따금 손님처럼 집으로 돌아왔다가 다시 훌쩍 나가버리면 몇 달이고 소식을 알 수 없었다.

아기가 걸음마를 시작할 무렵 형수는 어머니에게 아기를 맡겨놓고 이따금씩 외출을 했다. 아기를 낳고 엄마가 되었다지만 형수는 이제 막 고등학교를 졸업한 또래 여학생들처럼 철없고 싱그러울 나이였다. 어머니는 형수의 외출을 막지 못했다. 형수가 읍내에서 일자리를 알아보고 있다고 말했을 때 어머니는 내심 반기는 눈치였다.

아기는 방치되다시피 했다. 형수는 아침 일찍 집을 나갔다가 저녁 늦게 돌아왔다. 아침에 어머니가 먹을 것을 챙기고 기저귀를 갈아주고 밭으로 나가면 아기는 빈 집에서 혼자 남아 잠을 자거나 놀거나 울고 있거나 했다. 사람 손이 타지 않은 아기는 혼자 있는 시간에 시나브로 적응하는 것 같았다.

형수는 종종 술 냄새를 풍기며 돌아왔다. 옷차림이 요란해졌고 화장이 짙었다. 못마땅한 얼굴로 돌아앉은 어머니에게 읍내 옷가게에서 사 온 치마며 신발이며 화장품을 내밀었다. 형수는 아기를 위해서 돈을 아끼지 않았다. 유아용품 전문 매장에서 사가지고 온 내복이며 셔츠며 원피스며 신발이며 장난감 들이 차곡차곡 쌓였지만 형수는 정작 그것들을 아기에게 입히고 놀아줄 시간이 없었다.

형수는 바람처럼 왔다가 훌쩍 떠나버리는 형을 애면글면 기다리지 않았다. 결혼식을 올리지 않고 아이를 낳고 시집살이를 하면서 애 아빠가 얼마나 인정머리 없고 허랑방탕한지를, 철이 들기 전부터 일찌감치 술이며 여자며 온갖 잡기에 빠져 세월을 보냈으며, 세상이 두 쪽 나는 일이 생기지 않는 한 처자식을 건사하면서 올곧게 살아갈 사람이 아니라는 사실을 어머니의 입을 통해 귀에 못이 박히도록 들어서 알고 있었다.

돈을 벌어 온다고 해서 형수를 대하는 어머니 태도가 달라지지는 않았다. 일찌감치 애 엄마가 된데다 의지할 구석 없는 남편과 친정붙이 하나 없는 그녀의 처지를 동정하거나 안쓰러워하지 않았다. 형수는 그저 객식구에 불과했다. 그녀를 들볶거나 트집을 잡고 업신여기는 심중에는 어린 며느리에 대한 질투가 아니라 마음에 차지 않는, 눈에 보이지 않는 편이 오히려 근심을 덜 수 있었던 아들에 대한 원망과 미움이 컸기 때문이었다.

형은 드문드문 집에 왔고 형수는 자주 외박을 했다. 돌봐주는 사람이 없어도 아이는 걷고 뛰고 혼자 잘 놀았다. 아이는 무심한 눈길로 저를 바라보는 낯선 사람이 아빠라는 것을 알지 못했다. 저녁때가 한참 지나서 술 냄새를 풍기면서 집으로 찾아온 큰아들에게 어머니는 밥을 차려주지 않았다. 형이 냉장고를 뒤져서 막걸리를 꺼내 마시면서 돌아앉은 어머니에게 돈을 만들어 달라고 말했다. 도시에서 할 만한 일거리를 찾았고 그 일을 시작하려면 돈이 필요하다고 했다. 이따금 집에 올 때마다 가져갔던 푼돈이 아니라 땅을 팔거나 대출을 받아야 할 만큼 큰 돈을 달라고 요구했다. 일이 잘 돼서 자리를 잡으면 처와 아이를 데리고 가겠다고 말하는 형을 향해 어머니가 버럭 소리를 지르고 욕설을 퍼부었다.

한바탕 고성이 오가고 난 뒤 형은 아무것도 손에 쥐지 못한 채 집을 뛰쳐나가 버렸다. 그는 밤늦은 시간에 형수가 집에 없다는 사실조차 눈치채지 못했다.

형수의 외박이 하루에서 이틀이 되고 일주일째로 접어들었을 때 구시렁거리면서 짜증을 내던 어머니가 비로소 걱정을 하기 시작했다. 그는 자신보다 세 살이 어린 형수를 찾아서 읍내를 두리번거렸다. 어머니와 그는 형수가 읍내 어디에서 어떤 일을 하는지 정확하게 알지 못했다. 그녀가 읍내에서 일할 거라고 그저 짐작할 뿐이었다. 거리를 오가는 젊은 여자들이 모두 형수처럼 보였지만 그녀의 얼굴을 분명하게 떠올릴 수 없었다. 한 달이 지나도록 형수는 돌아오지 않았다. 전화 한 통 걸려오지 않았다. 그는 더 이상 형수를 찾아다니지 않았다.

장미가 아홉 살이 되던 해 형은 도시에서 만난 여자와 살림을 차렸다. 장미는 순순히 아빠를 따라갔다. 형보다 나이가 두 살 위인 여자는 살집이 있고 차분한 얼굴로 마음이 넉넉해 보이는 솜씨 좋은 재봉사였다. 그녀는 전처가 낳은 장미를 키우겠다고 자청했다. 순하고 조용해서 있는 듯 없는 듯 자랐던 장미는 낯선 아버지보다 더 낯선 여자의 말을 고분고분 잘 따랐다. 여자는 이듬해 아들을 낳았다. 형은 여전히 집보다는 거리에서 보내는 날이 더 많았다. 집을 나가면 몇 달 동안 소식이 끊어지기 일쑤였지만 여자는 애면글면 형을 찾지 않았다. 두 아이를 먹이고 입히고 가르치는 일은 여자 몫이었다.

이따금 그는 생활력이며 책임감이 전혀 없는 형의 어떤 면에 여자들이 끌렸을지 궁금했다. 경제적인 능력이 없는데다 한곳에 진득하게 머물러 있지 못하는 형은 잔정이 많은 사람이 아니었다. 현실적인 문제를 고민하고 미래를 계획하는 사람이 아니었다. 큰아들이나 가장으로서 해야 할 일을 걱정해 본 적이 없었다. 누군가를 진심으로 사랑하거나 애착을 느끼지 못했다.

석이가 열한 살이 될 때까지 형과 여자가 함께 살았던 날은 1년이 채 되지 않았다. 어느 날 깡마른 몸에 누렇게 뜬 얼굴로 여자와 아이들과 살고 있는 집으로 돌아온 형은 거의 먹지도 못한 채 자리를 깔고 누워서 지냈다. 간암 말기 진단을 받은 형은 여자의 집에서 6개월 남짓 죽은 듯이 누워 지내다가 세상을 떠났다. 수개월 혹은 수년 동안의 생명을 연장하기 위해서 빚을 얻어 수술을 받지 않고 조용히 죽음을 받아들인 것이

형이 여자와 아이들을 위해 해주었던 유일한 배려였다.

여자의 전화를 받고 달려간 병원 영안실에서 그는 훌쩍 자라서 제법 처녀티가 나는 장미를 보았다. 아버지의 영정 앞에서 장미는 울지 않았다. 누나 옆에서 고개를 숙이고 앉은 석이는 화가 난 사람처럼 보였다. 소복을 입은 여자의 얼굴에서 그는 슬픔이 아니라 허망함을 보았다. 형은 숨을 거두는 순간까지 자신의 인생을 후회하거나 자책하지 않았을 사람이었다.

장미는 제 엄마가 그랬던 것처럼 고등학교를 졸업하자마자 서둘러 결혼했다. 순하고 착했던 그 애는 제 엄마와 달리 능력은 부족하지만 책임감 강한 남자를 만났고 어린 나이에도 엄마 노릇을 의젓하게 해내고 있었다.

결혼해서 연년생으로 두 아이를 낳고 살면서 장미는 터울이 많이 지는 남동생을 챙겼고 명절이 돌아오면 의붓어미를 찾아갔다. 장미가 서둘러 결혼한 것은 의붓어미와 배다른 동생과의 불화 때문이 아니었다. 생모와 아버지를 대신해서 저를 거두어주었던 의붓어미의 고달팠던 삶을 장미는 누구보다 잘 알았다. 의붓어미와 배다른 남동생은 일찌감치 가정을 이루어 사는 장미가 의지할 수 있는 친정붙이였다.

형이 죽은 뒤에도 여자는 이따금 전화를 걸어와 어머니 안부를 물었다. 장미 소식을 전해 들을 때마다 어머니는 쓰다 달다 일절 말이 없었지만 한 번도 찾아오지 않는 손녀에게 서운한 마음을 품었을지도 모르겠다. 한집에 살았다고 해도 남과 다를 바 없었던 그는 장미가 가일리로 찾아와서 생모 소식을 묻지 않는 것만으로도 다행이라고 생각했다.

장미가 연년생으로 아들과 딸을 낳았을 무렵에 손자를 학수고대했던 어머니의 인내심은 바닥이 나버렸다. 결혼해서 몇 해가 지나도록 불러오지 않는 어리고 젊은 며느리의 밋밋한 배를 볼 때마다 어머니는 역정을 참지 못해서 욕설을 퍼붓고 눈에 띄는 대로 살림살이를 집어 던졌다. 쓰엉이 애원하는 눈빛으로 한 번만 도시에 데려가 달라고 조를 때마다 그는 어머니를 핑계로 차일피일 미루었다. 그는 행여 그녀가 형수처럼 달아날까 두려웠다. 그녀는 마을 밖으로 나갈 수 없었다. 그는 평생 그녀를 도시에 데리고 갈 마음이 없었다. 그녀가 갈 수 있는 곳은 여주댁 아주머니 집뿐이었다. 여주댁 아주머니라면 어머니의 매를 피해서 도망쳐 간 그녀를 보듬고 달래줄 수 있을 거라고 생각했다.

그는 쓰엉을 잃고 싶지 않았다. 그는 고기를 낚듯 힘들이지 않고 쉽게 여자를 사귀었던 형과 달랐다. 철이 들기 전부터 무시로 여자들을 갈아치웠던 형과 반대로 그는 마흔 살이 될 때까지 여자를 만날 기회가 없었다. 홀어머니를 모시고 농사를 짓는 남자에게 시집오겠다는 여자가 없었다. 그는 고등학교를 졸업하고 도시로 나가서 일자리를 얻지 않았던 것을 뒤늦게 후회했다.

그는 쓰엉의 나이가 자신보다 스무 살이나 어려서 마음에 걸렸다. 주눅이 든 표정으로 고분고분한 그녀에게 잘 해주고 싶었다. 예상보다 훨씬 빨리 한국어를 배우고 한국음식에 길들여지는 그녀가 신기하고 고마웠다. 어머니의 기대와 욕심을 충족시켜주지 못하는 그녀가 안타까웠다. 그는 어떤 경우라도 형처럼 젊은 아내를 방치하듯 내버려두지 않을 생각이었다.

도시 남자와 여자가 관목 숲 언저리의 땅을 사서 집을 짓기 전까지 그의 생각은 확고했다.

2

며칠째 여자는 외딴집에 혼자 있었다. 흰색 중형 승용차가 세워져 있어야 할 앞마당이 텅 비어 있었다. 외출을 해도 해질 무렵이면 돌아왔던 남자는 보이지 않았다.

그는 남자가 어디로 갔는지 쓰엉에게 묻지 않았다. 외딴집으로 가서 음식을 만들고 세탁을 하고 청소를 해준다고 해서 그녀가 알 리 없었다. 여러 달째 드나들고 있는 외딴집에서 그녀는 책이며 스카프 등속을 훔쳐와서 찬장 안에 숨겨놓았다. 그는 모든 것을 알고 있었고 그녀는 까맣게 몰랐다. 양념한 고기며 생선이며 채소를 가져온 곳을 그가 낱낱이 알고 있다는 사실을 눈치채면 그녀는 지금처럼 태연한 얼굴로 먹고 잠들 수 없었다.

그는 해가 저물면 습관처럼 외딴집 주위를 어슬렁거렸지만 그녀는 알지 못했다. 외딴집 남자와 여자는 그의 경고를 무시하지 않았어야 했다. 숲에서 사고가 났을 때 그들은 마을을 아주 떠났어야 했다.

그녀는 마을 외딴 곳에 집을 짓고 제멋대로 들락거리는 남자와 여자에게 관심을 갖지 말았어야 했다. 그곳에 누가 살든, 그녀와 아무런 상관없는 도시 사람들에게 무심했어야 했다. 더디게 말을 배우더라도, 입에 맞지 않는 음식이며 혹독한 겨울 추위며 호기심을 감추지 않는 마을 사람들의 시선과 결코 만만하지 않은 시어머니까지, 수월한 것이 하나도 없는 이국에서의 시집살이가 힘에 겨워 눈물을 쏟았더라면 그는 언제까지라도 그녀의 편이 되어주었을 것이다. 고향과 가족을 떠나 낯선 나라에서 살면서 믿고 의지할 사람이 오로지 그 한 사람뿐이라는 사실을 그녀는 의심하지 말았어야 했다.

어머니를 따라 콩밭을 매다가, 이웃집 부엌에서 제사음식 만드는 것을 거들다가 그녀는 외딴집 남자와 여자 이야기를 들었을 것이다. 평생 손을 놀려 일해본 적이 없을 것 같은 해끔한 얼굴의 젊은 여자가 남자의 정부일 거라는 소문은 거동이 불편해서 집 밖 출입을 하지 못하는 노인들도 알고 있었다. 그들이 무엇 때문에 외진 산골마을에 집을 지었는지, 땅을 사서 번듯하게 집을 지어놓고 한 달에 고작 며칠 밤만 손님처럼 머물다가 돌아가는지 그녀는 알지 못했다.

언제부터인가 그녀는 도시에 데려가 달라고 말하지 않았다. 그는 날마다 위태롭게 이어지는 생활에 그녀가 체념한 거라고 짐작했다. 어머니의 짜증과 욕설에 익숙해졌을 거라고 넘겨짚었다. 집에서 쫓겨나면 그녀는 여주댁 아주머니 집에서 밤을 보내고 이른 아침에 돌아왔다. 그는 쓰엉이 아이를 버리고 달아난 형수와 다를 거라고 생각했다. 달라야 한다고 생각했다. 독한 시집살이를 했지만 그녀에게는 남편이 있었다. 언제까지라도 그녀를 저버리지 않을 그가 곁에 있었다.

창마다 블라인드가 드리워져 있는 외딴집 현관 밖에 쭈그리고 앉아 있는 쓰엉을 보았을 때 그는 발을 딛고 선 땅이 푹 꺼져서 밑도 끝도 없는 수렁으로 빠져들어 가는 것 같았다. 간밤에 한잠도 자지 못했는지 몸을 한껏 웅크린 그녀는 안색이 창백했다. 새벽 공기가 찼지만 그녀는 누군가를 기다리는 사람처럼 고집스럽게 한자리에 버티고 앉아 있었다. 그녀가 기다리는 사람은 그가 아니었다. 그녀가 원했던 사람은 산골마을에서 홀어머니를 모시면서 농사를 짓는 그가 아니었다. 빚을 내서 어렵게 짝을 맺었다고 해서 그녀를 소유할 수 없었다. 어머니는 그럴 수만 있다면, 시간을 되돌려서 맞선 자리에 나왔던 베트남 처녀들 중에서 그가 쓰엉이 아니라 다른 여자를 골라왔으면 좋겠다고 말했다.

쓰엉이 아니라 다른 여자였다면 삶이 달라졌을 거라고 그는 확신할 수 없었다. 그는 넘어지지 않으려고 안간힘을 쓰면서 외딴집 현관 계단에 앉아 있는 쓰엉을 향해 뚜벅뚜벅 걸어갔다. 그녀는 당황했지만 저항하지 않고 순순히 따라왔다. 그는 갚아야 할 빚이 남아 있다고 말하지 않았다. 두 번 다시 외딴집 주변을 기웃거리지 말라고 주의를 주지 않았다. 개울을 건너고 텅 비어 있는 자갈길을 성큼성큼 걷다가 말고 그는 멈춰 섰고 그녀의 얼굴을 향해 힘껏 주먹을 날렸다. 그녀가 넘보지 말아야 할 세계에 대한 경고였다.

한 번 시위를 떠난 화살처럼, 되돌릴 수 없는 거칠고 무자비한 폭력의 예고였다.

3

허술하고 을씨년스러운 막사 같은 좁은 방에 본래 그의 소유였던 것은 한 가지도 남아 있지 않았다. 마을 사람들과 낯모르는 타인들의 체취가 밴 낡은 옷과 이불과 식기들로 그는 중동에서 끊어진 희망 없는 삶을 이어가고 있었다.

모든 것을 잃어버렸고 쓰엉 하나가 남았다. 그날 밤 불길 속에서 그녀의 목숨이 끊어졌더라면 그는 슬픔과 괴로움으로 오랫동안 고통스러워했을 게 분명했다. 분노와 자책과 원망으로 몸부림치면서 지독하게 불운한 자신의 운명을 저주했을지언정 그녀를 의심하고 원한에 사무치지 않았을 것이다.

그를 대신해서 이장과 동주 형님이 마을회관에 빈소를 차리고 어머니 시신을 수습해서 선산에 매장해주었다. 그들은 불안하고 위태로워 보이는 그의 곁에 쓰엉이 있어서 다행이라고 생각했다.

그는 마을 사람들이 가져다 놓은 옷가지며 먹을거리가 쌓여 있는 마을회관 널찍한 방 구석진 자리에 쭈그리고 앉아서 온종일 술을 마셨다. 기절할 만큼 지치고 피곤했지만 잠을 잘 수 없었다. 술기운에 깜빡 잠이 들면 어김없이 화염에 휩싸인 집과 무너진 기둥에 깔려 비명을 지르는 어머니의 모습이 보였다. 쓰엉은 그곳에 없었다. 꿈속에서 그는 살려달라고 악을 쓰는 어머니를 구하지 못했다. 그는 어머니를 구하지 못했다는 죄책감보다는 쓰엉이 거기 없다는 사실이 더 절망스러웠다. 깜깜한 어둠 속에서 한껏 몸을 웅크린 채 그녀는 외딴집 현관 계단에 앉아 있었다. 공포와 두려움으로 몸을 떨면서 집과 버섯사가 불타는 모습을 지켜보았다. 비명이 사라지고 불길이 잦아들 때까지 그녀는 체념과 불안이 뒤섞인 얼굴로 꼼짝하지 않았다.

곤하게 잠들어 있는 쓰엉은 그가 알지 못하는 낯선 여자였다. 수심으로 그늘진 얼굴이 무섭고 징그러워서 그는 닥치는 대로 물건을 집어 던졌고 고함을 치면서 주먹을 휘둘렀다. 그는 저항하기는커녕 신음조차 내지 않고 묵묵히 매를 맞는 그녀를, 상상할 수조차 없는 일을 저지르고도 태연하게 먹고 잠잘 수 있을 만큼 뻔뻔한 여자를 참을 수 없었다. 수년 동안 순종을 가장하며 살았던 여자는 불이 났던 밤 사라지고 없었다. 그녀는 차라리 그날 밤 달아났어야 했다.

그가 할 수 있는 일은 복수뿐이었다. 가장 잔인하고 악랄한 방법으로 그녀를 응징하기 전에, 그는 외딴집 남자와 여자를 마을 밖으로 쫓아내야 했다. 권태가 스며들 틈 없이 비루하기 짝이 없는 그의 삶은 외지인들이 마을에 집을 짓던 날부터 균

열이 생기기 시작했다. 그들은 마을 사람들이 수런거리고 이방에서 시집온 젊은 여자가 호기심으로 두 눈을 반짝거리며 기웃거려도 무시하고 외면했다.

그들은 자동차를 타고 오가면서 집과 버섯사가 불탄 자리에 흉물스럽게 놓여 있는 컨테이너를 보았을 것이다. 그가 더 이상 잃을 게 없고, 한 번도 잉태해본 적 없는 젊은 아내를 잔혹하게 학대하면서 삶을 견디고 있다는 사실을 눈치채지 못했을 리 없었다.

여자는 저물녘까지 방에 앉아 있었다. 그는 하얀 성처럼 견고하게 지어진 집에서 여자가 종일 무엇을 하는지 짐작할 수 없었다.

외딴집 너른 마당에는 흔한 잡종견 한 마리 묶여 있지 않았다. 외지인의 발길이 뜸한 산골이라고 해서 문단속을 소홀히 해도 될 만큼 안전하지 않다는 사실을 그들은 알지 못했다. 추수철이 되면 집집마다 곳간을 단속하고 주의를 기울였지만 미처 거둬들이지 못한 고추며 깨며 배추며 밭작물이 밤사이 흔적도 없이 사라지는 어처구니없는 일이 벌어지곤 했다. 그가 종균배양을 해서 애지중지 키웠던 느타리버섯은 귀신처럼 나타나서 농작물을 싹쓸이해 가는 도둑들의 손을 탈 염려가 없었다. 그는 갓난아기를 키우듯 세심하게 신경을 써서 온도와 습도를 맞추었고 시내에서 산 중고 오디오로 클래식 음악을 들려주었다. 클래식을 들려주면 식물이 스트레스를 덜 받고 실하게 자란다는 말을 그는 귀농을 준비하는 사람들을 대상으로 특화작물 재배방법을 알려주는 농협 교육장에서 들었다.

산골에서 나고 자랐다고 해도 버섯 재배 방법에 대해서 아는 것이 없었기 때문에 그는 귀농을 준비하는 사람들과 함께 차근차근 배웠다. 마을 사람들은 수십 년 동안 벼농사를 짓고 고랭지 배추며 고추며 감자며 콩이며 밭작물을 재배했다. 고되고 손이 많이 갔지만 농사는 돈벌이가 되지 않았다. 흉년이 들면 돈을 만질 수 없었고 풍년이 들면 값이 바닥을 치는 것이 농사였다. 그는 버섯사를 짓는 데 들어가는 자금을 농협에서 저리로 빌렸다. 느타리버섯은 비교적 일정한 값에 판매를 할 수 있는데다가 재배하는 농가가 많지 않아서 판로 개척에 어려움이 없을 거라고 생각했다.

아침에 눈 뜨면 그는 어른 주먹만 한 자물통이 채워져 있는 버섯사 출입문을 열고 들어가서 모차르트 음악을 틀었다. 밤새 숙면을 취했을 버섯들이 하나둘 깨어나기 시작하면 그는 기다란 호스로 바닥에서부터 천장까지 하우스파이프로 칸이 나뉜 자리마다 빽빽한 통 안에서 자라는 버섯 줄기가 충분히 젖을 수 있도록 물을 뿌렸다. 한낮이 되면 사람 목소리를 들려주기 위해서 라디오를 켰고 해가 저물고 어둠이 내리면 식물들이 편히 쉴 수 있도록 음악을 끄고 조명을 어둡게 해놓고 자물통을 채웠다.

날마다 키를 늘리는 느타리버섯은 그의 미래였고 희망이

었다. 그는 허랑방탕하게 젊음을 소비하면서 가족들을 애태웠던 아버지나 형과 달랐다. 궁벽한 산골에 산다고 해서 특별히 좋거나 나쁘지 않았다. 그는 평범하고 욕심 없는 여자와 결혼해서 중년에 청상이 된 어머니를 모시고 오순도순 살고 싶었다.

쓰엉의 몸은 아름답고 신비로웠다. 그녀의 몸속으로 파고들 때마다 그는 숨이 막힐 만큼 아찔한 절정을 느꼈다. 부드럽고 달콤한 몸속에 언제까지라도 머물러 있고 싶었다. 그의 얼굴이 두려움과 죄책감으로 붉게 달아오르는 것을 그녀는 볼 수 없었다. 아침에 눈 뜨면 그는 해가 저물기를 기다렸다. 그는 종종 어머니 없이 쓰엉과 단둘이 살고 싶은 열망에 휩싸였다. 그녀를 천천히 알고 싶었고 평화롭게 함께 늙어가고 싶었다.

그의 소박한 소망은 뜻하지 않게 틀어져버렸다. 한 번 어긋나기 시작하자 걷잡을 수 없었다. 그는 어머니를 탓할 수 없었다. 쓰엉은 그만의 것이 아니었다. 어머니의 눈을 피해서 어디론가 숨으려고 하는 그녀를 나무랄 수 없었다. 트고 갈라진 굳은살 박인 어머니의 손을 볼 때마다 그는 죄책감에 사로잡혔고 순리대로 풀리지 않는 운명에 화가 치밀어 올랐다.

그는 도시 사람들을 동경하지 않았다. 세련된 옷차림과 멀끔한 얼굴, 부족함 없어 보이는 그들의 세계를 넘보지 않았다. 남부러울 것 없는 그들이 구태여 이쪽을 기웃거릴 까닭이 없었다. 그는 진작 그들에게 경고를 하고 주의를 주었어야 했다.

이곳이 안전하지 않다는 사실을 알렸어야 했다.

남자가 집을 나가면 그는 외딴집 뒷마당을 어슬렁거렸다. 생강나무가 노란 꽃을 피운 뒤에도 그는 겨울 외투를 벗지 않았다. 겨우내 빨지 않아서 더러워진 외투 주머니에 시도 때도 없이 물처럼 들이키는 술병이 들어 있었다. 술에 취해 비틀거리는 그의 손에 낫이 들려 있었다. 자루가 닳아서 뭉툭해진 낫으로 한가롭게 풀을 베려고 했던 것이 아니었다.

햇볕 따가운 한낮에 그는 관목 숲으로 들어가서 짐승처럼 고함을 내지르고 낫을 휘둘러댔다. 그는 외딴집 여자를 숲으로 유인하지 않았다. 낫을 치켜든 채 겁을 주거나 협박하지 않았다. 가슴골이 드러난 반팔 셔츠와 하늘하늘한 치마를 입은 여자의 몸에 손끝도 대지 않았다.

4

소주를 여러 병 마셨지만 그는 취하지 않았다. 문 씨 아저씨는 자정이 되기 전에 일찌감치 제사를 올리고 음복을 마쳤다. 제사 음식 만드는 것을 도우러 왔던 늙은 아낙들은 진작 돌아갔고 쓰엉은 뒷설거지를 마친 뒤 전이며 생선이며 나물을 챙겨 집으로 갔다.

집집마다 불이 꺼지고 사방이 고자누룩해지자 그는 휘청거리면서 평상에서 일어섰다. 아낙들이 안주를 하라고 가져다준

떡이며 나물이며 전이 고스란히 남아 있었다. 손이 가지 않는 안주처럼 초저녁부터 내내 그의 앞에 버티고 앉아 있던 동주 형님이 잠자코 무거운 몸을 일으켰다.

뒤따라오려고 하는 동주 형님을 손을 휘저어 쫓아버리고 그는 과장되게 비틀거리면서 비탈진 길을 걸어 올라갔다. 동주 형님 모습이 길 저편으로 사라지자 그는 올라갔던 길을 되짚어 내려갔다. 들을 수 있다지만 한마디 말도 하지 못하는 동주 형님이 그는 새삼 답답하게 느껴졌고 한편으로 다행이라고 생각했다.

문 씨 아저씨 집을 지나자 그는 달빛에 의지해서 걸음을 내디뎠다. 외딴집 남자가 며칠째 돌아오지 않았다는 것을 마을 사람들은 알고 있었다. 여자는 집 안에서 꼼짝하지 않고 그 집에 드나드는 사람이 쓰엉 혼자뿐이라는 사실을 모르는 사람은 없었다. 그는 숲 언저리에 숨겨두었던 낫을 사용하지 않을 생각이었다. 외지인들이 외딴집으로 돌아오고 쓰엉이 그 집을 들락거리기 시작했을 때 그는 불쏘시개로 사용할 헌 옷가지와 등유를 담은 작은 통 하나를 덤불 숲 깊숙한 자리에 숨겨놓았다.

흠모하고 동경했던 도시인의 삶이 한순간에 잔인하게 파괴되는 광경을 쓰엉은 두 눈으로 똑똑히 보아야 했다. 그가 결코 호락호락한 사람이 아니며 탐욕이 얼마나 큰 재앙을 가져오는지 알아야 했다. 그녀가 감당해야 할 것은 그것뿐만이 아니었다. 외딴집 여자의 숨통을 끊어놓은 사람은 그가 아니었다.

책이며 값비싼 스카프 따위를 일삼아 훔쳤던 그녀는 대담하고 어리석기 짝이 없는 여자였다. 그녀는 오랜 세월 외롭고 고단한 삶을 견뎌왔던 그를 잔인하게 외면해버린 무섭고 냉정한 여자였다.

10년 전 한국으로 시집온 베트남 여자, 우엔 티 쓰엉은 내일 아침 경찰에 체포되어 마을을 떠나야 했다. 그녀는 초범이 아니었다. 3년 전, 초가을 밤 그녀는 남편이 집을 비운 사이 집에 불을 질렀고 불길 속에서 시어머니의 목숨이 끊어지고 그의 전 재산이 잿더미로 변하는 참혹한 광경을 두려움에 떨면서 지켜보았다.

불 꺼진 농가가 시야에서 완전히 사라지자 그는 야전점퍼 주머니에서 손전등을 꺼내 불을 켰다. 어둠이 물처럼 차오른 논과 밭 사이로 난 소로를 한 점 불빛에 의지해서 걸었다. 끝이 없을 것같이 위태롭게 이어진 길은 웅덩이처럼 팬 개울 앞에서 끊어졌다. 어둠에 싸여 형체를 알아볼 수 없는 산자락과 그 아래 관목 숲과 널찍한 앞마당 쪽으로 출입문이 난 외딴집을 그는 차례차례 눈에 담았다. 개울을 건너기 전 그는 손전등 불을 껐고 외딴집 창문으로 흘러나오는 불빛에 의지해서 발걸음을 옮겼다.

수풀에 몸을 숨기고 앉아서 그는 외딴집이 어둠에 둘러싸이기를 기다렸다. 여자가 깊이 잠들기를 기다렸다.

10. 다갈색 이마에 입 맞추었다

1

검은색 바지와 스웨터를 상복처럼 차려입고 정하는 산소 호흡기에 의지해서 숨을 쉬는 장의 아버지 병상을 지켰다. 그는 아버지가 날마다 조금씩, 아니 정신을 놓고 쓰러졌던 순간에 이미 생의 모든 기억을 망각해버렸을지도 모른다고 생각했다. 필름이 끊어진 듯 순간순간 백치처럼 멍한 표정을 짓는 이령은 모르는 사람처럼 낯설었다. 텅 빈 시선은 망가지고 훼손된 육체처럼 끔찍하고 혐오스러웠다. 아름답고 감각적인 여자 이령은 손가락 사이로 흘러내리는 모래처럼 흔적 없이 사라졌다.

이령은 그의 몸을 단단하게 조이고 있던 끈을 풀어주었다. 분노로 억눌려 있던 감각들이 그녀의 손끝에서 따듯하게 출렁거리면서 되살아났다. 그는 부드러우면서 강렬한 쾌감에 사로잡힌 육체를 통제할 수 없었다. 거부하거나 도망칠 수 없었다. 둑을 무너뜨리고 세상 전부를 집어삼킬 듯한 위세로 쏟아지는 거센 빗줄기 같은 쾌락에 속수무책이었다.

그는 빈틈없이 꽉 찬 충만감을 이령 아닌 다른 누구에게서도 느낄 수 없었다. 그날 밤 술에 취한 채 그녀의 방으로 가지 않았더라면, 여진처럼 남아 있는 낯선 감각에 붙들린 채 그녀를 다시 찾아가지 않았다면 건물 꼭대기에서부터 아래쪽까지 온통 반사 유리로 둘러싸인, 출구를 알 수 없는 빌딩처럼 그는 외부로부터의 모든 자극을 밀어내면서 살았을 것이다. 괴물처럼 흉측하게 변해버린 아내의 몸을 혐오하고 평생 자라지 않을 아이를 외면한 채 고통스럽게 늙어갔을 것이다.

언어를 잃어버렸다고 해서 그녀가 기억까지 지웠을 거라고 생각하지 않았다. 몸의 기억은 언어보다 집요하고 끈질겨서 숨이 끊어지기 전까지는 억지로 잘라낼 수 없었다. 한사코 좁고 어두운 공간으로 파고드는 이령을 보았을 때 그는 미로에 갇힌 것처럼 막막하고 두려웠다. 텅 빈 백지 같은 시선을 느낄 때마다 불안과 공포로 가슴이 서늘해졌다. 그는 이령에게 한 번도 발걸음을 한 적 없는 빈 공간이었다. 손때 묻은 가구가 놓이고 따뜻한 공기가 흐르고 음식 냄새가 배어 있지만 완벽하게 타자의 세계에 속하는, 무관심해서 의미가 없는 텅 빈 공간이었다.

하얀집에서 봄을 기다리는 것이 부질없다는 생각이 불쑥불쑥 고개를 쳐들 때마다 불안과 공포는 절망으로 바뀌었다. 그녀가 끝내 기억해내지 못할 거라고 생각하면 솟구치는 원망과 미움을 주체할 수 없었다.

앙상한 생강나무 가지마다 메마른 잎사귀가 매달린 늦가을에 쓰엉이 하얀집으로 왔다. 두 뺨이 홍옥처럼 빨간 여자가 찬 바람을 맞고 현관문 밖에 서 있었다. 그는 손을 뻗으면 만질 수 있을 만큼 가까운 곳에 서 있는 여자가 누구이며 무슨 일로 찾아왔는지 알고 있었다. 여자는 손님이 아니었다. 지시에 따라 요리를 하고 세탁과 청소를 해야 할 고용인이라는 사실이 그는 안타까웠고 한편으로 다행이라고 생각했다.

그는 추위에 떨고 서 있는 여자를 집 안으로 들이고 눈으로 거실 소파를 가리키면서 앉으라고 말했다. 여자는 머뭇거리면서 선뜻 자리에 앉지 못했다. 그는 여자에게 차를 만들어주고 싶었다. 따뜻한 차를 마시면서 몸을 녹일 수 있게 해주고 싶었다. 시간은 충분했다. 재촉하거나 간섭할 사람이 없었다. 여자가 발소리를 내지 않고 소파 쪽으로 걸어갔다. 그는 주방으로 가서 가스레인지에 찻주전자를 올렸다. 물이 끓는 동안 냉장고에서 유자차를 꺼내고 찻잔을 준비하면서 양손을 모으고 앉아 블라인드가 걸린 거실 통유리창과 문이 열려 있는 서재와 천장이 높은 거실과 주방을 차례차례 눈으로 더듬어 살피는 여자를 바라보았다.

여자를 불러들인 사람은 이령이었다. 이령은 그에게 여자의 아름다운 모습을 일깨워주고 바라보게 만들었다. 이령이 아니었다면 그는 평생 여자를 알지 못했을 것이다. 알려고 했을 리 없었다.

따뜻한 차 한 잔으로 추위를 녹이는 동안 여자는 장의 손님이었다. 찻잔이 비면 여자는 자리에서 일어나서 찻잔을 씻고 그를 위해 요리하고 세탁하고 청소를 해야 했다. 거실 테이블 위에 유자차가 넘칠 듯 가득 담긴 찻잔 두 개가 놓였다. 그가 찻잔을 집어서 여자에게 건넸다. 유자차는 달고 뜨거웠다. 그는 서두르지 않고 천천히, 흑갈색 눈동자를 반짝거리면서 입으로 찻잔을 가져가는 여자를 가만히 바라보았다.

그는 여자가 어려움 없이 한국어로 의사소통 할 수 있다는 이장의 말을 들었을 때 야릇한 흥분을 느꼈다. 여자는 그가 집을 짓기 오래전부터 마을에서 살고 있었다. 이장은 여자가 여느 촌부들과 다름없이 김치와 된장과 고추장을 담가서 먹고 음식 솜씨가 나무랄 데 없이 훌륭하다고 칭찬을 아끼지 않았다. 무엇이든 기꺼이 할 거라는 표정을 짓고 앉아 있는 여자에게 그는 이 층 다락방 문을 열지 말라고 주의를 주었다. 여자는 군말 없이 재빨리 고개를 끄덕였다.

여자가 빈 찻잔을 들고 장을 따라 주방으로 왔다. 냉장고에 있는 식재료로 무엇이든 만들어 달라고 말하자 여자의 얼굴이 환해졌다. 여자가 음식을 만드는 동안 장은 서재에 앉아 있었다. 찬바람을 맞고 서 있는 생강나무를 바라보았다. 코가 시릴 만큼 추운 방에서 따뜻한 차를 가져다주었던 이령을 생각했다. 아무 의심 없이 그녀를 안고 폭풍이 치는 바다 속으로 빠져 들어갔던 기억을 더듬었다. 하얀집에서 그는 언제까지라도 이령과 쾌락을 나눌 수 있을 거라고 믿었다. 그녀가 온전히 그의 것이라는 사실을 의심하지 않았다. 낯선 여자를 하얀집으로 불러들이게 될 줄 몰랐다. 여자의 붉은 뺨에 마음이 흔들릴 거라고 예상하지 못했다.

어둠과 정적 속에 홀로 남겨졌을 때 장은 기대와 긴장으로 얼굴이 발그레했던 여자의 얼굴을 떠올렸다. 조용하면서 단호했던 여자의 표정과 몸짓을 조바심치며 불러냈다. 낡고 거친 옷에 감추어져 있을 따뜻하고 부드러운 몸을 조심스럽게 더듬어서 만졌다. 이령의 단칸 셋방에서 그랬던 것처럼 그가 조금 운다고 해도 여자는 탓하지 않을 거라고 확신했다.

촌부의 아내 쓰엉이 규칙적으로 드나들지 않았다면 그는 위태롭고 불안하게 이어졌던 시간을 견디기 힘들었을 것이다. 쓰엉은 화려한 수사나 기교를 사용하지 않고 능숙하게 언어를 다룰 줄 아는 작가의 군더더기 없는 문장처럼 담박하면서 풍성한 음식으로 그를 위로해주었다. 조용하고 차분한 그녀의 성격을 닮은 음식을 먹었지만 그는 쓰엉을 알지 못했고 알아야 할 이유가 없다는 사실에 안심했다. 날이 저물면 어둠과 침묵에 싸이는 마을과 그곳에 살고 있는 사람들은 명명되지 않은 채 하나의 덩어리로 뭉쳐져 있는 존재였다. 쓰엉은 부피와 무게가 느껴지지 않는 덩어리에서 떨어져 나온 조각이었다.

쓰엉이 오는 날 아침이면 약속 시간을 기다리는 사람처럼 그의 시선이 자주 벽에 걸린 시계에 머물렀다. 벨이 울리면 서둘러 현관문을 열었지만 그는 짐짓 그녀의 시선을 외면했다. 일을 마치고 돌아갈 시간이 되면 그녀가 조금 더 머물러 있기를 바랐지만 최소한의 말로 통제했을 뿐이었다. 외진 마을에 머물러 살지 않았다면 그는 젊고 건강하지만 태생이 어디라고 온몸으로 말해주는 외국인 여자에게 관심을 가졌을 리 없었다. 그녀들은 친구나 이웃이 될 수 없는, 사진엽서에 찍힌 낯설고 이국적인 풍광 같은 존재였다.

그는 쓰엉이 외국인이라는 사실에 안심했다.

기껏해야 부지런히 몸을 움직이면서 세탁과 청소를 하고 음식을 만들어 상을 차렸던, 목소리 없는 그림자에 불과했던 쓰엉을 호명하고 불러들인 사람은 이령이었다. 아무런 공통점이 없는 두 사람은 오랫동안 한 집에서 살았던 사람처럼 다정하고 친근해 보였다. 그가 모르는 것을 공유하고 있는 듯 은밀하게 느껴졌다.

쓰엉이 세탁과 청소와 요리를 하는 동안 이령은 거실 소파에 앉아 있었다. 특별히 하는 일 없이 거실 통유리창 너머로 시선을 박고 있거나 손바닥으로 턱을 괴고 조용히 앉아 있었다. 쓰엉은 이령에게 무심하지 않았다. 건조까지 마친 세탁물을 꺼내 개키다가 젖은 걸레로 거실 바닥을 닦다가 김치찌개나 된장찌개에 넣을 두부를 썰다 말고 불현듯 잊었던 일을 떠올린 사람처럼 가스레인지에 찻주전자를 올렸다. 차를 끓이고 오렌지와 사과, 바나나 같은 과일을 보기 좋게 썰어서 접시에 담아 이령에게 가져다주었다.

쓰엉은 이령의 침묵을 불편해하지 않았다. 낯선 나라에서 살면서 한국말이 익숙해지기까지 그녀에게 언어란 소음이자 공포였을 것이다. 이제 쓰엉은 낯선 언어에 주눅 들거나 어려움을 느끼지 않았다. 침묵이 가져다주는 편안함을 알 수 있을 만큼 한국과 한국 사람들에게 익숙했다. 그녀는 더 이상 객이 아니라 주인처럼 보였다.

산골 마을에 집을 지었을 때 그곳에 쓰엉의 자리가 없었다. 그는 타인의 방문을 기다리면서 시계를 바라보게 될 거라고 짐작하지 못했다. 이령 아닌 다른 누군가를 갈망하게 될 거라고 상상하지 못했다. 이령은 묻지 않았다. 그를 탓하지 않았다. 쓰엉을 향한 그의 욕망을 눈치챘다고 해도 돌이킬 수 없었다.

신호가 바뀌자 그는 규칙에 저항하지 않고 가속 페달을 천천히 밟았다. 그는 아직 갈 곳을 정하지 못했다. 지하 주차장을 나와서 거의 30여 분 가까이 병원 주변을 빙글빙글 맴돌고 있었다. 24시간 영업을 하는 사우나 간판이 눈에 띄었을 때 그는 마치 그곳을 찾기 위해서 거리에서 시간을 보낸 것 같았다. 해가 저물면 간병인 여자가 아버지의 병상을 지켰다. 딱히 병원 가까운 곳에서 대기하고 있어야 필요가 없었지만 어디에 있든 마음이 불편하기는 마찬가지였다.

탈의실에서 옷을 벗고 벽에 걸린 둥근 시계를 힐긋 쳐다보면서 그는 서울과 캐나다의 시차를 생각했다. 10년 전 캐나다 토론토로 이민 갔던 누이는 어머니 임종을 지키지 못했다. 유방암 진단을 받고 수술과 투병을 하는 와중에도 어머니는 누이를 서둘러서 한국으로 불러들이지 않았다. 어머니는 당신이 회복할 수 있을 거라고 믿었던 모양이었다. 만약 아버지가 돌아가신 뒤에 전화를 하면 누이는 슬픔보다도 원망을 먼저 쏟아낼 게 분명했다. 이미 어제가 돼버린 시간을 살고 있을 누이에게 너무 늦지 않게 소식을 전하기 위해서 그는 휴대전화를 들고 통화 버튼을 눌렀다.

평일 오후였지만 사우나는 손님들로 북적거렸다. 타월에 비누질을 해서 몸을 씻고 그는 따뜻한 물이 가득 담겨 있는 온탕으로 들어갔다. 그는 그가 없는 집에서 젖은 걸레로 방과 거실의 먼지를 닦아내고 세탁과 건조를 마친 옷가지를 반듯하게 개키고 국과 찌개를 끓이고 반찬을 만들었을 쓰엉은 생각했다. 그가 없어도 쓰엉은 두 사람이 먹을 밥을 짓고 식탁 위에 두 벌의 수저를 올렸을 것이다. 그를 기다리면서 자주 벽에 걸린 시계를 쳐다보았을지도 모른다. 그는 텅 빈 앞마당을 오가면서 오지 않는 사람을 기다리느라 살이 말랐을 쓰엉에게 달려가고 있었다.

고기며 채소며 과일들로 빈틈없이 꽉 채워놓았던 냉장고가 텅 비기 전에 그는 하얀집으로 돌아가야 했다. 쓰엉이 만들어준 음식을 먹고 싶었다. 하얀집을 떠나고 싶지 않았다. 의심과 원망을 담은 여자의 커다란 두 눈을 더 이상 외면할 수 없었다. 설령 쓰엉이 기다리는 사람이 그가 아니라고 해도 그곳에 머물러 있고 싶었다.

저녁 10시가 지나서 장은 탕을 나와 수면실로 올라갔다. 부족한 수면과 온탕과 냉탕을 번갈아서 들락거리면서 오랫동안 목욕을 한 탓으로 그는 어디에든 등을 대고 눕기만 하면 곧장 곯아떨어질 듯했다. 카운터에서 받은 반바지와 티셔츠를 입고 휴대전화를 챙겼다. 이제 그는 시간에 상관없이 전화벨이 울리면 언제라도 군말 없이 받아야 할 처지였다. 입구에 검은색 커튼이 드리워져 있는 수면실 앞에서 부재중 전화를 확인하고 벨소리를 진동으로 바꿔놓으면서 그는 문득 이령과 마지막으로 전화 통화했던 때가 언제였는지 기억을 더듬어보았다.

머리맡에 둔 휴대전화가 진저리치듯 흔들렸다. 어둠 속에서 손을 뻗어 전화기를 집어 들고 그는 액정 화면에 떠오른 전화번호를 확인했다. 깜빡 잠이 들었다고 생각했는데 새벽 다섯 시였다.

새벽에 걸려온 전화는 누이도 정하도 간병인 여자도 아니었다. 저장되어 있지 않은 낯선 번호가 짜증스러웠지만 그는 잠깐 머뭇거리다가 통화 버튼을 눌렀다.

2

바람을 타고 날아온 불 냄새를 가장 먼저 맡은 사람은 박 노인의 벙어리 아들 강동주였다. 잠결에 그는 장작더미에 불꽃이 튀는 것 같은 소리와 볏짚 타는 냄새를 맡았다. 눈을 떴을 때 사방이 깜깜하고 조용해서 그는 한동안 가만히 그대로 누워 있었다. 마당과 그의 어머니가 자고 있는 건넌방은 어둡고 조용했다. 그는 자리에서 일어나 앉아 머리맡에 벗어둔 옷가지를 집어 주섬주섬 꿰어 입고 방을 나왔다.

불 냄새가 아니더라도 그는 습관처럼 잠을 깨곤 했다. 해가 저물면 술에 취한 종태를 둘러업거나 걸려서 컨테이너로 데려다주는 것이 그의 일상이었다. 무겁고 불편한 짐짝처럼 종태를 컨테이너에 부려놓고 집으로 돌아왔던 날이 3년 동안 지치지도 않고 되풀이되었다.

집을 나와서 논둑길을 발맘발맘 걸어가다가 문득 그는 멈춰 서서 비탈길 위쪽을 톺아보았다. 어둠 속에서 컨테이너 창문으로 얼룩처럼 새어나오는 불빛이 언짢고 불길했다. 이장 집에서 술을 얻어 마셨던 종태는 웬일인지 저 혼자 집으로 돌아가겠다면서 고집을 부렸다. 낮부터 술을 마셨지만 종태는 평소와 달리 몸을 가누지 못할 만큼 취하지 않았다. 그를 뿌리치고 혼자 돌아갔던 종태가 한밤중에 불을 밝혀놓고 쓰엉에게 욕설을 퍼붓고 매질을 하고 있을지도 몰랐다. 그는 종태의 손아귀에서 그녀를 빼낼 수 없었다. 그는 할 수 있는 일이 없었다. 설령 그녀가 눈앞에서 피를 흘리고 쓰러져도 지켜볼 수 밖에 없을 거라고 생각하면 가슴이 무너져내렸다.

마을 어른들은 해 질 녘이면 누구에게랄 것도 없이 고함을 치고 욕설을 내뱉는 종태를 드러내놓고 나무라지 못했고 딱하게 생각하면서도 불편한 마음을 감추지 않았다. 동정하고 안쓰러워하는 마음은 시간이 흐르면서 무디어졌다. 어른들은 종태가 하루라도 빨리 살아갈 길을 찾기 바랐고 기다렸다.

불이 났던 밤 쓰엉이 어디에 있었는지 종태가 물을 때마다 그는 팔을 뻗어 자신의 집이 있는 쪽을 가리켰다. 종태는 믿으려고 하지 않았다. 그년이 불을 지른 거야. 불을 내고 형님 집으로 도망친 거라고!

종태는 부정하기 위해서 물었고 언제나 같은 답이 돌아오는 것을 참지 못했다. 씨근벌떡거리며 술병을 깨고 행패를 부린다고 해서 종태가 듣고 싶어 하는 대답을 해줄 수 없었다. 쓰엉이 집에 불을 질렀다고 확신하면서도 종태는 그녀를 고향으로 돌려보내지 않았다. 종태는 평생 쓰엉을 괴롭히고 학대하려고 마음먹은 게 분명했다.

종태가 악심을 품은 것은 그녀뿐만이 아니었다. 집이 불타고 불길 속에서 어머니가 목숨을 잃은 것을 관목 숲 언저리에 집을 지은 도시 사람들 탓으로 돌렸다. 마을 어른들 중에서 도시에서 온 남자와 여자를 달가워하는 사람은 없었다. 논과 밭을 빌려 농사를 짓지 않았다면 그의 어머니 역시 드러내놓고 못마땅해했을지도 모른다.

드문드문 찾아와서 잠시 머물렀던 도시 사람들은 어느 날부터 그 집에 머물러 살기 시작했다. 그들은 이삿짐이 실린 트럭이 아니라 말끔하게 닦인 흰색 자동차를 타고 왔다. 아침에 남자가 집을 나가면 여자는 온종일 집 안에 있었다. 텃밭은 잡초가 무성했다. 언제부터인가 여자는 더 이상 씨를 뿌리지 않았다. 그의 어머니는 곡식이며 채소며 먹을거리를 외딴집 사람들이 먹고 남을 만큼 넉넉하게 구색을 맞춰서 가져다주었다.

"사람이 경우가 없으면 안 되는 법이제."

평생 남의 논과 밭을 빌려서 농사를 짓고 살았던 그의 어머니는 외딴집 사람들을 고맙게 생각하면서도 텃밭에 상추씨를 뿌리는 여자를 언짢아했다.

마을 밖에서 들어온 사람들을 의심의 눈길로 바라보는 것은 그의 어머니라고 다르지 않았다.

"젊은 사람들 씨가 마른 시골 동네에 뭐 할라고 집을 짓고 들어앉았을까나?"

마을 논과 밭은 온전히 마을 사람들 소유가 아니었다. 부동산 중개인을 통해 땅을 사들인 외지인들은 마을에 집을 짓지 않았다. 외지인에게 필요한 것은 땅이었을 뿐 정착해서 살아갈 집이 아니었다.

젊은 사람들이 귀하다고 해서 누구라도 호락호락 마을에 자리를 잡을 수 없었다. 산골 사는 사람들이 도시를 모르듯 그들은 마을 사람들에 대해서 무지했다. 마을의 질서는 도시와 달랐다. 외딴집 사람들은 쓰엉과 달랐다. 마을 사람들은 이제 겨우 걸음마를 뗀 어린아이에게 하듯이 일일이 가르치고 간섭하고 야단치고 주의를 줄 수 없어서, 손아귀에 쥐고 함부로 흔들어댈 수 없었기 때문에 언짢고 화가 났을 것이다.

쓰엉은 생각보다 훨씬 빨리 마을과 마을 사람들에게 적응하는 듯 보였다. 그는 한국말이 서툴러서 좀처럼 입을 열려고 하지 않았던 그녀가 시나브로 말문이 트이고 맵고 짠 음식이며 농사일에 익숙해져가는 모습을 안타까운 마음으로 지켜보았다. 해가 뜨면 쓰엉은 헐렁한 셔츠와 일 바지 차림으로 밭으로 나와서 부지런히 감자를 심고 풀을 뽑고 콩을 거두었다. 누군가 말을 붙이면 입가에 웃음을 지을 뿐, 땡볕 아래 온종일 일을 해도 힘들다고 불평하지 않았다.

그는 한동네에서 수십 년을 함께 살았던 종태를 부러워하거나 시기하지 않았다. 평생 학교 문턱을 넘어 보지 못했고 농사 아닌 다른 일을 해볼 엄두를 내지 못했지만 홀어머니를 모시고 산골마을에 사는 자신의 처지를 낙담하지 않았다. 그는 한자리에 뿌리박힌 나무였다. 늘 같은 자리에 있었지만 누구도 눈여겨보지 않는 존재였다.

그는 여자를 그리워하지 않았다. 마을에는 젊은 여자가 없었다. 꽃과 열매를 떨군 나무처럼 빈 가지로 긴 겨울을 나는 노파들은 봄이 와도 싹을 피울 수 없는 존재였다. 먼 나라에서 신부를 얻어서 장가를 든다는 소식을 전해 들었을 때 그는 뒤늦게 찾아온 종태의 행운을 질투하지 않았다. 세상에 태어날 때부터 그는 가일리에 뿌리박힌 채 고독하게 살아갈 운명이었다. 유년을 지나서 청년이 되고 장년으로 접어들 때까지 그를 상대해주었던 사람은 또래 친구가 아니라 마을 어른들이었다. 종태는 말 못하는 그의 유일한 친구였다. 그와 동갑내기인 승태가 집 밖으로 떠돌아다니면서 식구들 애를 끓였을 때도 종태는 진득하게 농사일을 돕고 어머니를 보살폈다. 헛된 꿈을 꾼다거나 게으름을 부리지 않았다. 묵묵히 열심히 살았던 보상으로 종태는 젊고 건강한 신부를 얻을 수 있었다.

이른 아침에 어머니가 밭으로 나가면 누이들은 잠이 덜 깬 얼굴로 밥을 먹고 학교로 갔다. 그는 논길을 따라 걷다가 뛰다가 자동차가 달리는 신작로에서부터 학교까지 한달음에 달려갔던 아이들 무리 속에 낄 수 없었다. 힘을 쓰는 놀이라면 누구보다 자신 있었지만 아무도 그의 이름을 불러주지 않았다. 아이들은 말 못하는 그가 듣지도 못할 거라고 짐작했다. 해가 떠 있는 동안 그는 들로 산으로 돌아다녔다. 숲은 말 못하는 그를 따돌리거나 밀어내지 않았다. 산자락을 따라 떨어져 있는 밤과 도토리를 줍고 상수리나무 잔가지가 통째로 툭툭 부러지는 계절이 지나면 해가 바뀌었다. 한 살 두 살 나이를 더해갔지만 그의 삶은 달라지지 않았다.

마을 젊은이들은 결혼하거나 직장을 얻거나 더러 상급학교에 진학해서 하나둘씩 도시로 떠났다. 떠난 사람들은 명절 같은 특별한 날이 아니면 돌아오지 않았다. 크고 넓었던 마을이 어느 순간 텅 빈 것처럼 한적해지고 종내 젊은 사람들을 찾아보기 어려워졌다.

그 여자, 쓰엉이 오기 전까지 마을은 무덤처럼 조용했다. 그녀는 봄이 오면 산기슭을 따라 피어나는 진달래꽃처럼 환하고 눈부셨다. 그녀가 나고 자랐다는 나라는 천국만큼이나 멀고 아득해서 가늠하기 어려웠다. 둥지를 잘못 찾아든, 길 잃은 새처럼 보이는 그녀를 마을 사람들은 호기심과 걱정과 의심이 뒤섞인 눈으로 집요하게 살폈다.

그는 꿈속에서 그녀의 다갈색 이마에 입 맞추었다. 불안과 두려움으로 흔들리는 커다란 눈동자와 경련을 일으키듯 습관처럼 웃음 짓는 붉은 입술에 차례차례 입을 맞추었다. 가녀린 몸을 살며시 끌어당겨서 품에 안고 심장 뛰는 소리를 들었다. 무게가 느껴지지 않는 몸을 안고 꽃냄새를 맡았다. 그녀는 아직 열매가 영글지 않은 어린 나무처럼 여리고 순결했다.

물을 수 없었지만 그는 쓰엉의 마음을 읽을 수 있었다. 불안과 두려움을 기대와 바람을 느낄 수 있었다. 그녀는 숨을 내쉬는 것처럼 익숙하고 자연스러웠던 자신의 언어를 숨기고 잊어야 할 운명이었다. 평생 소리 내어 말해본 적 없는 그와 다르지 않았다.

그는 발화되지 않은 그녀의 말을 신기하리만큼 똑똑하게 알아들을 수 있었다. 복화술을 하듯 어려움 없이 대답할 수 있었다. 그녀는 성년이 되기 전에 도시로 떠난 누이들과 다르지 않았다. 도시에서 일자리를 얻고 남자를 만나 결혼했던 누이들은 마을로 돌아오지 않았다. 그녀들은 아이 때부터 외진 마을을 떠나야 할 운명이었다. 불안과 두려움이 누이들의 발목을 붙잡지 못했다. 도시는 희망과 꿈이었고 위험을 각오해야 할 모험이었다.

쓰엉은 자신의 남편이 어떤 사람인지 알지 못했다. 평생을 살아야 할 마을과 마을 사람들에 대해서 아는 것이 없었다. 그가 한자리에서 내내 기다린 것을 알 리 없었다.

그는 꽃봉오리가 열리듯 살그머니 벌어진 그녀의 입에서 낯설면서 귀에 익은 말이 흘러나오는 것을 안타깝고 조마조마한 마음으로 지켜보았다. 낫을 쥔 손으로 풀을 베다가 밭고랑을 따라 거름을 주다가 문득 허리를 펴고 서서 높은 하늘과 산과 나무와 집과 길을 무연히 더듬던 그녀의 모습을 먼 곳에 서서 바라보았다.

그는 그녀의 시선이 미치지 않는 곳에 있었다. 무심코 그녀의 눈길이 가닿는 산이나 나무나 길 너머에 있었다. 눈앞에 서 있어도 그녀는 보려고 하지 않았다. 시어머니와 말수 적은 남편과 함께 그녀가 마을 가장 높은 곳에 있는 집에서 조용하고 평화롭게 살아갈 수 있다면 그는 평생 모르는 사람이어도 괜찮다고 생각했다.

쓰엉을 그의 집으로 보낸 사람은 종태였다. 종태는 그녀가 안전하게 숨어 있을 장소로 그의 집을 선택했다. 해가 저문 뒤

제대로 신을 꿰어 신지도 못한 채 그녀가 도망쳐 올 때면 그는 어머니 방에 군불을 지펴놓고 건넌방으로 들어가서 어둠 속에서 쥐죽은 듯 누워 있었다. 그녀가 새벽에 어머니 방을 나와 사립문을 나설 때까지 그는 잠들지 못했다. 그는 종태를 원망했고 손을 뻗으면 닿을 만큼 가까운 곳에 그녀가 있다는 사실에 안도했다.

그녀는 자주 그의 어머니 방으로 숨어들었다. 그녀가 도망쳐 오지 않는 밤에도 그는 그녀를 기다렸다. 꿈속에서 그는 그녀의 다갈색 이마에 입을 맞출 수 없었다. 상처로 얼룩진 몸을 어루만져주지 못했다. 이제 그는 모르는 사람일 수 없었다. 그는 트고 갈라진 그녀의 손을 잡고 마을을 벗어나서 끝도 없이 뻗어 있는 신작로를 따라 정신없이 내달렸다.

쉬지 않고 달렸지만 강과 호수는 좀처럼 눈앞에 나타나지 않았다. 그녀는 어디로 가는지 묻지 않았다. 햇살이 눈부시게 쏟아지는 투명한 강물을 눈으로 보기 전까지 그녀는 믿지 못했다. 그가 얼마나 간절히 그녀를 원하는지 알 수 없었다.

그녀는 고향 이야기를 해주지 않았다. 그녀가 나룻배에 손님을 태우고 노를 저어 강을 건너는 상상을 하기란 쉽지 않았다. 어머니 방 문 너머로 들려오는 낮게 가라앉은 그녀의 목소리가 단어를 고르느라 잠깐씩 끊겼다가 다시 이어질 때마다 그는 숨을 죽였다. 그는 언제까지라도 그녀가 그 방에 머물러 있기를 바랐다. 평생 그녀의 몸을 만질 수 없다고 해도 그녀의 눈빛이 다른 사람을 향해 있다고 해도 견딜 수 있었다.

3

그날 밤에도 그는 불 냄새를 맡고 잠을 깼다. 쓰엉의 비명과 울음소리가 먼저였을지도 모른다. 초저녁잠에 빠져 있었던 그는 되는 대로 옷을 주워 입고 한달음에 비탈길을 달려 종태 집으로 뛰어갔다. 사립문 밖에 쭈그려 앉아 있는 그녀를 본 순간 그는 검은 연기를 내뿜으면서 미친 듯이 타오르는 화염과 걷잡을 수 없이 번지는 불길 속에서 마을이 사라지는 환영을 보았다. 꿈속에서 그는 종태의 집에 수없이 불을 놓았고 불타는 집에서 쓰엉을 안고 나와 마을 밖으로 달아났다.

누군가 함부로 짓밟아 놓은 것처럼 야윈 어깨를 덮은 그녀의 머리카락이 잔뜩 헝클어져 있었다. 그는 찢어진 셔츠 틈으로 드러난 희고 단단한 유방을 외면할 수 없었다. 산기슭을 따라 피어나는 꽃처럼 환하고 눈부셨던 여자는 오래전에 사라지고 없었다. 그는 체념한 듯 넋을 놓고 앉아 있는 여자를 향한 안타까움으로, 종태와 종태 어머니를 향한 분노와 적의로 비틀거리면서 쓰엉에게 다가가서 손을 내밀었다.

쓰엉은 불 냄새가 나는 그의 손을 순순히 잡고 일어섰다. 그는 이제 곧 화염에 휩싸이게 될 종태의 집을 뒤로하고 그녀와 함께 비탈길을 내려왔다. 그는 한 손에도 가볍게 들릴 그녀를 품에 안고 자신의 집을 지나쳐서 신작로를 달리고 싶었다. 그녀를 가두고 있는 울타리를 단숨에 뛰어넘고 강과 호수가 눈앞에 나타날 때까지 달릴 수 있기를 바랐다.

지옥 같은 집이 불타 없어졌지만 그녀의 고통은 끝나지 않았다. 불길이 숲으로 번지고 마을의 집들을 차례차례 태우고 그녀마저 삼키지 않는 한 도망치거나 벗어날 수 없었다.

그는 끔찍한 화재의 잔해가 남아 있는 자리에 또 다른 폭력이 기다리고 있으리라고 짐작하지 못했다. 그녀가 살아 있는 한 결코 끝나지 않을 무자비하고 가혹한 형벌이었다.

이제 그녀는 도망쳐 올 수 없었다. 설령 종태의 손에 숨이 끊어진다고 하더라도 한 발걸음도 뗄 수 없었다. 죽음을 각오하고 달아나지 않는 한 그녀는 잔인한 폭력으로부터 벗어날 수 없었다.

모든 것을 빼앗긴 사람에게 남은 것은 의심과 증오와 복수심뿐이었다. 종태는 외딴집 사람들을 향해 복수의 화살을 겨누었다. 마을 외진 곳에 집을 지은 사람들은 외지인이라는 사실만으로 미움과 적의를 사기 충분했다.

그들은 눈치를 보거나 불편해하지 않았다. 남의 둥지에 날아든 새처럼 당황하거나 두려워하지 않았다. 그들은 조용하고 당당했다. 눈치가 없고 무례했다.

외딴집 여자는 아름다움이나 안타까움 같은 그가 느끼지 못했던 생소한 감정을 일깨워주었던 쓰엉과 달랐다. 여자는 그가 어린 시절부터 헤아릴 수 없이 많이 타고 넘었던 산과 들에서 보았던 나무와 꽃처럼 익숙한 존재가 아니었다. 여자가 텃밭에서 호박이며 고추며 상추며 채소를 길러 먹고 싶다고 말했을 때 그의 어머니는 생각처럼 호락호락한 일이 아니라고 대답하면서 머리를 내저었다. 그는 텃밭에 씨를 뿌리고 상추며 토마토며 고추며 작물을 재배하려고 하는 여자의 마음을 헤아리기 어려웠다.

아무리 오랜 시간이 흐른다고 해도 그들은 친숙해질 수 없는 존재였다. 마을 사람들이 외딴집 사람들을 꺼리는 까닭은 결코 좁혀질 수 없는 거리감 때문이었다. 어머니를 따라 외딴집 마당의 잡초를 뽑을 때 그는 사람의 발길이 닿지 않는, 그림처럼 조용한 집을 기웃거렸다. 외딴집은 대부분 비어 있었다. 그의 어머니 말처럼 여자는 텃밭을 일구고 부지런히 가꿀 만한 사람이 아니었다.

그는 외지인들이 조용히 마을을 떠나기를 바랐다. 그 집을 엿보는 쓰엉을 볼 때마다 마음이 조마조마했고 속이 타들어 갔다. 그는 쓰엉을 멈추게 해야 한다고 생각했다. 종태가 낫을 휘두르기 전에 그가 나서야 했다. 그의 어머니는 그들에게 아무것도 요구할 수 없었다. 그는 결코 여자를 괴롭히거나 해칠 마음이 없었다.

산밭에 씨감자를 심던 날 그는 뒷마당에 나와 서 있는 여자를 보았다. 가슴골이 드러난 셔츠와 하늘하늘한 치마를 입고 맨발에 샌들을 신은 여자가 숲길을 두리번거렸다. 머뭇거리다가 숲으로 걸어 들어가는 여자를 보고 그는 손에 호미를 쥔 채 산밭을 달려 내려갔다.

여자는 한가롭게 산책을 나온 것처럼 보이지 않았다. 무언가에 홀린 사람처럼 나뭇가지를 헤치며 길이 아닌 곳으로 걸어가고 있었다. 낫을 든 사내가 노리는 것을 알 리 없었다. 여자가 덫에 걸려들기 전에 위험을 알려야 했다. 서늘한 정적으로 꽉 차 있는 숲이 흔들릴 만큼 큰 소리로 고함을 질러야 했다.

낯설고 괴이쩍은 울음소리를 듣고 여자가 걸음을 멈추었다. 놀란 얼굴로 여자는 뒷걸음질 쳤다. 그는 여자가 달아나지 못하도록 두 팔을 움켜잡았다. 새처럼 푸드득거리는 몸을 끌어안았다. 작고 마른 여자는 조금만 힘을 주어도 금세 부스러져서 연기처럼 사라질 것 같았다. 그는 품에서 버둥거리는 여자를 안심시켜야 했다. 산골마을에 살고 있는 이방인 여자에 대해서 말해야 했다. 이방인 여자가 마을에서 쫓겨나기 전에 그들이 떠나야 한다고 이야기해주어야 했다.

여자는 그의 말을 귀 기울여서 들으려고 하지 않았다. 날카로운 비명을 질러대면서 필사적으로 몸을 비틀었다. 그는 흥분해서 날뛰는 여자를 진정시키려고 했다. 더 이상 소리치지 못하도록 입을 막았다.

여자는 숲길에 고꾸라진 채 미동을 하지 않았다. 그는 바닥에 떨어뜨린 호미를 집어 들었다. 죽은 듯 엎드려 있는 여자가 영영 깨어나지 않기를 바랐다. 두 번 다시 쓰엉을 외딴집으로 불러들이지 말아야 했다. 그는 산초나무에 몸을 감추고 서서 숨을 죽인 채 여자를 살피는 쓰엉이 멀리 달아나기를 기다렸다. 그녀는 이제 여자를 만나러 숲으로 오지 말아야 했다.

마을 사람들이 주의 깊게 살피고 있다는 것을 쓰엉은 종종 잊어버렸다. 그녀는 외딴집 사람들을 경계하지 않았다.

여자가 병원으로 실려간 뒤 외딴집에는 남자 혼자 남았다. 쓰엉은 주저하거나 망설이지 않고 외딴집을 기웃거렸다. 그의 어머니는 외딴집 현관문 앞에 감자며 고구마며 쌀이며 콩이며 작물을 가져다 놓았고 마당에 우거진 잡초를 베었다. 어머니는 그날 숲에서 어떤 일이 있었는지 묻지 않았다. 종태는 쓰엉을 제지하지 않았다. 그녀가 외딴집에 드나드는 것을 모르는 사람처럼 굴었다.

그는 한밤중에 외딴집에서 나오는 쓰엉을 보았다. 그녀는 두려워하거나 눈치를 보지 않았다. 여자가 돌아온 뒤 쓰엉은 오토바이를 타고 규칙적으로 외딴집에 드나들기 시작했다.

4

그는 관목 숲으로 번져가는 불길을 보았다. 불빛이 환한 컨테이너는 조용했다. 종태가 컨테이너에 없는 것을 알아챈 순간 그의 입에서 아무도 알아듣지 못할 욕설이 튀어나왔다. 그는 미친 듯이 비탈길을 내달리면서 고함을 질렀다. 길이 어둡고 이상하리만큼 조용해서 꿈속을 달리고 있는 듯한 착각이 들었다. 숲이 모두 타 들어갈 때까지 마을 사람들은 약속이라도 한 듯 꿈쩍도 하지 않을 것 같았다.

그날 밤 외지인 여자가 목숨을 잃고 이방인 여자가 마을 밖으로 쫓겨나서 영원히 돌아올 수 없게 될 거라는 사실을, 공포와 두려움 속에서 비명을 지르며 내달렸던 그는 알지 못했다. 그녀를 지키지 못했다는 죄책감과 절망감을 안고 평생 괴로워하며 살아가게 될 거라고 예상하지 못했다.

11. 그녀의 것이면서
그녀의 것이 아니다

1

낯선 사내들 앞에서 쓰엉은 머뭇거리고 더듬었다. 다그치고 위협하는 말을 제대로 알아들을 수 없었다. 십여 년 동안 유일한 언어였던 한국어는 날카로운 흉기가 되어 그녀를 위협하고 공격했다. 오래전 그때처럼 그녀는 두려움을 느끼면서 몸을 움츠리고 입을 다물었다.

쓰엉은 철제 탁자가 놓인 밀폐된 방에서 사내와 마주 앉아 있었다. 탁자 위에 그녀가 읽을 수 없는 책 한 권과 한 번도 둘러보지 못했던 갈색 실크 스카프가 놓여 있었다. 쓰엉은 사내가 책과 스카프에 대해서 묻고 있는 거라고 생각했다. 그것은 그녀의 것이면서 그녀의 것이 아니었다. 쓰엉은 네, 아니오라고 간명하게 답할 수 없었다. 그것이 어떻게 자신이 소유하게 되었는지 이야기하려면 수많은 단어를 기억해내야 했다. 길고 장황하게 설명해야 했다.

책과 스카프를 낯선 사내들에게 넘겨준 사람은 쓰엉의 남편 종태였다. 놀랍게도 그는 쓰엉이 책과 스카프를 숨겨놓은 곳을 정확하게 알고 있었다. 그는 책과 스카프 말고 그녀가 외딴집에서 훔쳐가지고 온 물건이 또 있을 거라면서 의심이 가득한 눈으로 좁은 방과 부엌을 두리번거렸다. 남편의 말이 사실이냐고 사내가 물었지만 쓰엉은 부정도 긍정도 하지 않았다. 그녀는 저항하지 않고 사내들을 따라 컨테이너 밖으로 나왔다. 보호자이며 고발자이며 증인이었던 남편이 그녀를 쫓아 나왔다.

낯선 사내가 운전하는 경찰차에 태워져서 비탈길 아래 이장 집을 지나고 마을을 빠져나와 경찰서에 도착할 때까지 쓰엉은 자신에게 어떤 일이 일어났는지 아직 전부 다 알지 못했다. 마을은 하룻밤 사이에 끔찍한 곳으로 변해버렸다. 그녀는 밤늦은 시간까지 남편을 기다리다가 불을 켜놓은 채 깜빡 잠들었다. 소방차 사이렌 소리가 정적을 가르고 날카롭게 울려 퍼졌다. 집이 불탔던 그날 밤처럼 남편은 그녀 곁에 없었다. 남편의 부재와 어둠 속에서 들려오는 불길한 소방차 사이렌 소리는 그녀가 상상할 수 있는 가장 끔찍한 기억을 떠올리게 만들었다.

쓰엉은 허둥지둥 방을 나와서 오토바이를 타고 비탈길을 내려갔다. 이장 집 앞에 웅기중기 모여 서 있는 노인들이 길을 따라 멀어지는 소방차를 바라보면서 수군거렸다. 관목 숲을 향해 내달리는 쓰엉의 귓가에 시어머니의 거친 목소리와 욕설이 이명처럼 울렸다.

소방차에 가로막혀서 쓰엉은 개울을 건널 수 없었다. 검은 연기를 내뿜으면서 타오르는 불길이 외딴집을 삼키고 숲으로 번져가고 있었다. 오토바이를 세우고 개울을 건너려고 하는 쓰엉을 제지한 사람은 소방관이 아니었다.

이장 문 씨가 쓰엉의 팔을 잡아끌면서 위험하다고 소리쳤다. 넋 나간 얼굴로 서 있던 동주 아저씨가 두 팔을 정신없이 내저으면서 무슨 말인가를 하려고 애썼지만 알아들을 수 없었다. 관목 숲을 뒤져서 그곳에 숨어 있을 남편을 찾아내야 했다. 외딴집 여자를 해치려고 기회를 엿보았던 남편이 불을 지른 게 분명하다고 털어놓아야 했다.

불길이 완전히 꺼져 들어갈 때까지 세 사람은 우두커니 선 채 움직이지 않았다. 뿌옇게 날이 밝았고 검은 잔해들이 남은, 더 이상 하얀집이라고 할 수 없는 외딴집 마당에서 쓰엉은 여자가 숲에서 사고를 당했을 때 아주 떠났어야 했다는 남편의 말을 떠올렸다. 이제 누구도 그곳에 집을 짓지 않을 거라는 사실을 깨달았다.

사내들은 창살에 가로막힌, 마룻바닥이 깔려 있는 곳에 쓰엉을 가두었다. 하루 세끼 밥이 나왔지만 그녀는 거의 먹지 못했다. 불어난 국수 가락이 담긴 설렁탕 그릇을 앞에 두고 쓰엉은 외딴집 여자에게 만들어주었던 잔치국수를 떠올렸다. 여자는 국수를 한 가락도 남기지 않고 먹고 바구니 안에 실크스카프를 넣어놓았다. 그녀는 외딴집을 나와 오토바이를 타고 개울을 건넌 뒤 멈춰 서서 비닐봉지를 풀었다. 스카프를 꺼내 손바닥으로 어루만지고 냄새를 맡았다. 구김살 하나 없이 새것으로 보이는 부드럽고 매끈한 스카프를 멍이 지고 상처로 얼룩진 목에 두를 수 없었다. 그것은 가질 수 있어도 읽을 수 없는 책과 같았다.

외딴집이 불탄 밤, 쓰엉은 책과 스카프를 꺼내 놓고 앉아 있었다. 날이 밝으면 외딴집으로 갈 수 있다는 사실을 의심하지 않았다. 여느 때처럼 청소와 세탁과 요리를 할 수 있을 거라고 생각했다. 남자는 돌아오지 않았지만 냉장고의 음식은 아직 충분히 남아 있었다. 냉장고가 텅 비어도 쓰엉은 음식 만드는 일을 그만둘 수 없었다. 이제 여자는 그녀가 밭에서 거둔 채소로 끼니를 잇게 될지도 몰랐다. 그녀와 똑같이 먹을 수밖에 없었다.

그녀는 용기를 내서 여자에게 말을 걸 수 있었다. 봄날 숲에서 어떤 일이 있었는지 묻게 될지 몰랐다. 쓰엉은 향기로운 여자의 목소리를 듣고 싶었다. 그녀가 알고 있는 것을 여자가 알고 있는지 확인하고 싶었다. 쓰엉이 말을 걸면 아무것도 보고 있지 않는 듯한, 빛과 사물이 담기지 않은 텅 빈 눈동자가 흔들리면서 긴 침묵을 깨고 거짓말처럼 말이 흘러나올 것 같았다.

쓰엉은 10여 년 전 남편을 따라 마을에 왔던 날로 돌아가서 이야기를 시작해야 했다. 한국 남자라는 사실 외에 정확하게 아는 것이 없었다고 말하면 여자는 깜짝 놀라서 두 눈을 동그랗게 뜨고 어떻게 그런 일이 가능한지 물을 게 분명했다. 그녀가 한국에 시집오기 전 고향에서 어떤 일을 했는지 누구와 살았는지 사랑했던 사람이 있었는지 여자는 차례차례 물을 것이다. 이제 늙어서 병이 들었을지도 모르는 할머니와 할아버지를 떠올리는 일은 힘겹고 슬픈 일이었다. 숫기 없는 꾸억을 차갑게 외면했던 기억을 떠올리면 미안하고 안타까웠다. 그녀가 고향을 떠나기 며칠 전, 꾸억이 광주리를 들고 할머니 집으로 찾아왔다. 감자며 호박이며 파파야와 람부탄이 든 광주리를 내미는 꾸억이 어이없고 한심해서 그녀는 하마터면 짜증을 낼 뻔했다. 할머니가 저녁을 함께 먹자고 말했지만 꾸억은 도망치듯 사라졌다. 그녀의 얼굴을 똑바로 바라보지 못하는 그가 어떤 생각을 하고 있을지 짐작할 수 없었다.

여자가 무엇을 묻든 쓰엉은 대답해야 했다. 봄날 숲에서 나누었던 말을 까맣게 잊은 여자를 탓하고 싶지 않았다. 지금 알고 싶어 하는 것을 그때도 궁금해했었다고 나무랄 수 없었다. 쓰엉은 여자가 외딴집에 머물고 있다는 사실만으로 안심이 되었고 충분히 만족스러웠다.

여자가 떠난 뒤 텅 빈 외딴집 마당을 서성였고 남편과 마을 사람들 눈을 피해서 한밤중이나 이른 아침에 그곳으로 가서 굳게 닫혀 있는 현관문이 열리길 바라면서 초조하게 서 있었다고 털어놓고 싶었다. 여자는 환하고 따뜻한 얼굴로 그녀를 맞아주었던 사람이었다.

외딴집을 기웃거리지 말라고 남편이 엄포를 놓았지만 그녀를 멈출 수 없었다. 남편을 속일 수 있다고 생각했다. 여자와 함께 있을 때 쓰엉은 부끄러움이나 죄책감을 느끼지 않았다. 그녀는 감시를 받으며 살려고 강을 건너 먼 나라로 오지 않았다. 복종과 체념을 원하지 않았다.

저녁이 되면 외딴집 창에 불빛이 환했다. 그녀는 남편의 경고를 무시하고 그곳으로 갔다. 이제 남편은 그녀를 지배할 수 없었다. 분노와 적의의 칼날을 오로지 자신을 향해서 겨누기를 바라면서 그녀는 관목 숲을 향해 오토바이를 달렸다.

여자가 숲에서 사고를 당했을 때, 쓰엉은 남편의 경고가 자신만을 향한 것이 아니라는 사실을 알아챘다. 마을 사람들은 여자를 해치려고 한 사람이 누구인지 알려고 하지 않았다. 꺼림칙한 낯빛으로 목소리를 낮추고 수군거리면서 숲에서 벌어진 사고를 조용히 덮어버렸다.

쓰엉은 여자가 돌아오기를 바라지 않았다. 여자가 다시 돌아와서 외딴집 창에 불이 켜지기를 기다렸다. 은밀하게 길을 비추어주었던 불빛이 사라지지 않기를 바랐다. 분노와 적의를 거두고 남편이 두려움과 죄책감으로 괴로워하기를 소원했다.

쓰엉은 외딴집 여자를 기다렸다. 박 씨 할머니는 마땅히 해야 할 일을 하는 사람처럼 외딴집 마당에 잡초가 우거지지 않도록 부지런히 풀을 베어주었지만 여자를 기다리지 않았다. 숲에서 어떤 일이 있었는지 쓰엉에게 말해주지 않았다. 할머니는 모든 걸 알고 있었고 아무것도 알지 못했다.

외딴집 창문에 불이 켜지고 현관문이 활짝 열렸을 때 그녀는 또다시 남편의 경고를 잊었다. 밝고 따뜻한 집에서 청소와 세탁을 하고 음식을 만들면서 그녀는 감쪽같이 숨어버린 여자를 찾으려고 두리번거렸다.

외딴집에서 쓰엉은 빈 공간으로 존재했다. 청소와 세탁과 요리를 하는 사람이 누구인지 숨어 있는 여자는 알려고 하지 않았다. 그녀가 오래전부터 외딴집 마당을 기웃거리면서 문이 열리기를 기다린 것을 알 리 없었다. 남편은 쓰엉이 규칙적으로 외딴집에 드나드는 사실을 알지 못했다. 그녀의 남편은 딴청을 피우고 일부러 모르는 척할 만한 사람이 아니었다. 절망과 자포자기에 빠진 그가 이제 더 이상 그들에게 관심을 갖지 않는 거라고 생각해버렸다.

부드럽게 씹히는 고기와 싱싱한 채소와 과일이 그의 마음을 누그러지게 만들었을 거라고 짐작했다. 그녀는 밤마다 남편의 손에 찢기고 멍이 들어도 아침이 되면 외딴집으로 갈 수 있다는 사실에 안도했다. 상처를 주는 것으로 그가 분노를 가라앉힐 수 있다면 그녀는 주먹질을 견뎌낼 수 있었다.

쓰엉은 이제 물을 수 없었고 여자는 대답할 수 없었다. 여자가 쓴 책을 훔쳤다고 고백할 수 없었다. 훔치고 싶었던 것은 책 한 권이 아니었다고 말할 수 없었다. 그림처럼 정막에 싸인 외딴집과 반듯한 외모에 그늘이 드리워진 남자를 보았을 때 쓰엉은 한국 남자와 단체 맞선을 보고 낯선 나라로 가게 될 날을 기다릴 때처럼 호기심과 기대로 가슴이 설레고 두근거렸다. 그녀는 삶이 호락호락하지 않고, 힘들이지 않고 쉽게 얻을 수 있는 것이 없음을 알고 있었다. 주어진 것에 만족하고 순응하며 살려면 고향집을 떠나지 말았어야 했다. 위험을 감수하고 강을 거슬러 올라가지 말았어야 했다. 새로운 세계를 꿈꾸는 대신 가난하고 비루하지만 안전한 삶을 선택했어야 했다.

외딴집은 아직 다 쓰이지 않은 책처럼 그 자리에 서 있었다. 그녀는 모든 길이 끊어진 것은 아닐 거라고 생각했다. 향기로운 차를 마시면서 그녀는 다시 강을 건너고 싶었다.

남자는 서두르거나 재촉하지 않았다. 마을 사람들처럼 명령하고 감시하려 들지 않았다. 그녀의 기다림을 남자는 알고 있었다. 얼마나 먼 길을 돌아왔는지 짐작하고 있었다. 남자가 건네준 달고 뜨거운 차 한 잔에 그녀는 위로를 받았다. 고달팠던 시간과 오랜 기다림을 보상받는 듯했다.

쓰엉은 꾸억의 손을 뿌리쳤던 일을 후회하지 않았다. 시간을 되돌릴 수 있다고 해도 또다시 꾸억을 외면하고 떠날 수밖에 없었다. 남편의 경고를 두려워하지 않고 끔찍한 일이 벌어질 줄 알면서도 외딴집으로 향한 발걸음을 멈추지 않았다. 잔인하고 무서운 형벌이 기다리고 있다는 사실을 여자에게 말하지 못했다.

그녀는 벼랑 끝에 서 있었다.

2

사내들은 더 이상 대답하라고 강요하거나 재촉하지 않았다. 아무도 그녀를 찾아오지 않았다.

시간이 얼마나 흘렀는지 알 수 없었다.

쓰엉은 사내들에게 이끌려서 그곳을 나갔고 다시 갇혔다. 다른 사내들이 질문을 퍼부었고 윽박지르면서 고함을 쳤다. 사내들의 말을 제대로 알아듣지 못했지만 그녀는 단지 책과 스카프 때문에 붙잡혀 온 것은 아닐 거라고 생각했다.

불이 났던 밤 어디에서 무엇을 하고 있었는지 사내가 물었다. 그녀는 집이라고 대답했다. 집이라는 단어를 떠올리고 발음하는 데 시간이 너무 오래 걸려서 초조하고 불안했다. 사내는 한국말을 제대로 알아듣지 못하는 그녀에게 화를 냈고 의심을 거두지 않았다.

밀폐된 작은 방은 춥고 갑갑했다. 마주 앉은 사내가 하품을 하고 손바닥으로 마른세수를 하면서 욕설을 내뱉었다. 거친 말투와 웃을 때조차 차갑고 냉정해 보이는 사내가 누구인지 그녀는 알지 못했다. 한국에서 만난 한국 사람들은 고향에서 메콩강을 건네주었던 관광객들과 달랐다. 호탕한 웃음이나 여유 따위를 느낄 수 없는 사람들은 그녀를 감시하고 속이고 조롱했다.

사내가 다시 입을 열었을 때 그녀는 깜짝 놀라서 귀를 의심했고 다시 더듬기 시작했다. 아무도 궁금해하거나 알려고 하지 않았던 것을 낯선 사내가 물어올 거라고 짐작하지 못했다. 고향이 베트남 어디이며 가족들이 무엇을 하고 살고 있는지 사내가 다시 물었을 때 그녀는 황토 빛깔 강물과 수로를 따라 노를 저어서 수상시장으로 몰려들었던 작은 배들과 할머니가 만들어주었던 퍼보찐과 묵 느엉과 뜨 언니를 떠올렸다. 뜨 언니는 끼엣과 결혼해서 아이를 하나나 둘 혹은 셋쯤 낳았을지도 몰랐다. 해가 뜨기 전에 수상시장으로 가서 바나나와 망고를 팔고 아이들을 키우고 있을 뜨 언니가 가끔 그녀를 생각했을지 궁금했다. 메콩강변에 음식점을 열고 싶어 했던 끼엣의 소망이 이루어졌다면 뜨 언니는 끊임없이 밀려드는 관광객들에게 요리를 만들어 팔면서 한 해 한 해 나이를 먹었을 것이다.

쓰엉은 고향을 떠나올 때보다 더 늙어버렸을 할머니와 할아버지 모습을 떠올리기 어려웠다. 할머니와 할아버지는 그녀가 아이였을 때부터 얼굴이며 목이며 손이며 주름이 자글자글했던 노인이었다. 사진으로 남아 있는 아버지처럼 오랜 시간이 흐른다고 해도 고향과 할머니와 할아버지 모습은 좀처럼 달라지지 않을 거였다.

그녀가 고향집을 떠나던 날 할아버지는 화가 난 사람처럼 입을 꾹 다문 채 손녀를 외면했다. 한국 남자와 맞선을 보고 결혼식을 올린 뒤 그가 데리러 올 날을 기다리면서 불안하고 초조한 날을 보냈을 때 할아버지는 한마디 말도 하지 않았다. 할아버지는 겁 없이 바다를 건너 낯선 나라로 가려고 하는 그녀를 붙잡을 수 없다는 사실을 알고 있었다. 그녀의 앞날이 편안하고 행복할지 불길하고 고달플지 알 길이 없어서 견디기 힘들었을 게 분명했다.

그녀는 늙고 야윈 할아버지 모습을 떠올리는 것이 고통스러웠다. 모르는 사람들에게서 벗어나고 싶었다. 사내들이 반복해서 묻는 말에 명확하게 대답한다고 해도 그녀는 집으로 돌아갈 수 없었다. 그녀의 죄는 책과 스카프를 훔친 것이 전부가 아니었다.

사내는 그녀가 재판을 받아야 한다고 말했다. 그녀가 순순히 사실을 자백하든 그렇지 않든 법정에 서야 한다고 했다. 만약 외딴집에 불을 질렀다고 자백한다면, 3년 4개월 전 시어머니와 남편과 함께 살았던 집에 불을 지른 사실을 그녀가 순순히 털어놓는다면 재판을 받고 감옥에서 갇혀 살아야 할 시간이 조금이나마 줄어들 거라고 말했다.

사내는 아직 하고 싶은 말이 많아 보였다. 이룰 수 없는 헛된 꿈을 품고 고향을 떠나온 그녀를 질책하는 눈빛이었다. 착하고 순박한 한 남자의 삶을 망가뜨리고 조용하고 평화로운 마을을 끔찍하게 파괴시켜버렸다고 그녀를 비난하고 있었다.

사내는 그녀의 고향과 할아버지와 할머니, 꾸억과 뜨 언니에 대해서 알고 싶어 하지 않았다. 활활 타오르는 불길처럼 사그라지지 않는 기대와 열망을 안고 새로운 삶을 꿈꾸었던 그녀가 돌이킬 수 없는 죄를 지었다는 사실을 순순히 털어놓기를 바랄 뿐이었다. 남편을 불행에 빠뜨리고 마을에 재앙을 가져온 그녀가 마땅히 법의 심판을 받아야 한다는 사실을 확인시켜주고 독촉하고 있었다.

쓰엉은 남편이 찾아오기를 기다렸다. 그가 만나러 올 것 같아서 두려웠다. 그녀가 불을 지르지 않았다고 말해줄 수 있는 사람은 책과 스카프를 숨겨놓은 곳을 알고 있었던 남편뿐이었다. 그는 모든 것을 알고 있었다. 그녀의 일거수일투족을 감시하고 있었다.

그녀는 이장과 박 씨 할머니와 동주 아저씨를 차례로 떠올렸다. 말 못하는 동주 아저씨는 그녀를 도울 수 없었다. 이장문 씨는 한 번도 그녀 편이었던 적이 없었다. 그는 지난 10년 동안 충실하게 감시자의 역할을 해왔을 뿐이었다. 그녀는 주의해서 살펴야 했던 이방인이었다. 박 씨 할머니는 낯선 사람들 앞에 나서려고 하지 않을 게 분명했다. 할머니가 모든 걸 알고 있다고 해도 달라질 것이 없었다.

집이 불타고 시어머니가 죽었을 때처럼, 외딴집 여자가 숲에서 사고를 당했을 때 그랬던 것처럼 할머니는 외면하고 침묵할 것이다. 감추고 덮으려고 할 것이다.

3

아무도 쓰엉을 찾아오지 않았다. 사내들은 더 이상 그녀를 작은 방으로 불러내지 않았다. 두꺼운 옷을 여러 벌 껴입지 않아도 춥지 않을 만큼 바깥 날씨가 따뜻해졌지만 그녀는 알지 못했다.

컨테이너처럼 좁은 곳에 그녀는 온종일 갇혀 있었다. 밥을 먹고 우두커니 앉아 있다가 얇은 담요를 덮고 밤새도록 꺼지지 않는 불빛 아래 웅크리고 누워 있었다. 꿈속에서 그녀는 박씨 할머니와 동주 아저씨를 따라 산밭에 씨감자를 심거나 쨍쨍 내리쬐는 햇볕 아래서 감자를 캤다. 대바구니를 들고 산나물을 뜯으러 가면 할머니는 머리칼이 하얗게 센 노인이라는 것을 믿을 수 없을 만큼 걸음이 날랬다. 쓰엉은 명아주 잎과 취나물을 대바구니가 가득 차도록 뜯었다. 할머니가 산자락을 따라 납작하게 돋아나 있는 키 작은 풀과 꽃 이름을 일러주었지만 그녀는 전부 기억하지 못했다.

앵초, 봄맞이꽃, 제비꽃, 양지꽃…….

쓰엉은 붉고 노랗고 희고 보라색 빛깔을 띤 풀꽃들을 밟지 않으려고 조심하면서 산을 올랐다.

애기똥풀, 며느리밥풀꽃, 옥잠화…….

그녀의 시선은 가느다란 가지에 아슬아슬하게 매달려 있는 노랗거나 붉은 꽃에 머물렀다.

날이 추워지기 전에 배추를 절여서 김장을 담그고 메주콩을 삶아 메주를 띄우면 긴긴 겨울을 날 수 있는 준비가 끝난 셈이었다.

시어머니가 죽은 뒤로 쓰엉은 박 씨 할머니 집에서 겨울나기를 준비했다. 산밭에서 뽑아 온 배추와 무가 산더미처럼 쌓여 있는 마당에 앉아서 배춧속을 갈라 굵은 소금을 뿌리고, 알맞게 절여진 배추를 물에 헹궈서 물기를 빼 김치 소를 넣을 때 그녀는 박 씨 할머니의 딸이고 손녀였다. 그녀는 할머니와 마주 앉아서 맷돌로 간 메주콩을 네모 난 틀에 넣고 꾹꾹 눌러서 메주를 만들었다. 동주 아저씨가 부엌 아궁이에서 꺼내 온 감자와 고구마를 까 먹고 국화차를 마셨다.

산밭에서 뽑은 배추와 무를 집으로 나르고 김장독을 깨끗이 씻어 말리고 배추침치를 독 안에 꾹꾹 눌러 담았던 사람은 동주 아저씨였다. 그는 한 가마니가 넘는 메주콩을 무쇠솥에 넣어 삶고 맷돌로 갈았다. 부엌 아궁이에 장작불을 지피고 가을에 따다가 말리고 덖어놓았던 산국과 감국 잎으로 차를 끓였다.

그는 산속을 뒤져서 캐 온 어른 손바닥만 한 능이버섯을 처마 밑에 두고 말렸다. 삼지구엽초며 방가지 풀이며 민들레 이파리를 뜯어서 밥상에 올렸다. 산을 타고 밭일을 하고 할머니를 도와 부엌일을 할 때 그는 젊고 건강한 사내였다. 그는 술과 담배를 하지 않았고 밥을 먹으면 언제나 습관처럼 차를 마셨다.

그의 몸에서 흙냄새가 났다. 풀 냄새와 꽃향기와 나무 냄새가 났다. 그는 크고 믿음직스러운 바위였다. 한자리에 뿌리내린 오래된 나무였다.

쓰엉은 평생 한마디 말도 하지 못하고 살았을 그의 생을 짐작할 수 없었다. 침묵으로 살았을 시간이 궁금하지 않았다. 무거운 돌덩어리에 눌려서 발화하지 못하는 그의 목소리를 상상하지 않았다.

그와 함께 있을 때 쓰엉은 고향집에 와 있는 듯 편안했다. 그는 아무것도 요구하지 않았다. 요구할 수 없었다. 그녀를 갈망하면서 선뜻 다가오지 못했던 꾸억처럼 조용히 침묵했다.

그는 바람이었다. 높은 하늘이었다. 언제라도 들이마실 수 있는 신선한 공기였다. 그녀는 종종 그가 거기에 있다는 사실마저 까맣게 잊었다.

그녀는 들이며 산자락을 따라 다투어서 피어났던 풀꽃들이 이미 시들어 말라버린 것을 알지 못했다. 그녀가 있는 곳이 어디이며 어느 곳으로 가게 될지 아무도 말해주지 않았다. 한 걸음도 자유롭게 뗄 수 없었다. 외딴집과 외딴집 여자는 쓰엉이 다다를 수 없는 세계 저편으로 사라지고 보이지 않았다.

12. 여자가 농담처럼 나타났다가 사라졌다

1

그녀를 손짓해 부른 것은 털이 검은 짐승이 아니었다. 날카로운 부리를 가진 커다란 새가 아니었다. 사람들 발길이 닿지 않는 숲은 풍경처럼 거기에 있었다. 이령은 아름다운 여자를 쫓아 숲으로 갔다. 낡고 해진 옷을 입어도 숨길 수 없는 아름다운 몸을 눈으로 더듬을 때마다 그녀는 숨이 거칠어지고 심장이 떨렸다. 여자의 나룻배를 타고 강을 건너고 싶었다. 나룻배에 여자를 태우고 숲을 지나고 싶었다. 이령이 여자와 입을 맞추고 눈을 맞추고 강과 호수를 바라본 곳은 숲이었다.

풀꽃이 지천으로 깔린 숲 언저리를 서성이다가 이령은 관목 숲으로 통하는 오솔길로 걸어 들었다. 숲길은 끊어질 듯 이어지다가 어느 순간 막혀 있었다. 산초나무와 땅두릅과 인동 덩굴이 우거진 숲에서 이령은 길을 잃고 서 있었다. 하얀 꽃이 피어 있는 조팝나무 주위로 고약한 냄새가 진동했다. 숲은 서늘하고 축축했다.

먼 곳에서 새 울음소리가 들렸다. 상상할 수 없을 만큼 몸집이 커다란 새가 우짖는 소리가 불길했다. 공포와 두려움에 사로잡힌 채 이령은 멈춰 서서 사방을 두리번거렸다. 무시무시한 형상의 사나운 짐승이 금방이라도 눈앞에 모습을 드러낼 것 같았다.

숲에 무엇이 숨어 있는지 이령은 알지 못했다. 그녀는 어느 날 불쑥 허락도 없이 발걸음을 내디딘 침입자였다. 마을에 무엇이 있는지 그녀는 알려고 하지 않았다. 사람들이 몸을 낮추고 숨을 죽이면서 엿보고 있었지만 그녀는 알지 못했다. 돈을 주고 땅을 샀다고 해서 함부로 마을에 집을 짓고 살 수 없다는 것을 까맣게 몰랐다. 먼 옛날부터 외지인의 발길이 닿지 않았던 마을과 그곳에서 대를 이어 살아가는 토박이들이 결코 호락호락하지 않다는 사실을 알지 못했다. 산골마을의 기력이 쇠한 노인들은 이미 죽어버린 사람들이 그래왔던 것처럼 외부로 통하는 문을 단단히 잠가버렸지만 그녀가 알 리 없었다.

하얀집을 짓고 집들이를 했던 날 그녀가 장에게 생강나무를 선물로 달라고 했던 말을 전해 듣는다면 그들은 아마도 싸늘하게 웃을 것이다. 머물러 있는 날보다 비어 있을 때가 더 많았던 하얀집을 마을 사람들은 날마다 살피고 경계했고 설령 위험에 빠진다고 해도 그녀를 도와줄 사람은 없었다.

그녀는 강을 건너 낯선 나라로 시집온 외국인 여자와 다르지 않았다.

이령은 창 너머로 여자를 보았다. 여자는 하얀집을 지나서 산밭을 오가는 노파와 노파의 아들로 보이는 사내와 함께 왔다. 종종 떡이며 쌀이며 감자와 고구마며 먹을거리를 가져다주는 노파에게 이령은 외국인 여자가 누구냐고 묻지 않았다. 단단한 체구에 눈망울이 순해 보이는 오십 대 중반을 훌쩍 넘긴 듯한 사내와 아직 서른 살이 되지 않았을 젊고 아름다운 여자가 부부라도 해도 이상할 것이 없었다.

사내는 걸음이 날랜 노파를 그림자처럼 따라다녔다. 노파와 함께 하얀집 마당을 지날 때마다 거실 창에 드리워져 있는 블라인드 틈으로 하얀집을 엿보거나 굳게 닫혀 있는 현관문과 이 층 다락방 쪽창을 올려다보거나 하는 여자를 사내가 근심 어린 눈으로 바라보았다.

시골마을에서 흔하게 볼 수 있는, 품이 넉넉한 긴 팔 셔츠와 헐렁한 일 바지 차림에 밀짚모자를 눌러쓴 여자의 모습은 고즈넉한 풍경 속에서 낯설고 이질적으로 도드라져 보였다. 여자는 노파와 사내가 있는 풍경 속으로 자연스럽게 섞여들지 못했다. 여자는 이령이 상상했던 여느 외국인 신부와 달랐다. 낯선 나라로 시집와서 외로움을 견디며 살고 있는 어수룩한 여자처럼 보이지 않았다. 이령은 한여름 햇빛처럼 날카롭고 강렬하게 시선을 파고드는, 매혹적이고 도발적인 여자의 아름다움을 외면하거나 거부할 수 없었다.

이령이 여자를 처음 본 곳은 하얀집 마당이 아니었다. 여자는 장이 운전하는 자동차를 타고 마을을 오가면서 보았던 차창 너머의 풍경 속에 있었다. 이령은 목에 수건을 두르고 챙이 넓은 밀짚모자를 쓴 여자가 산나물이 담긴 광주리를 들고 흙길을 걸어가는 모습을 홀린 듯 바라보았다.

어느 날 여자는 긴 머리카락을 바람에 흩날리면서 오토바이를 타고 지나쳐갔다.

"저기, 저 여자……."

차창 밖을 가리키면서 이령이 말했을 때 여자는 이미 시야에서 사라지고 보이지 않았다.

노인들만 이따금씩 지나다니는 조용한 마을길로 불쑥 튀어나온 여자의 모습은 실수로 잘못 끼워 넣은 영화의 장면처럼 뜬금없었다.

여자는 농담처럼 나타났다가 사라졌다.

이령은 눈앞에서 사라진 여자를 안타깝게 기다렸다. 이령은 어느 날 불쑥 머릿속으로 날아든 여자가 누구인지 알지 못했다. 이름조차 알지 못하는 여자를 만나고 싶어서 이령은 장에게 하얀집에 머물면서 소설을 쓰겠다고 말했다.

하얀집에서 머물러 살기 시작하면서부터 이령은 이따금 여자를 볼 수 있었다. 언제나 무채색의 낡고 헐렁한 옷을 걸치고 머릿수건이나 밀짚모자로 윤기가 흐르는 긴 머리카락을 감춘 여자를 보기 위해서 이령은 아침에 눈을 뜨면 서재로 가서 창을 활짝 열어놓았다.

어느 날 이령은 밀짚모자를 쓰고 하얀집 마당에 서 있는 여자를 보았다. 여자의 발치에 산나물이 담긴 대바구니가 놓여 있었다. 노파와 사내는 보이지 않고 웬일인지 여자 혼자였다. 햇빛이 환한 마당에서 여자는 사방을 두리번거리며 무언가를 쫓고 있었다. 여자가 장화를 신은 발을 한 걸음 앞으로 내디디면서 무언가를 잡으려는 듯 두 팔을 벌리고 허공을 휘저었다. 노랑나비 한 마리가 여자의 머리 위로 날아올랐다가 눈앞에서 사라졌다. 여자는 두 팔을 떨어뜨리면서 이령이 알아들을 수 없는 말을 중얼거렸다. 노랑나비를 놓쳤지만 여자는 어쩐 일인지 해맑게 웃고 있었다. 마당에 나비가 날고 있었지만 여자는 다시 손을 뻗지 않았다.

현관 밖으로 나와 서 있는 이령과 눈이 마주쳤을 때 여자는 수줍어서 눈을 내리뜨거나 고개를 돌려 외면하지 않았다. 여자는 목에 걸려 있는 수건을 손으로 끌어당겨서 이마의 땀을 닦았고 여전히 웃는 얼굴로 호기심 많은 아이처럼 이령의 눈을 똑바로 쳐다보면서 인사했다.

안녕하세요.

여자는 쭈뼛거리거나 우물대지 않고 발음이 분명한 한국어로 말했다. 강물처럼 투명한 목소리를 듣고 이령은 저도 모르게 여자 앞으로 한 걸음 다가섰다.

이령은 여자가 목이 마를지도 모른다고 생각했다. 집으로 들어가서 차가운 물을 한 잔 가져다주고 싶었다. 여자를 집 안으로 들여서 과일을 깎고 차를 끓여 대접하고 싶었다. 서재에 나란히 앉아서 창 너머로 보이는 생강나무와 개울과 길을 함께 바라보고 싶었다.

여자가 군데군데 흙이 묻어 있는 산나물 바구니를 집어서 이령에게 내밀었다.

내가 뽑은 산나물입니다.

얼떨결에 바구니를 받아 든 이령에게 여자는 마치 비밀을 알려주듯이 흑갈색 눈동자를 반짝이면서 조용히 말했다.

산에 가면 많이 있습니다. 나는 다시 뽑아 오면 됩니다. 맛있습니다.

여자는 이령의 대답을 기다리지 않고 몸을 돌려 산밭으로 난 길 쪽으로 뛰어가 버렸다. 여자의 모습은 금세 눈앞에서 사라졌다. 노랑나비를 놓치고 해맑게 웃던 여자는 그곳에 없었지만 돌돌돌 맑은 물이 흐르는 듯한 경쾌한 목소리가 귓전을 맴돌았다.

이령은 산나물을 비닐에 담아 냉장고에 넣고 흙 묻은 대바구니를 씻었다. 바구니를 말려두었다가 여자가 다시 오면 돌려주고 차가운 물을 한 잔 대접하는 것을 잊지 말아야겠다고 생각했다. 좋아하는 음식이 무언지 누구와 함께 먹는지 묻고 싶었다.

이령은 물에 깨끗이 헹군 대바구니를 햇볕이 잘 드는 주방 창가 쪽에 엎어놓고 집 안을 둘러보았다. 여자가 없는 집은 주인없이 오랫동안 비워둔 곳처럼 적막했다.

대바구니가 바짝 말랐지만 여자는 오지 않았다. 여자가 없는 집에서 이령은 밥을 먹고 차를 마시고 해가 저물고 어둠이 내릴 때까지 창 너머로 보이는 길을 눈으로 좇았다. 바구니를 받을 때 스치듯 닿았던 손의 감촉을 떠올리면서 이령은 몸을 떨었다. 여자의 작은 손은 매끄럽지 않았다. 굳은살이 박이고 트고 갈라진 손이 닿았던 순간 이령은 헐렁한 셔츠와 일 바지 속에 감추어져 있는 여자의 몸을 만진 듯 얼굴이 홧홧했다.

마당에 나비가 날았지만 여자는 오지 않았다.

여자는 생강나무처럼 한 곳에 뿌리를 내린 존재가 아니었다. 언제라도 볼 수 있는 나무와 풀이 아니었다. 초조하게 기다리는 이령의 마음을 여자가 알 리 없었다.

사랑은 농담에서 시작되었다. 장은 이령이 장난처럼 던진 농담을 유혹으로 받아들였다. 우울하고 심각한 얼굴로 현관문 밖에 서 있는 남자를 보았을 때 이령은 그가 차 한 잔 마시려고 찾아오지 않았을 거라고 생각했다.

섹스는 한 잔의 차를 나누어 마시는 일처럼 자연스러웠다. 이령은 진지하고 심각한 얼굴로 냉기가 가득 찬 방으로 들어온 남자를 실망시키고 싶지 않았다. 노트북컴퓨터 모니터 화면의 커서가 깜빡거렸다. 이령은 불쑥 끼어든 남자로 인해서 아직 끝내지 못한 소설이 엉뚱한 방향으로 흘러가게 될지도 모르겠다고 생각했다.

그는 농담을 그저 흘려듣거나 웃어넘기는 남자가 아니었다.

그녀는 농담에서 비롯된 사랑의 감정을 밀어내지 못했다. 수없이 머뭇거리고 뒷걸음치면서 더 이상 농담일 수 없는 낯선 감정에 붙들려 있었다. 불쑥 끼어든 침입자와 같은 감정 때문에 그녀는 혼란에 빠졌다.

이령은 작고 초라한 방에서 장을 기다렸다. 계단을 내려오는 발걸음소리가 들리면 서둘러 현관문을 열었다. 찻잔 가득 달고 뜨거운 차를 담아 가져다주고 그가 입김을 불면서 천천히 마시는 모습을 바라보았다. 그는 아이처럼 순하게 차를 마셨고 투정을 부리듯 그녀의 몸을 파고들었다. 그녀는 비누 냄새가 나는 그의 짧은 머리카락과 짙은 눈썹과 그늘이 드리워져 있는 눈동자와 뺨을 어루만졌다. 그녀는 그를 알고 싶었고 알고 싶지 않았다.

그가 외진 마을에 집을 짓고 청혼했을 때 이령은 무르거나 없었던 일로 할 수 없는 농담에 다시 농담을 얹었다. 그가 모르는 아름다운 여자를 생각했다.

하얀집 뒤뜰에 서 있는 생강나무는 그가 주거나 그녀가 받을 수 없었다. 장이 집을 짓기 오래전부터 봄이 오면 꽃을 피우고 가지마다 다발로 뭉쳐서 피어난 샛노란 꽃송이가 마을 구석구석으로 알싸한 냄새를 날려 보냈을 나무였다. 생강나무는 공기와 바람, 강물과 햇빛처럼 그와 그녀가 소유할 수 없었다.

그는 어리석은 남자였다. 쇠락하고 사라지게 될 감정에 붙들린 채 꼼짝하지 못하는 아둔한 사람이었다. 그녀는 소유하고 지배할 수 있을 거라고 터무니없이 자신하는 그를 비웃지 못했다.

장을 떠나 멀리 달아난다고 해도 그녀는 해마다 봄이 오고 도심의 담장을 따라 노랗고 붉은 꽃이 피어날 때마다 생강나무 꽃냄새를 맡을 수 있었다.

아름다움을 붙잡을 수 있다면 이령은 어떤 일이라도 할 수 있었다. 평생 가난과 외로움 속에서 살아야 한다고 해도 두렵지 않았다. 그녀는 벗어나려고 할수록 그악스럽게 엉겨 붙는 속악한 감정으로부터 자유로웠다.

그녀는 농담을 거두고 오해를 풀었어야 했다.

2

하얀집으로 불쑥 찾아온 손님은 여자가 아니라 마을 이장이었다.

정수리가 드러난 숱 적은 흰 머리카락을 단정하게 빗질해서 넘긴 이장은 집을 짓고 수년 동안 한 번도 인사치레를 하지 않았던 장과 이령에게 언짢은 말을 하려고 단단히 벼르고 찾아온 사람처럼 보였다.

불쑥 찾아온 이장을 짜증스러운 속내를 비치지 않고 장은 정중하고 깍듯하게 맞았다. 막걸리 두 병을 들고 온 이장에게 이령은 접시에 딸기를 담아 가져다주었다. 막걸리 한 잔을 마신 뒤 자신이 가일리에서 이십 년 가까이 이장을 맡고 있다는 말로 그는 운을 뗐다.

소파에 앉아서 가끔씩 고개를 끄덕였지만 장은 이장의 말을 주의 깊게 듣지 않았다. 마을에 살고 있는 누군가가 예고 없이 찾아와 현관 벨을 누르고 소파에 앉아 술을 마시면서 길고 지루하게 떠들어댈 거라고 예상하지 못했던 것은 이령 역시 마찬가지였다. 큰 목소리로 혼자 떠들다시피 하는 사람은 서재 창 너머로 보았던 노파와 사내와 외국인 여자가 아니었다. 처음 보는, 낯설고 늙은 노인이었다.

이장이 나이와 직업을 묻자 장은 불쾌한 내색을 하지 않고 재빨리 대답했다. 망설이거나 머뭇대지 않고 거침없이 튀어나온 장의 말이 엉뚱했다. 집을 짓고 파는 일을 한다는 장의 대답을 듣고 이장이 말없이 고개를 주억거렸다. 수백 채가 넘는 집을 짓고 팔았던 사람은 장이 아니라 장의 아버지였다.

막걸리 두 통을 혼자 전부 마신 뒤 집에 술이 있는지 묻는 이장에게 장은 미리 준비하고 있었던 것처럼 술을 전혀 마시지 않는다고 또 한 번 거짓말을 보탰다.

빈 잔을 손에 들고 횡설수설하는 이장에게 이령은 무심결에 하얀집 마당을 지나 산밭으로 가는 노파와 사내와 외국인 여자를 보았다고 말했다.

여자는 산골마을에 시집온 베트남 신부였다.

쓰엉.

9년 전 마을의 나이 많은 총각과 결혼해서 한국으로 온 여자는 여태도 그녀의 고향에서 부모가 지어주었을 이름으로 불리고 있었다.

여자는 노파의 며느리가 아니었다. 이장은 노파의 아들이 벙어리고 여자의 시집에 화재가 나서 시모가 죽었고 그녀의 남편은 술로 세월을 보내고 있다고 말했다.

불이 났던 밤 여자는 시집이 아니라 노파 집에 있었다. 이장은 하필이면 그녀가 노파의 집에 숨어 있을 때 화재가 나서 꺼림칙하다고 말했다. 흑갈색 눈동자를 내리뜬 채 좀처럼 속내를 드러내지 않는 여자는 한국어를 거의 알아듣지 못했던, 마을 사람들 모두 너나 할 것 없이 걱정했던 예전의 어수룩한 숫보기가 아니었다.

사람들은 눈치 빠르고 몸이 재바른 여자가 오래전부터 아기 울음소리가 사라진 마을에 기쁜 소식을 가져다줄 거라고 믿었다. 그것은 비단 여자의 남편과 시어머니만의 바람이 아니었다. 속절없이 나이를 먹어가는 여자와 여자의 남편을 보면서 마을 사람들은 재촉하고 염려했고 마을의 불운을 한탄했고 예측할 수 없는 여자의 운명을 되는 대로 넘겨짚었다.

성미 급한 시어머니가 여자를 고향으로 쫓아버리지 못한 까닭은 여자의 남편 때문이었다. 여자는 시어머니의 매질과 욕설을 순순히 맞고 듣지 않았다. 여자가 도망쳐서 숨었던 곳은 설령 돈을 들인다고 해도 며느리를 들일 가망이 없는 박 씨 성을 가진 노파와 노파의 벙어리 아들이 살고 있는 집이었다.

여자의 남편은 그녀가 한밤중에 노파의 집으로 달려가도록 내버려두지 말았어야 했다.

이른 아침 노파 집에서 나오는 여자를 볼 때마다 사람들은 두런거리고 수군댔다. 조심성 없는 여자를 책망하고 노파의 주제넘은 행동을 힐난하는 목소리가 여자의 시어머니 귀에 들어가지 않았을 리 없었다.

집과 버섯사가 불타고 노모가 불길 속에서 빠져나오지 못한 채 사망하는 끔찍한 사고가 생겼을 때 사람들은 남자가 여자를 고향으로 내칠 거라고 넘겨짚었다. 여자는 남자의 유일한 재산이었고 동시에 화근덩어리였다. 영원히 한국 사람이 될 수 없는 여자에게 한국 이름을 지어주지 않은 것은 천만 다행한 일이었다. 사람들은 도박을 하듯 모험을 하듯 내력을 알 수 없는 외국인 여자를 아내로 맞았던 남자의 불운을 안타까워했고 그가 어떤 결정을 내리게 될지 잠자코 지켜보았다.

집이 불탄 자리에 컨테이너가 놓였다. 중고 오토바이를 타고 마을과 읍내를 들락거리는 여자를 보면서 사람들은 안도했고 남자의 어리석고 용기 없는 행동을 비난했다. 화재가 진화된 뒤에 뒤처리를 하고 노모와 재산을 잃어버린 남자를 보살피고 마을 사람들을 단속하고 여자에게 일거리를 준 사람은 이장이었다.

여자는 일손이 필요한 곳이면 어떤 일이라도 마다하지 않았다. 여자는 마을 어느 곳에나 있었고 아무 데도 없었다. 여자가 온종일 어디에서 무엇을 하는지 술에 취한 채 허송세월

하는 남자는 알려고 하지 않았다. 그가 늦은 밤 고문을 하듯 여자의 목을 비틀고 주먹을 휘두르는 것을 탓하는 사람은 없었다. 여자의 운명이 여자 남편 손에 달려 있다는 사실을 아무도 의심하지 않았다.

아침에 잠을 깨면 이령은 창문을 열어놓았다.

한낮이 되도록 여자는 나타나지 않았다. 노파와 노파의 벙어리 아들이 지나간 뒤에도 이령은 오지 않는 여자를 기다렸다.

윤기 흐르는 긴 머리카락을 바람에 흩날리면서 오토바이를 타고 차창 너머의 풍경 속으로 사라졌던 여자는 밤마다 남편에게 목이 비틀리고 발길질을 당한다는 그 여자가 아니었다. 흑갈색 눈망울을 밀짚모자로 숨기고 품이 헐렁한 셔츠와 바지를 아무렇게나 걸쳤어도 젊고 관능적인 육체를 감추지 못했던 여자는 절망과 괴로움에 사로잡힌 채 폭력을 휘두르는 남자의 손아귀에서 벗어나지 못하는 그 여자가 아니었다.

아무도 걸어오지 않는 텅 비어 있는 길을 바라보면서 이령은 이장과 마을 사람들이 여자를 오독했을 거라고 생각했다. 여자가 누구인지 아무도 알지 못했다. 쓰엉으로 불리는 그 여자조차 알지 못했다. 이령은 생강나무처럼 하얀집을 짓기 전부터 그곳에 있었던 여자, 쓰엉을 기다렸다. 여자는 누구라도 볼 수 있지만 아무도 소유할 수 없는 생강나무였다.

3

그는 술을 마신 밤에도 자동차를 달려서 하얀집으로 돌아왔다.

외진 산골마을에서 도시의 직장을 오가는 생활이 불편하고 번거로운 일이라는 걸 깨닫는 데 시간이 그리 오래 걸리지 않았다. 장은 이른 아침에 학교로 갔고 어둠이 내린 뒤에 돌아왔다. 이령이 하얀집에서 기다리는 사람은 장이 아니었다.

이령은 간단한 요리를 만들어서 먹었고 빨래를 하고 집 안의 먼지를 털어냈다. 날마다 창을 열어놓고 기다렸지만 노파와 노파의 아들과 여자를 볼 수 있는 날은 드물었다.

노트북컴퓨터 모니터 화면이 텅 비어 있었다. 이따금 그녀는 힘겹게 문장 하나를 썼다가 지웠다. 머뭇거리고 주저하고 망설이는 동안 해가 저물고 어둠이 내렸다. 그녀는 눈에 익은 사물조차 확신할 수 없었다. 컴퓨터 키보드를 두들겨서 글을 쓸 수 없었다.

오랫동안 집을 떠났다가 돌아왔을 때처럼 방 안의 사물들이 낯설게 느껴졌다. 어둠에 눈이 익자 야윈 어깨를 구부리고 앉아 있는 여자가 보였다. 이령은 여자가 뒤돌아볼 때까지 기다렸다.

쓰엉.

이령은 소리 내지 않고 여자의 이름을 불렀다.

여자가 문득 고개를 들고 그녀를 돌아보았다. 웃음이 지워지고 호기심으로 반짝였던 눈동자는 생기를 잃어서 낯선 사람 같았다.

이령은 여자 곁으로 가까이 다가가서 앉았다. 눈물이 맺힌 여자의 눈을 본 순간 이령은 돌려줘야 할 바구니와, 묻고 싶었던 말을 잊어버렸다. 온종일 기다리다가 날이 저물면 어둠에 몸을 묻은 채 아무것도 하지 못했다고 말할 수 없었다. 여자가 오지 않는 마당에 나비가 날았고 생강나무는 늘 한자리에 서 있었다고 말하지 않았다.

이령은 여자의 목에 감겨 있는 낡은 스카프를 풀었다. 여자가 부끄러운 듯 몸을 움츠리면서 고개를 숙였다. 이령은 조심스럽게 두 팔을 벌리고 노랑나비를 잡으려고 했던 여자의 모습을 떠올렸다. 나비를 놓치고 해맑게 웃으면서 여자가 어떤 말을 중얼거렸을지 궁금했다.

이령은 상처로 얼룩진 여자의 가느다란 목을 조심스럽게 두 손으로 어루만졌다. 햇볕에 그을린 뺨을 가만가만 쓰다듬었다. 낡고 볼품없이 커서 몸에 맞지 않는 옷 속에 감추어져 있을 상처와 멍을 찾아서 매만져주고 싶었다.

이령은 여자의 팔에 입을 맞추었다. 두 손으로 여자의 목을 감싸고 윤기 없이 말라 있는 입술에 입을 맞추었다. 이령의 혀가 목 언저리를 핥기 시작하자 여자가 가만히 눈을 감고 신음을 삼켰다. 여자는 나비처럼 날아가지 않고 이령의 품에서 가쁜 숨을 내쉬었다. 이령은 묻지 않았고 여자는 대답하지 않았다. 이령은 여자를 안아서 요 위에 눕혔다. 심장 뛰는 소리가 거칠게 들렸다.

이령은 뿌옇게 새벽빛이 밝아오는 방안을 두리번거렸다. 여자는 보이지 않았다. 장이 얼굴을 찡그린 채 옆에 누워서 잠들어 있었다.

여자는 자주 이령의 꿈속으로 찾아왔다. 앉은뱅이책상에서 글을 쓰는 사람은 이령이 아니라 여자였다. 이따금 오른손을 뻗어서 책상 한쪽에 놓인, 차갑게 식어버린 찻잔을 집어서 입을 축일 뿐 컴퓨터 모니터에서 눈을 떼지 않았다. 여자는 몇 날 며칠 동안 그렇게 앉아서 열 개의 손가락으로 키보드를 두드려서 글을 썼을 것 같았다.

여자가 글쓰기를 멈추고 문득 뒤돌아볼 때까지 이령은 참을성 있게 기다렸다. 글쓰기를 끝내면 그 방에서 유일하게 온기를 느낄 수 있는 전기장판이 깔린 자리로 가서 여자는 죽은 듯이 쓰러져서 잠들 게 분명했다.

이령은 여자의 글을 읽고 싶었다. 여자의 언어로 여자를 읽을 수 있기를 바랐다.

4

날카로운 귀울음 소리가 밤의 고요 속에서 끊임없이 귓전을 긁어댔다. 시작도 끝도 없이 단조롭게 울려대는 소리가 적막한 어둠을 뚫고 몸속으로 스며들었다. 그녀는 새벽빛이 어둠을 밀어내고 대기를 감싸 안을 때까지 증폭되어 울리는 소리에 몸을 맡기고 있어야 했다. 신경외과 의사는 귀울음 소리가 실재하지 않는 환청일 뿐이라고 말했지만 그녀는 여전히 믿지 못했다. 어느 누구도 들을 수 없는, 집요하게 귓속을 긁어대는 이명은 언어를 상실한 그녀의 몸이 공명하는 소리였다.

더블베드 위에 그녀 혼자였다. 장이 집을 나가고 며칠이 지났는지 그녀는 알지 못했다. 퍼즐 조각을 맞추듯 달아나고 뭉개지고 어긋난 기억이 명징하게 되살아났을 때 그녀는 장이 이미 오래전에 떠났다는 사실을 깨달았다.

이명은 차차 둔중한 울음소리로 바뀌었다. 송곳처럼 날카로운 것이 귓속을 찔러대는 것 같은 통증이 밀려들었다. 외마디 비명을 내질렀지만 입 밖으로 소리가 새어 나오지 않았다. 그녀는 이제 장에게서 확인할 게 없었다. 노트북컴퓨터의 소설 파일들을 전부 지워버렸던 것은 바로 그녀였다.

규칙적으로 찾아와서 요리를 만들고 세탁과 청소를 해주었던 여자는 이령이 날마다 서재 창을 열어놓고 기다렸던 그 여자, 쓰엉이었다.

언어가 되지 못한 채 기억에서 사라졌던 여자였다.

꿈에서 보았던 얼굴 위로 여자의 얼굴이 포개졌다. 야윈 얼굴은 지쳐 보였지만 아름다웠다. 여자는 허락 없이 그녀의 작은 방으로 들어온 침입자가 아니었다. 여자는 앉은뱅이책상에서 힘겹게 써내려간 문장들을 고스란히 살아야 했다.

여자는 외국인도 이방인도 아니었다. 언제까지라도 쓰엉이라는 이름으로 호명될 그 여자는 농담이 아니었다. 사랑하고 쾌락을 느끼는 젊고 관능적인 여자였다. 여자는 물길을 따라 태평하게 흘러가는 삶을 선택하지 않았다. 낯선 세계를 향한 꿈과 욕망을 두려워하거나 부끄러워하지 않았다. 도처에 위험이 도사리고 있다는 사실을 모르지 않았다.

가난에서 벗어날 수 없는, 손금을 읽듯 빤히 읽히는 삶을 벗어나려면 위험을 무릅써야 한다는 것을 여자는 알고 있었다. 여자는 운명에 순응하는 삶을 원하지 않았다.

이령은 날이 밝으면 낡은 오토바이를 타고 텅 빈 길을 달려서 하얀집으로 올 여자를 기다렸다. 생강나무가 노란 꽃을 피우고 장이 더 이상 하얀집으로 오지 않으면 이령은 묵묵히 요리와 세탁을 하고 집 안 먼지를 닦아내는 여자를 볼 수 없을지도 모른다.

이령은 여자가 조금 더 하얀집에 머물러 있기를 바랐다.

식탁에 마주 앉아 국수를 나눠 먹으면서 아직 끝나지 않은 여자의 이야기를 듣고 싶었다. 더 이상 바구니에 담아 갈 음식이 없다고 해도 여자를 빈손으로 돌려보내지 말아야 했다. 포장지에 싸여 있는 장갑과 모자가 아니라도 여자에게 줄 선물이 아직 충분히 남아 있었다.

생강나무가 알싸한 향기를 날리는 봄이 오면 이령은 여자와 함께 숲으로 가야 했다. 차갑고 투명한 물이 출렁거리는 호수와 강을 보고 싶었다. 작은 배에 마주 앉아 노를 저어서 강을 건널 때 여자는 종달새처럼 노래할 것이다. 서툴게 노를 젓는 이령을 보면서 웃음을 참지 못할지도 모른다. 강바람에 긴 머리카락을 흩날리면서 여자가 지치지 않고 이야기하면 이령은 온몸을 활짝 열어놓고 귀 기울여 듣고 싶었다.

여자를 읽을 수 있는 사람은 이령뿐이었다. 그녀의 손길이 닿는 곳마다 여자의 몸은 단단한 문장으로 쓰일 것이다.

여자의 모험은 아직 끝나지 않았다.

여자의 이야기는 이제 막 시작되었을 뿐이었다.

어둠 속에서 이령은 봄날 숲에서처럼 공포와 두려움을 느꼈다. 새 울음소리는 들리지 않았다. 거칠고 투박한 손에 호미를 움켜쥔 사내가 이령을 향해 달려오고 있었다. 사내의 다급한 발걸음 소리와 거친 숨소리를 들었을 때 이령은 비로소 덫에 걸린 것을 알아챘다. 그녀의 몸을 거칠게 흔들어댔던 사내는 더 이상 눈망울이 순해 보이는 벙어리가 아니었다.

이명은 사라지고 깜깜한 어둠과 서늘한 정적이 천천히 이령의 목을 졸랐다.

문장 하나가 이령의 머릿속에 떠올랐다.

이령은 손가락을 움직여서 쓰기 시작했다.

쓰엉.

13. 한 마디 말도 하지 않았다

1

중국 음식을 파는 식당은 손님이 많지 않았다. 딱히 중국 음식이 먹고 싶었던 것은 아니었다. 장은 아버지의 상을 치르는 며칠 동안 제대로 식사를 하지 못했고 정하 역시 마찬가지였다. 두 사람이 자리에 앉자 커다란 체구에 턱수염을 기르고 삭발한, 중국인처럼 보이는 사십 대 중반의 사내가 물병과 컵을 가지고 왔다. 그가 짜장면을 주문하자 그녀는 잠깐 망설이다가 우동을 달라고 말했다.

그는 가림막 없이 환하게 뚫려 있는 주방에서 흰 가운을 입고 모자를 쓴 뚱뚱한 남자가 면을 삶고 짜장 소스와 뜨거운 우동 국물을 각각 면기에 담아내는 모습을 바라보았다. 정하가 컵에 물을 따라 단숨에 마셨다. 피로와 갈증으로 그녀의 눈이 벌겋게 충혈되어 있었다.

쟁반에 음식을 담아 가지고 온 사람은 스물두어 살 남짓돼 보이는 베트남이나 캄보디아, 태국에서 왔을 듯한 외국인 여자였다. 단정하게 앞치마를 두른 여자가 눈을 내리뜬 채 무표정한 얼굴로 짜장면과 우동이 담긴 그릇을 테이블에 놓고 뒤돌아서서 주방 쪽으로 가버렸다. 그는 숱 많은 긴 머리카락을 한 갈래로 되는 대로 올려 묶은, 각진 얼굴에 여드름 자국이 선명한 키 작은 젊은 여자가 조선족일지도 모른다고 생각했다.

장은 단조롭고 지루한 일을 처리하는 심정으로 서둘러서 그릇을 비웠다. 배가 고프다고 했던 정하는 우동을 다 먹지 않고 젓가락을 내려놓았다.

식당을 나가기 전에 그는 말해야 했다. 그녀는 여섯 달 넘게 그의 아버지 병상을 지켜주었다. 그녀가 없었다면 간병인 여자에게 아버지를 내맡길 수밖에 없었다.

자리에서 일어나기 전에 그는 정하에게 고맙다고 말해야 했다. 아버지 임종을 지킨 사람은 그녀였다. 식당을 나가면 그녀에게 고맙다고 말할 기회가 영영 오지 않을 것 같았다.

정하는 창백한 얼굴로 조용히 앉아 있었다. 고맙다는 인사치레는 그녀에게 건네는 결별의 말이었다. 아버지가 산소 호흡기에 의지해서 생을 연명하는 동안 그는 내내 그 말을 하게 될 날을 기다렸다. 병상의 아버지가 마지막 호흡을 힘겹게 내쉬었을 때 그녀의 기대와 바람은 가뭇없이 사라졌을 터였다.

그가 주방 쪽을 바라보고 앉아서 우물쭈물하고 있을 때 사내가 옆 테이블 그릇을 쟁반에 주워 담고 있는 여자를 소리쳐 불렀다.

미란!

여자와 전혀 어울리지 않는 이름이었다.

쟁반에 면기와 젓가락과 단무지 접시를 담아 들고 여자가 종종거리며 주방으로 갔다.

사내의 목소리는 크고 거칠었다. 여자는 불분명한 발음으로 머뭇거렸다. 경상도 사투리가 섞인 말로 거침없이 이야기하는 사내는 장이 예상했던 것과 달리 중국인이 아니었다.

사내는 손님들이 보고 있는데도 전혀 신경 쓰지 않았다. 장은 사내가 금방이라도 여자의 뺨을 후려칠 것 같아서 얼른 자리에서 일어나서 지폐를 카운터에 올려놓고 식당을 나왔다.

뒤따라 나온 정하를 인도 한가운데 세워놓고 그는 차도 쪽으로 걸어가서 택시를 잡았다. 병원 지하주차장에 자동차를 세워놓았지만 그녀를 집까지 바래다주고 싶지 않았다. 택시 뒷문을 열자 그녀는 머뭇거리거나 저항하지 않고 순순히 택시에 올라탔다. 쾅 소리를 내면서 문이 닫혔다. 택시가 이내 시야에서 멀어졌다.

그는 인도를 따라 걸어갔다. 마침내 그녀를 완전히 떠나보냈다는 안도감이 밀려왔고 결국 고맙다는 말을 하지 못했다는 자책에 빠져들었다. 아버지의 죽음으로 그는 원치 않는 관계에 마침표를 찍을 수 있었다. 길고 깊은 잠을 자고 깨면 그녀는 습관처럼 아버지의 아파트로 갈지도 몰랐다. 현관 벨을 누르고 한참이 지나서야 비로소 더 이상 아버지가 그 집에 살지 않는다는 사실을 깨닫게 될지도 몰랐다. 그녀를 부정하고 차갑게 외면했던 아버지는 그와 누이가 아니라 그녀와 지호에게 더 많은 유산을 남겼다. 병원에서 투병하는 동안 단 한 번도 의식이 돌아오지 않았던 아버지는 자신의 병상을 지킬 사람이 그녀일 거라고 짐작했던 모양이었다.

아버지가 그녀에게 남긴 유산은 간병에 대한 보상이 아니었다. 아버지는 자신이 가진 유일한 것으로 죄책감을 덜고 싶었을 뿐이다. 그녀로부터 되도록 멀리 달아나려고 하는 그를 보면서 뒤늦게 아버지는 실패했던 첫 번째 결혼생활을 떠올렸을지도 몰랐다. 아버지는 강제할 수 없는 아들 대신에 그녀에게 손을 내밀었다. 아버지가 솔직하게 자신과 대면할 수 있었던 것은 용기가 아니라 기력이 쇠한 늙고 병든 육신 탓이었다.

그녀는 충분히 보상받았다. 결혼관계가 끝난 뒤에도 그녀는 아버지의 며느리로 살았다. 분노와 절망으로 스스로를 방치하고 유폐시켰던 그녀가 돌변해서 확연히 달라졌던 모습은 놀라웠다. 무엇이 그녀를 달라지게 만들었을지 그는 그저 추측하고 짐작할 뿐이었다. 이혼 절차를 밟기 전부터 두 사람의 관계가 이미 되돌릴 수 없는 지경에 이르러버렸다는 사실을 그녀가 몰랐을 리 없었다.

나쁜 피를 물려준 것은 아버지였다. 달아난다고 해도 아버지를 벗어날 수 없었다. 아버지는 죽음으로써 죄책감에서 놓여났지만 그는 아직 오랫동안 출구가 보이지 않는 길을 걸어가야 했다.

병원 정문을 지나쳐버렸지만 그는 되돌아가지 않고 내처 걸었다. 그녀에게 고맙다는 말이 아니라 미안하다고 말했어야 했음을, 그 말을 할 수 있으려면 아직 시간이 더 필요할지도 모른다고 생각하면서 그는 끝없이 이어져 있을 것 같은 길을 걸어갔다.

2

식탁에 앉아서 무언가를 먹고 있는 사람은 장이었다. 오른손에 숟가락을 쥐고 그는 고개를 들어 휴대전화 카메라 렌즈를 바라보고 있었다. 카메라 렌즈 너머에 이령이 있었다. 그녀는 아직 기억과 언어를 잃지 않았다. 장이 손을 뻗으면 닿을 수 있을 만큼 가까운 거리에 있었다.

밀짚모자를 쓴 여자가 마당에 서서 웃고 있었다. 그는 여자가 그토록 환하게 웃는 모습을 본 적이 없었다. 오토바이에 앉아 있는 여자와 오토바이를 타고 개울을 건너는 여자는 그가 알고 있는 그 여자, 쓰엉처럼 보이지 않았다. 장은 생강나무 가지에 손을 뻗어 꽃냄새를 맡고 있는 여자와 금방이라도 웃음을 터뜨릴 것 같은 표정을 짓고 있는 여자의 사진을 차례로 넘기다가 휴대전화 전원을 꺼버렸다.

이령은 자주 머뭇거렸다. 변명이라도 하듯 조용히 웃었다.

이령의 휴대전화는 그의 책상 서랍에 처박혀 있었다. 이장에게 건네받은 전화기를 아파트에 가져다 놓고 그는 까맣게 잊었다. 다락방에 틀어박힌 채 나오려고 하지 않는 그녀를 보면서 휴대전화 따위는 아무 쓸모가 없다고 생각했다. 그는 한사코 어두운 곳에 숨어 있으려고 했던 그녀가 무엇을 두려워하는지 알려고 하지 않았다.

퇴원 수속을 밟은 뒤 그는 이령을 가일리로 데리고 갔다. 서울 아파트로 데리고 갈 수 없었다. 그는 아직 시를 완성하지 못했다. 이령과 함께라면 평생 시를 쓰지 못한다고 해도 상관없었다. 시를 쓰려는 열망만으로 충분했다. 사람들 시선이 닿지 않는 곳으로 이령을 데리고 가야 한다고 생각했다. 비난과 야유는 일방적인 찬사나 관심과 다를 바 없었다.

그는 언제까지라도 그녀가 대중을 외면하기를 바랐다. 호기심과 관심에서 자유롭기를 바랐다.

하얀집에서 자유로울 수 있을 거라는 믿음은 두 번이나 어그러졌다. 그는 숲에서 그녀를 공격했던 사람이 누구였는지 알아냈어야 했다. 노인들이 모여 사는 마을에서 그녀를 엿보고 해칠 기회를 노린 사람이 있었지만 그는 눈치채지 못했다. 그녀가 더 이상 자신을 사랑하지 않는 걸 알면서도 그녀를 소유할 수 없다는 사실을 인정하고 받아들이지 않았다.

이장의 다급한 목소리를 들었던 새벽에 그는 이령을 내내 위험 속에 방치했다는 사실을 비로소 깨달았다.

3

쓰엉을 경찰에 고발한 사람은 그녀의 남편이었다. 그녀는 불을 지를 때 사용할 옷가지와 등유를 숨겨놓고 기회를 엿보았다고 했다. 무시로 하얀집에 드나들면서 주인 몰래 가져온 음식이며 책이며 스카프며 자랑삼아 떠벌렸다고 했다. 어리석고 무모한 여자였다.

여자가 하얀집에 불을 지른 현장을 목격한 사람은 없었다. 여자가 그곳에 가지 않았다고 증언해줄 사람 역시 없었다. 그날 밤 여자는 혼자였다. 여자의 남편은 이장집에서 늦도록 술을 마시다가 고꾸라져서 잠들었다. 벙어리 사내가 허공에 손을 내저으면서 무언가 이야기하려고 했지만 주의 깊게 살피는 사람은 없었다. 박 씨 성을 가진 노파조차 벙어리 사내의 필사적인 몸짓을 외면했다.

이장은 쓰엉이 하얀집에서 일할 수 있도록 주선했던 것을 뒤늦게 후회하고 자책했다. 마을에서 10년을 살았다고 해도 여자가 근본을 알 수 없는 이방인이라는 사실을 간과했던 실수였다고 변명했다.

여자에게 살림살이며 옷가지며 음식을 가져다주었던 노인

들은 혀를 차며 차갑게 돌아섰다. 끼니를 굶지 않도록 일거리를 주고 크고 작은 마을 행사 때마다 빼놓지 않고 불렀는데 사람의 탈을 쓴 악마가 아니고서야 그럴 수 없다고 고개를 절레절레 내저었다. 노인들은 비참하게 죽음을 맞은 여자의 시어머니와 주정뱅이가 돼버린 여자의 남편과 끔찍한 재앙이 내린 마을의 불행을 한탄했다.

재난은 여자가 마을에 시집온 날부터 시작되었다. 말이 통하지 않는 이방인 여자를 들이느니 차라리 평생 혼자 살아가는 편이 나았다. 아무 의심 없이 속아 넘어갈 만큼 여자는 용의주도하고 영리했다. 여자는 젊고 아름다운 얼굴로 남편을 홀려놓았다. 시어머니가 죽자 여자는 마을 사람들에게 부조받은 돈으로 오토바이를 사들였고 시도 때도 없이 마을 밖으로 쏘다녔다.

노인들은 법의 심판을 받기 전에 경찰에 넘기기 전에 여자의 머리채를 잡고 돌팔매질을 하지 못했던 것을 안타까워했다. 순진하고 아름다운 가면을 쓰고 마을을 온통 불바다로 만들려고 했던 여자의 악행을 응징할 수 있는 기회를 놓쳐버렸다고 통탄했다.

그는 까맣게 타 죽어버린 나무들이 둘러서 있는 숲 언저리를 돌아서 줄기와 이파리가 사라져버린 생강나무 앞에 섰다. 이령이 날마다 창 너머로 보았을 나무는 더 이상 생강나무가 아니었다. 여자는 자청해서 위험 속으로 뛰어들었다. 목숨을 걸어야 할 만큼 위험천만한 도박임을 알면서도 하얀집으로 왔다. 마을 사람들의 눈이 온통 자신에게 쏠려 있다는 사실을 모를 만큼 여자는 어리석지 않았다. 무의도식하며 연명하는 남편과 마을 사람들이 결코 호락호락하지 않다는 사실을 몰랐을 리 없었다.

그가 평생 팔거나 허물지 않을 거라고 생각했던 집은 흔적도 남지 않았다. 인가와 멀찍이 떨어진 한적하고 너른 땅은 텅 비어 있었다. 산자락에 둘러싸인 마을은 아무 일 없었던 듯 조용했다. 산골마을은 적막하고 평화로웠다.

그의 부탁이 아니더라도 이장은 하루라도 빨리 불타버린 집의 잔해를 치워버리고 싶어 했다. 뜻하지 않게 사고와 재난의 소식을 전해야 했던 이장은 밤마다 꿈자리가 뒤숭숭해서 제대로 잠을 자지 못한다고 하소연했다. 농사일로 한창 바쁠 때였지만 일손이 잡히지 않아서 맥을 못 추는 것은 마을 노인들 역시 마찬가지였다. 쓰엉의 남편은 컨테이너에 틀어박힌 채 나오지 않았다. 이장과 노인들이 간간이 들여다보지 않았더라면 여자의 남편은 벌써 굶어 죽었을지도 모른다고 했다.

이제 여자의 남편을 돌보는 것은 마을 사람들 공동의 몫이었다. 목숨이 붙어 있는 한 사람들은 여자의 남편을 외면하거나 내칠 수 없었다. 여자의 남편은 이곳 토박이였고, 미우나 고우나 보듬고 지키는 것은 마을 공동체의 의무였다.

이방인들은 떠났다. 마을은 곧 예전의 평화를 되찾을 수 있었다.

4

장은 복지관에서 발송한 전시회 초대장을 받았다. 전시회가 열리는 복지관은 경기도 일산에 있었다. 일산은 죽은 아버지 집과 그가 살았던 오피스텔과 정하와 아이가 살고 있는 아파트가 있는 곳이었다.

사십구재를 지냈지만 그는 아버지 유품 정리를 미루고 있었다. 그는 오랜 세월 동안 어머니가 수없이 열고 닫았을 낡은 장롱과 옷가지며 주방 세간들을 치우고 버려야 할 일이 엄두가 나지 않았다. 아버지는 어머니가 덮었던 이불이며 옷가지며 신발 한 켤레조차 버리지 않았다. 모든 것이 고스란히 제자리에 남겨져 있었다.

중고가구점에 전화를 걸어야겠다고 생각했지만 그는 소파에 앉은 채 꼼짝하지 않았다. 먼지가 내려앉은 탁자에 담뱃재를 털었던 흔적이 없는 재떨이와 아무것도 꽂혀 있지 않은 꽃병이 놓여 있었다. 그는 유약이 발라진 재떨이와 꽃병을 중고가구점과 재활용센터와 아파트 분리수거함으로 가져가야 할 물건들 목록에서 제외시켰다. 젊은 어머니 모습이 흑백사진으로 남아 있는 낡은 사진첩과 반지며 목걸이며 금붙이 몇 개와 묵주, 어머니가 돋보기를 끼고 아침저녁으로 읽었던 성경책과 지인들의 전화번호가 적혀 있는 작은 수첩을 쇼핑백에 넣어 현관 앞에 가져다 놓았다.

가구점에 전화 거는 것을 미룬 채 그는 주방 싱크대 서랍에서 비닐봉지를 꺼내 꽃병과 재떨이를 담았다. 주방 찬장을 열고 컵과 접시를 꺼냈다.

검은색 정장을 입은 오십 대 여자가 방명록이 펼쳐져 있는 테이블 안쪽에 앉아 있었다. 그는 호의적인 표정을 지으면서 인사를 건네는 여자를 지나쳐서 전시회장으로 들어갔다. 복지관 강당은 전시회장과 다과를 판매하는 곳으로 나뉘어 있었다. 크고 작은 접시며 컵, 다기며 수반이며 연필꽂이며 작은 항아리들이 흰 종이가 깔린 테이블을 따라 이름표를 달고 가지런히 진열되어 있었다.

탁자가 디귿자 모양으로 놓여 있는 전시회장 한쪽에 서 있던 정장 차림의 중년 여자가 다가와서 팸플릿을 내밀었다. 장은 팸플릿을 손에 쥐고 벽에 걸린 현수막에 씌어 있는 글자를 읽었다. 전시회장을 둘러보고 있는 사람들은 모두 정장을 차려입은 중년 여자들뿐이었다. 그녀들은 하나같이 비슷한 색깔의 옷을 입었고 머리 모양이며 얼굴 표정까지 닮아 있었다. 정하는 보이지 않았다.

장은 재떨이와 꽃병과 컵과 접시가 담긴 쇼핑봉지를 손에 들고 다과를 판매하는 곳으로 걸음을 옮겼다. 흰 종이가 깔린 테이블마다 차와 음료수, 과일과 쿠키와 조각 케이크를 가져다 놓고 둘씩 셋씩 마주 앉아서 먹고 떠들고 있는 아이들과 여자들이 보였다. 그는 크고 작은 아이들 속에서 지호를 찾아낼 수 없었다. 정장을 입은 여자들 중에서 정하를 구별해내지 못했다.

먹을거리를 나르면서 웃고 떠드는 여자들 속에서 초대를 받고 찾아온 손님을 구별해내기 어려웠다. 장은 그곳의 주인도 손님도 아니었다.

정하가 곁으로 다가올 때까지 그는 굳은 얼굴로 이방인처럼 우두커니 서 있었다. 고동색 정장을 입고 공들여서 화장을 한 중년의 여자가 정하라는 것을 알아챘을 때 그는 그녀에게 하지 못했던 말이 떠올랐다.

정하는 방명록이 펼쳐져 있는 테이블 너머에서 호의적인 표정을 짓고 인사를 건넸던 여자처럼 장을 바라보았다. 아이는 어수선하고 분주한 다과회장 한 귀퉁이에 조용히 앉아 있었다. 그는 정하의 어깨너머로 아이를 바라보면서 손에 들고 있던 쇼핑봉지를 등 뒤로 감췄다.

5

잿빛 수의(囚衣)를 입은 여자의 얼굴이 창백했다. 윤기 없는 검은 머리카락을 한 갈래로 묶어 올린 여자가 두 눈을 내리뜨고 앉아 있었다.

방청석의 수백 개의 눈동자가 이방인 여자를 향해 있었다. 누군가 깊은 한숨을 내쉬었고 심문이 시작되기도 전에 욕설이 터져 나왔다. 제지하는 사람이 없었다면 분노에 사로잡힌 노인들이 우르르 달려들어 여자의 머리채를 잡아 흔들어놓았을 것 같았다. 소란이 차차 가라앉고 불안한 침묵이 흘렀다. 천천히 고개를 들고 정면을 응시하던 여자가 이내 시선을 떨어뜨렸다.

그를 주시하는 사람은 없었다. 그는 이제 마을의 외지인이 아니었다. 여자의 시선은 묶인 두 손을 향해 있었다. 겁을 먹거나 두려워하지 않았다. 죄책감에 빠져서 후회하거나 괴로워하지 않았다. 한껏 움츠리고 있었지만 여자는 운명에 복종하거나 체념한 사람처럼 보이지 않았다.

여자는 그가 전혀 알지 못하는 사람 같았다.

10여 년 전, 의심과 호기심이 가득한 눈으로 살피고 감시했던 사람들이 비난과 분노에 찬 얼굴로 여자를 주시했다. 사람들은 여자의 고향이 어디이며 무엇을 먹고 어떻게 살았는지 궁금해하지 않았다. 젊고 건강한 여자의 육체가 얼마나 쓸모가 있을지 달아날 염려가 없는지 시키는 대로 묵묵히 일을 해낼 수 있을지 신중하게 저울질하고 탐색했다. 어느 날 사람들은 돌변해서 여자를 비난하고 질타했다. 마을에 재앙을 가져온 이방인 여자를 사납게 공격하고 차갑게 내쳤다. 그들은 언제라도 뱉어내고 토해낼 준비가 되어 있었다.

사람들은 여자가 메콩강의 뱃사공이었다는 사실을 알지 못했다. 여자가 고향으로 돌아가서 다시 노를 잡을 수 없다는 걸 알 리 없었다. 차가운 시멘트벽으로 둘러싸인 좁은 방에 갇혀 있었지만 여자는 누런 강물이 흘러가는 고향 마을로 도망치지 않았다. 여자는 여전히 감시하는 눈동자가 겹겹이 에워싸고 있는 마을에 있었다. 마을 노인들에게 부조 받은 돈으로 중고 오토바이를 산 것은 달아나기 위해서가 아니었다. 여자는 오토바이를 타고 황토 빛깔 강물을 건너고 낯선 길을 달리고 싶었을 뿐이었다.

하얀집이 불탔던 밤, 여자는 언어를 잃어버렸다. 여자는 이령의 책을 읽을 수 없었다. 읽을 수 없는 한 권의 책이 여자를 위험에 빠트렸다. 여자가 바라고 기대했던 것은 스카프나 장갑 따위 사소한 물건이 아니었다.

이제 여자는 입을 열고 말해야 했다. 지난 십여 년 동안 살아온 내력을 숨김없이 털어놓아야 했다. 한마디 변명조차 허락하지 않는 사람들을 향해서 물길을 따라 흘러가는 강물처럼 자연스럽게 발화하는 모국어로 거침없이 이야기해야만 했다.

수십 개의 성난 눈동자가 숨을 죽인 채 무엇을 기다리는지 여자는 알지 못했다. 감색 양복을 말끔히 차려입은 낯선 사내가 자리에서 일어나서 죄목을 나열하고 형량을 말할 때까지 여자는 두려움에 떨거나 체념하지 않았다.

여자가 천천히 자리에서 일어섰다.

6

다락방에 숨어 있는 이령을 불러낸 사람은 쓰엉이었다.

이령은 한 마디 말도 하지 않았다. 햇볕 환한 거실 소파에 시름겨운 얼굴로 앉아 있는 이령은 한 생을 다 살아버린 늙은 노파처럼 추하고 혐오스러웠다. 박제된 동물처럼 흉물스럽고 역겨웠다.

이령은 여자를 거부하거나 밀어내지 않았다. 더 이상 침묵할 수 없었다. 그녀는 관능적인 여자의 아름다움에 사로잡혔다. 이방인에 불과했던 여자를 호명한 사람은 이령이었다. 외진 산골마을이 특별했던 까닭은 여자가 있었기 때문이었다. 이령은 호기심과 의심이 가득한 눈길로 여자를 살폈던 마을 사람들과 달랐다. 차창 너머로 스치듯 지나갔던 여자는 이령으로 인해서 비로소 모습을 드러냈다. 흐릿한 실루엣에 불과했던 여자는 뒷마당의 생강나무처럼 특별한 존재가 되었다.

그는 늦은 밤 하얀집 마당을 서성이는 여자를 보았다. 불 꺼진 창문 틈으로 집 안을 기웃거리는 여자는 하얀집에 찾아온 손님이었다.

그는 이령이 없는 하얀집에서 여자를 기다렸다. 여자가 찾아오면 머뭇거리지 않고 문을 열었다. 불안하고 초조한 낯빛으로 숨을 몰아쉬는 여자를 거칠게 끌어안았다.

그는 윤기 흐르는 여자의 긴 머리카락을 어루만졌다. 모난 곳 없이 매끄러운 둥근 얼굴과 붉고 도톰한 입술과 콧날이 오뚝한 코와 반짝거리는 흑갈색 눈동자를 차례차례 손으로 더듬어서 만졌다. 어둠 속에서 그는 여자가 농담을 걸어오기를 기다렸다.

여자는 새처럼 재잘거렸다. 수줍게 웃는 얼굴로 쉴 새 없이 재재거리는 말을 하나도 알아들을 수 없었지만 그는 언제나 여자가 조금 더 오랫동안 머물러 있기를 바랐다.

장은 젊고 아름다운 여자가 마을 사람들 공동의 소유이며, 수십 개의 눈동자가 여자를 지켜보고 있다는 사실을 눈치채지 못했다.

주방에서 고기를 재우고 찌개를 끓이고 채소를 볶는 여자를 고무장갑을 끼지 않고 걸레질하는 여자를 건조를 마친 세탁물을 차곡차곡 개키는 여자를 그는 무심을 가장하고 흘끗, 곁눈질해서 보았다. 여자는 늘 같은 순서대로 일하고 돌아갔다. 식탁에 차려져 있는 음식을 먹을 때 그는 비로소 여자의 모습을 차근차근 떠올릴 수 있었다.

음식은 언제나 충분했다. 그는 이틀이 멀다고 마을 구판장으로 가서 신선한 과일과 채소와 고기와 생선을 사서 냉장고를 채웠다. 넉넉하게 재운 고기와 데치고 볶고 무친 반찬과 싱싱한 채소와 과일 절반은 여자 몫이었다. 식탁에 앉아서 함께 식사를 하지 않았지만 그는 여자와 함께 먹었다.

가난한 여자에게 음식으로 선심 쓰려고 했던 것이 아니었다. 먹을거리로 온정을 베풀려고 하지 않았다. 어느 날부터인가 장은 다락방에 숨어 있는 이령을 생각하지 않았다. 카트를 끌고 구판장 구석구석을 돌면서 여자가 좋아하는 음식이 무엇일지 생각했다. 여자가 고향에서 즐겨 먹었던 음식과 한 번도 먹어보지 못했을 음식이 무엇일지 궁금했다. 능숙하게 요리할 수 있다고 해서 된장찌개며 김치찌개 같은 한국음식이 여자의 미각을 자극하지는 못할 거라고 짐작했다.

주방에서 요리할 때 여자는 이방인이 아니라 주인처럼 보였다. 여자는 주저하거나 망설이지 않았다. 쓸데없이 질문을 한다거나 조심성 없이 호기심을 드러내지 않았다. 신중하고 절제된 몸가짐이 시골 마을에서 땅을 일구며 살아가는 촌부처럼 보이지 않았다. 여자는 포기하고 버려야 할 것을 알고 있었다. 강을 건너 낯선 나라에 왔을 때 여자는 알았을 것이다.

군살 없이 매끈한 몸은 낡은 옷으로 가둘 수 없었다. 반짝거리는 흑갈색 눈동자에 담긴 기대와 갈망을 감출 수 없었다. 그는 이제 정해진 시간에 어김없이 찾아오는 여자를 기다리기 위해서 하얀집에 머물렀다. 여자가 만들어주는 따뜻한 음식으로 위로받았고 침묵의 시간을 견딜 수 있었다. 그는 여자를 따라 강을 건너고 싶었다. 낯선 나라로 가서 알아들을 수 없는 언어로 말하는 사람들 속에서 침묵하며 살고 싶었다. 여자가 만들어주는 입에 맞지 않는 음식을 먹고 싶었다.

여자의 커다란 눈동자가 방심한 듯 열려 있었다. 그는 낡고 거친 머플러에 싸여 있는 목 아래로 관능이 꿈틀거리는 젊고 아름다운 육체를 느낄 수 있었다. 이령이 잃어버린 것은 기억과 언어가 아니었다. 감각을 잃고 딱딱하게 굳어버린 그의 몸이 여자의 손끝에서 되살아났다. 여자는 머뭇거리거나 망설이지 않았다. 그는 낯설고 따뜻한 감각들이 되살아나고 몸이 갈망으로 가득 차오르는 것을 느꼈다.

여자는 다락방에 무엇이 있는지 묻지 않았다. 어떤 것을 해줄 수 있는지 말하라고 재촉하거나 다그치지 않았다. 그가 누구이며 무엇을 하며 살아왔는지 궁금해하지 않았다. 외진 마을에 하얀집이 지어졌던 날부터 내내 그를 기다려 온 여자였다. 현관문을 열자 여자가 망설이지 않고 걸어 들어왔다. 두려움으로 머뭇거리지 않고 의혹에 사로잡히거나 수줍음으로 당황하지 않고 순정한 떨림으로 얼굴을 붉히면서 그의 가슴에 안겼다.

해가 저물고 어둠이 내리면 그는 혼자가 아니었다. 어둠 속에서 손을 뻗으면 여자의 매끈한 몸을 만질 수 있었다. 그의 몸을 따라 따뜻하게 출렁거리는 가슴을 느낄 수 있었다. 여자가 그의 귓가에 입술을 대고 속삭였다. 그는 좁은 어깨와 일직선으로 뻗어 있는 여자의 빗장뼈를 더듬어 만졌다. 가늘고 단단한 뼈와 부드러운 살을 만질 때 고통과 두려움이 지워지고 간절한 욕망마저 사라졌다.

그는 여자의 흑갈색 눈동자에 담긴 기대와 열망이 사라지지 않기를 바랐다. 여자가 원하는 것을 기꺼이 주고 싶었다. 달콤한 말로 유혹했다. 그는 낡은 나룻배를 타고 여자와 함께 강을 건너고 싶었다.

그는 미로 같은 골목과 구불구불 이어져 있는 길을 여러 날 헤매고 다녔다. 출판사에 전화를 걸면 이령의 반지하 셋방을 쉽게 찾을 수 있었지만 그는 휴대전화를 꺼내지 않았다. 그는 끝없이 이어져 있을 것 같은 길과 골목을 지나서 그녀의 작은 방 앞에서 걸음을 멈췄다. 현관 벨을 누르고 이령이 나오기를 기다렸다. 두 번, 세 번 벨을 눌렀다.

이제 곧 문이 열리면 그는 현관문 안쪽으로 야위고 해쓱한 이령의 얼굴을 볼 수 있었다. 그녀의 등 뒤로 보이는 앉은뱅이 책상 위에 미처 끝내지 못한 문장에서 커서가 깜빡거리는 노트북컴퓨터가 놓여 있었다. 이령은 그를 문밖에 오랫동안 세워 두지 않았다. 쭈뼛거리면서 방으로 들어가면 얼음처럼 차가운 방에서 유일하게 온기를 느낄 수 있는 전기장판이 깔린 자리에 앉을 수 있었다. 그녀가 가져다줄 달고 따뜻한 차를 기다리면서 세상에서 가장 춥고 옹색한 방안을 천천히 둘러보고 싶었다.

네 번, 다섯 번, 여섯 번…….

그는 끈기를 가지고 거듭 벨을 눌렀다.

굳게 닫힌 문 너머로 황토 빛깔 강물이 넘실거렸다. 햇빛이 쏟아지는 누런 강물 위에 나룻배 한 척이 바람을 따라 흔들렸다. 은색 아오자이를 입고 머리에 논라를 쓴 여자가 부지런히 노를 저어서 강을 건너오고 있었다.

여자는 뒤돌아보거나 머뭇거리지 않고 가느다란 두 팔로 힘차게 노를 저었다. 해가 떠 있을 때 바람이 잠잠할 때 여자는 강을 건너야 했다.

여자는 쉬지 않았다. 아무것도 의심하지 않았다.

장은 추위에 지치고 고단할 여자를 위해서 달고 따듯한 차를 준비해놓았다. 두 뺨이 홍옥처럼 빨간 여자의 얼굴이 손에 닿을 듯 가까워졌을 때 그는 강기슭 쪽으로 성큼성큼 걸음을 내디뎠다.

작가의 말

「파프리카」의 츄옌, 그녀는 쓰엉이 되어 내게로 왔다.

낭만적인 사랑을 꿈꾸고 모험을 두려워하지 않았던 쓰엉의 삶을 좇으면서 나는 저물기 시작하는 해를 바라보고 서서 초록색 파프리카를 깨물어 먹었던 츄옌을 떠올렸다.

마지막 문장을 쓰고 고개를 들었을 때 봄 여름 가을 겨울이 지나고 다시 몇 해의 시간이 훌쩍 지나버렸다. 은색 아오자이를 입고 머리에 논라를 쓴 쓰엉이 부지런히 노를 저어서 강을 건너오고 있다. 한겨울 추위로 두 뺨이 홍옥처럼 붉어진 쓰엉을 마중하려고 나는 잔뜩 어질러져 있는 방을 나왔다.

소설을 이제 막 끝내놓고 그녀에게 건넬 인사말을 고르고 있다.

넘치지도 부족하지도 않을.

작년여름 원주 토지문화관 작가 집필실에서 한 달 남짓 머물면서 퇴고를 했다.

아직 씨앗이 싹트지 않은 작품을 그곳에서 시작할 수 있었으면 좋겠다.